# 一妻當關 2

不繫舟 著

風文創 1112

# 目錄

# 第十一章

一直追到平山村村口，也沒瞧見那幾輛騾車的蹤跡，倒是地上的車轍很是明顯。

沈驚春已經凍得有點受不住了，感覺頭都被凍暈了。

她摸了摸陳淮的手，在寒風中走了這麼久，連一向熱得像火爐的陳淮都凍得手腳冰涼了。

「淮哥，咱還是先回家吧。天這麼冷，繼續追下去也不是個事。」

陳淮舒了口氣。他就怕沈驚春覺得壯壯在那幾輛車上，執意要追，本來都已經打算先勸她回去了，卻不想她倒是先開了口。

兩人進了村，很快就到了自家門口，陳淮抬手敲了敲門，「咚咚咚」的敲門聲在寂靜的冬夜裡顯得格外的響。

家裡其他人回來漱洗過後早都睡了，唯有方氏擔心女兒、女婿，一直睡不著，外面敲門聲一響，她立刻就從床上爬了起來，點著油燈穿上外衣出了門，低聲問道：「誰？」

沈驚春凍得直哆嗦，都快要站不穩了，張了張嘴，一口熱氣呼出，喊了聲「娘」，就說不出其他的話了。

方氏鬆了口氣，拉開門栓將他們倆讓了進來，又重新將門拴上。「怎麼回事？不是說今天不回來了嗎？」

原先一直在走動倒還好，一旦停下腳步，再動，就感覺全身凍成了冰棍，只怕體內血液都不流動了，沈驚春靠著陳淮才勉強站直身體。

「娘，等會兒再說，還有熱水嗎？」

陳淮也不好受，但到底還是比沈驚春好一些。

方氏一聽，就端著油燈到了廚房。「你們先去火桶邊坐會兒，我去燒鍋水。」

沈驚春也懶得動了，拖著陳淮，渾身僵硬地一屁股就在灶膛後的矮凳上坐了下來，哆哆嗦嗦地點了火。

乾燥的稻草一點就燃，架上幾根曬乾的粗柴，沒一會兒就燒了起來。熱浪湧來，兩人總算覺得活了過來。

方氏看著小倆口這個樣子，心疼不已。「怎麼回事？不是說今晚不回來了嗎？我們回來那會兒就已經冷得夠嗆了，現在到了深夜，我看外面都結冰了。不行，得煮點薑湯給你們祛祛寒。」說著，又將炭爐燃了起來煮薑湯。

沈驚春不停地搓著自己凍僵的臉，斷斷續續地將方氏走後發生的事情又說了一遍。

聽到閨女一行人跟那群殺千刀的人販子碰了面，方氏差點尖叫出聲，再聽到閨女猜測縣令的千金也被拍花的拐走了，更是驚訝得說不出話來，捂著嘴好一會兒才回過神來。「那這回咱祁縣是要翻天了啊！」

陳淮坐在灶膛前烤了會兒火，也緩過來了，一雙長腿委委屈屈地靠在身前，修長的手指擱在大腿上，有一下、沒一下地敲擊著。「翻不了天。」

高縣令自從髮妻亡故之後，就沒再續弦，雖有幾房妾室為他生了兒子，可他最寵愛的還是與亡妻生的大女兒，那真的是寵得如珠似寶，含在嘴裡怕化了、捧在手裡怕摔了，這回若是高小姐真的被擄，他非但不會將這祁縣翻過來，反而會將事情往下壓。

要知道，在這個封建舊思想橫行的年代，一個女人的清譽是十分重要的，若是高小姐被擄的消息傳出去，不論她是否能被安全的找回來，她這輩子都算是毀了。

想到這兒，他不由得打了個冷顫，額頭上沁出細密的冷汗來，放在大腿上的手也不由得握緊了。

沈驚春與他挨著坐，一下子就發現他繃緊了身體，一抬頭看到他頭上細密的冷汗，一下子愣住了。「怎麼了？」

陳淮抹了一把冷汗，長長地出了個口氣。「像高小姐這樣官宦人家的小姐，將清譽看得比性命還重要，若是她被擄的消息走漏出去，那高小姐這輩子就算毀了，而高縣令若是發現我們也知道這件事，恐怕……」話未說完，但意思很明確。

方氏頓時嚇得臉上的血色都退盡了，好半晌才不確定地問道：「如果你們將這個消息報給縣太爺，那是對他們家有恩啊，不說感謝，怎麼也不應該……」

陳淮閉了閉眼，突然有點慶幸今晚的城門緊閉。「若是一般人家，是應該登門道謝，但高縣令不同，雖然他只是個七品地方官，但高家在京城也是數得上號的，高小姐被擄的消息一旦走漏傳回京城，那麼高氏一族未出嫁的女兒都會受影響。咱們倒還好些，那高小姐身邊的婢女只怕輕則灌一碗啞藥發賣出去，重則直接打死了。」

方氏被這番言論嚇得說不出話來。

沈驚春微垂著腦袋，默默地往灶膛裡添了兩根柴，心中想的卻與方氏完全不同。

陳淮這樣一個在小鄉村長大的孩子，怎麼會懂這些？

一點疑惑從心頭升起，以前的一些蛛絲馬跡也被無限放大。

聽說過鄉下孩子讀書厲害的，但是她倒沒聽說過有哪個讀書人能將馬騎得那樣好。在原主的記憶中，只怕宣平侯府那些不受重視的庶子或者旁支子弟，也沒他這麼厲害。

但看陳淮的樣子，好像根本也沒想著隱瞞什麼。

「那現在怎麼辦？」

陳淮想了想道：「這個事情我們不能主動去告訴高縣令，且等等看吧，想必要不了多久，就會有衙役上門來問話了。」

鍋裡的水很快就燒開了。

方氏看到自家閨女回來，一顆心就落回了肚子裡，高小姐被擄這件事，當時說起來是有幾分凶險嚇人，可聽完也就過了，方氏也沒放在心上，打著哈欠就回房睡覺去了，只留下沈驚春和陳淮在廚房泡著腳。

陳淮向來心細如塵，早就發現沈驚春的情緒有了變化，可岳母還在這邊，他不好細問，等方氏一走，他就抓著沈驚春的手低聲問道：「怎麼了？覺得我這樣的做法冷血無情？」

沈驚春被他問得愣了一下，抬頭看了他一眼，搖了搖頭。「怎麼會？那群被擄的人與我們非親非故，你能在冬夜裡忍著寒意替他們奔波已經很好了，總不能為了幾個不認識的人搭上我們的身家性命，那樣也太蠢了點。」

陳淮定定地看著她。他能看得出來，她說的都是真心話，但他總覺得自家媳婦心裡有事。「明早我起早點，順著車轍一路看看，看這群人販子去了哪兒。」

「行。」

二人泡了腳又各自漱洗一番，就回了房。

沈驚春如同往常一樣緊緊挨著陳淮，感受著從他身上傳過來的暖意，想了一會兒也想不出什麼頭緒來，乾脆甩甩腦袋不想了，天大地大，睡覺最大。

第二天，陳淮起了個大早，隨便在廚房找了點吃食對付了一下就出了門。

沈驚春睡醒的時候，他躺過的地方都沒暖意了。

等到日落西山，陳淮才匆匆回家。

沈驚春見他臉色有些陰沈，便知這一行恐怕不簡單。

等吃過晚飯，夫妻二人到了書房，他才沈著臉道：「昨夜那群人去了廣教寺。」

「什麼？」沈驚春被「廣教寺」三個字給驚到了。

廣教寺在整個大周都是能排得上名號的，大年初一為了能在廣教寺燒頭爐香，甚至有些外地的人連年都不過，就守在寺廟裡。

這樣一座寺廟，實在不應該和「人販子」這三個字有任何一絲牽扯。

「我順著車轍一路尋了過去，到了分岔路口，見那車轍往山裡去了，就直覺不好。昨夜見到的車伕，其中一人今天就穿著僧衣在廣教寺掃院子。」

這樣一來，事情可就大了。

若廣教寺是那沒名氣的小寺院，高縣令帶著人說抄也就給抄了，可這廣教寺的名氣實在太大，不好動手啊！

沈驚春默默地問：「你覺得是廣教寺做下這等足以抄家殺頭的惡行嗎？」

「自然不是。」

沈驚春揉了揉太陽穴。「那不就行了？要是這群殺千刀的在別的地方倒不好辦，可若是在廣教寺，倒省了好些麻煩。只要溝通得當，不拘是下迷藥，還是讓寺裡的武僧直接出手，對付這幾個人販子，還不是手到擒來？」

陳淮細想一番，確實如此。

「我想了一下，等高縣令查過來，還不知道要到什麼時候，乾脆我直接上山，去廣教寺住上兩天。正好再過幾天就是爹的忌日，我趁這個機會也去給他點上一盞長明燈。」

沈驚春話音一落，陳淮就站了起來，剛要說「不行」，就見她笑道——

「你放心吧，我又不是那等莽撞人，我不會出手的。若是高縣令遲遲不找來，我便尋個機會將這事透露給廣教寺，想必以他們的名望，必定不會容忍這群人販子在廣教寺的地界上犯下這等惡行。」

陳淮一臉不願，但到底還是將勸阻的話給嚥了回去。

第二日一早，沈驚春就收拾了一番，獨身往廣教寺去了。方氏聽說是要去給沈延平點長明燈，本來也要跟著一起去，但被沈驚春三兩句話就給勸住了。

廣教寺坐落在東翠山翠雲峰下，占地面積一百多畝，建成至今已有五百餘年，歷經三朝仍舊屹立不倒。

沈驚春埋頭趕路，剛開始那段路倒還好走，但從進山後就越發難行，緊趕慢趕，才終於在午飯前趕到了廣教寺外，再抬頭一看，發現還要爬三百多階臺階才能進寺廟大門，她差點沒累暈過去。

可俗話說得好，來都來了，總不能止步於此，因此又一鼓作氣，喘著氣地往上爬。

爬完三百多階，進入廣教寺一瞧，果然如祁縣人口口相傳的一樣，這座寺廟古色古香，每一座建築物歷經幾百年風霜，非但沒有一絲一毫的衰敗氣息，反倒飛梁畫棟、古樸高遠，似乎一磚一瓦都蘊含著無盡的佛意。

香火繚繞的大殿裡，不時有香客進進出出，木鼓聲聲，僧人們誦經聲陣陣，大雄寶殿裡的佛像莊嚴肅穆。

沈驚春在一邊站了會兒，等心底的躁意徹底消散，才走到知客僧面前雙手合十行了一禮，說明來意。

廣教寺這樣的大寺廟，香客點長明燈是常有的事，那知客僧便叫了個小沙彌來將沈驚春往後領。

這小沙彌瞧著不過五、六歲的樣子，皮膚是很健康的小麥色，長得虎頭虎腦的，很招人喜歡，沈驚春便在隨身攜帶的小荷包裡摸了一把蜜餞給他。

小沙彌道了聲謝，就大大方方地將蜜餞給接了過去。

沈驚春就喜歡這種大方的好孩子。「你叫淨空？我看你年紀也不大，怎麼來廣教寺？」

淨空丟了顆蜜餞到嘴裡，甜得眼睛都瞇成了月牙。「我是早產的，生出來後大夫說不好養活，正好有那算命的從我家門口過，說是如果送到廟裡養到十歲，以後就無病無災了，我爹娘捐了五十兩的香油錢，才將我送進廣教寺來。」

沈驚春見他口齒伶俐，心思一動，不動聲色地打探了幾句。

淨空到底年紀還小，再者素日裡也不乏問東問西的施主，便沒有當回事，加上先前那把蜜餞，也算得上是知無不言，很快就將沈驚春要打探的事情給說了個清楚。

原來這廣教寺自從換了寺監後，除了本寺僧侶之外，也會接收前來掛單修行的信眾，就跟上班一樣，要幫著寺裡幹活不說，平日吃喝也要自理。

但即使這樣，架不住廣教寺聲名在外，前來掛單的信眾也數不勝數，而那群人販子之中，幾個婆子什麼時候來的，淨空不太清楚，但幾名面相凶狠的男人，卻是年前就在了。因出手還算大方，又懂規矩，寺裡還專門替他們安排了一個小院子。

沈驚春聽到這兒就大概明白了，這群人販子大約是有備而來，說不定還是專門挑了上元節這幾天動手的。

她越想越覺得是這麼回事，還待再問幾句，淨空已經將她領到了供長明燈的偏殿，她便乾脆叫淨空先別走，等她問好了供長明燈的事，再出來逛逛。

沈驚春出手大方，先前給了一把蜜餞，後面又拿了糖，都說吃人嘴軟，聽她這麼說，淨空想也沒想就答應了。

沈驚春除了給沈延平供一盞長明燈，還要給她現代的爸媽和哥哥一人供一盞燈，一共四盞燈，添了五十兩的香油錢。

等辦好這些事，她又說了想借住兩天的事。

剛花出去五十兩，寺裡自然不會拒絕這點要求，便又叫了淨空帶她去辦理手續。

二人出了偏殿，就往後面香客住的廂房去，沒走多遠，就與其中一名人販子迎面撞上了。

那一晚，月光下匆匆一瞥之下的凶相倒是收斂了幾分，見到淨空領著個女人往裡走，穿著僧衣的壯漢就自覺地往旁邊站了站，等著他們先過。

沈驚春可不敢給他看出什麼來，只瞧了一眼，就移開了目光，目不斜視地走了過去。

直到拐了個彎，後面的人都瞧不見了，她才鬆了口氣，發覺後背都冒出了一層冷汗來。

淨空笑嘻嘻地道：「這人看著是有點嚇人，如今在寺裡待的時間長了，倒還好些了。去年剛來的時候，那一臉的凶相，直接把淨明、淨平給嚇哭了。」

沈驚春聽出他語氣裡那點幸災樂禍，便笑著問道：「淨明、淨平是你的師弟？」

「是師兄。」淨空的神色有幾分得意。「比我還大一歲，我都沒哭！」

沈驚春聽得有點哭笑不得，乾脆順著他的話誇了他幾句。

兩人沒一會兒就到了住的地方。

沈驚春打算先住個兩天看看，手上只拎著個掩人耳目的小包袱，裡面只有一套換洗衣物，並沒有什麼值錢的東西，因此將小包袱放好，就跟著淨空出了門。

廣教寺不愧是全國聞名的大寺院，連香客住的廂房這邊，也能在不起眼的角落裡看到些生趣盎然的小景色，要是平時，沈驚春說不定還會停下腳步好好欣賞一番，但現在她只想快點知道那群人販子到底住在這邊的哪個院子裡。

淨空不知道她這些心思，倒是認認真真地帶著她到處轉悠，沒一會兒，二人就到了一個大門緊閉的小院子前。

沈驚春看著那緊閉的門，心頭一動。

這廣教寺提供給香客借住的地方也是有講究的，有錢的人跟沒錢的人住在兩個地方，如今他們逛的這片，就是供給平民百姓住的地方。

這些院子都不大，院子裡一共就三間屋子，每間屋子裡又有數張床鋪，住在一個院子裡的很少有相互認識的，為了進出方便，院子門最多虛掩著，很少會關上。

這個小院的門關得這麼嚴嚴實實的，明顯就是有問題。

沈驚春多看了幾眼，怕引起裡面人的注意，連腳步都未停頓一下，跟在淨空身後就準備走。

兩人還沒走出幾步，就聽見裡面一陣窸窸窣窣的動靜傳來，但很快就安靜了下來，隨即聽到一個婦人低聲說了句「麻煩」。

淨空見她似乎很關心那邊的動靜，便解釋道：「這個院子裡住的是前幾天來的幾位女施主，說是家裡一位年輕的施主生了癔病，想到寺裡來住一段時間沾沾佛氣，剛才那個動靜想必是女施主又發病了吧。」

沈驚春點點頭。「那倒是可憐得很。」

淨空道：「前天她們說要去縣裡看看大夫，結果半夜的時候才回來，說是女施主發病，差點在城裡傷了人，她們這幾日就要回老家去了。」

沈驚春眉頭一挑。半夜才回來，這時間就對上了！這個院子裡住的，很可能就是前天晚上他們在路上看到的那群人，只是不知道壯壯在不在其中？

二人邊說邊走，很快就將香客住的廂房區甩在了身後。

如今還沒開春，寺裡能看的花不多，倒是廣教寺後面有一片規模挺大的臘梅林如今正值花期，淨空問了沈驚春的意思，就帶著她往那邊走。

還未走近，馥郁的香味就遠遠傳來，沈驚春看得驚嘆不已。二人略逛了逛，便又調頭往回走，再路過那間小院時，院門居然開了。

淨空往裡一瞧，就道：「咦？是明真師叔。」

沈驚春哪知道明真是誰，反倒是現在院子開了，讓她心中有點蠢蠢欲動，想進去瞧一瞧高小姐和壯壯到底在不在裡面？

她還沒想好怎麼開口，淨空就已經推開了半掩著的門。

沈驚春抬腳之前先看了一眼裡面是個什麼情況，剛一看清，她的臉色立刻就變了，一把抱起淨空就飛奔離開。

淨空被她雙手抱住，使勁掙扎了幾下也沒能掙開，只好放棄。

二人順著院子中間的小巷子跑出去幾百公尺，她才將人往下一放，立刻道：「那院子裡的人出天花了！你趕緊去通知能作主的師父，趕快將人疏散，這東西傳染起來可不是鬧著玩的！」

天花這種傳染性極強的疾病，在現代已經被消滅，只有一些大型實驗室裡還存留一些病原體，沈驚春自然是沒見過的。

可是原主作為一個古代人，就沒那麼幸運了。十歲的時候不幸中招，得了天花，所幸當時她還是宣平侯的嫡長女，剛出症狀，就得到了最精細的看護和治療，到最後她沒事了，反而是身邊近身伺候的一個大丫鬟被傳染到了，那臉上的痘瘡就跟剛剛院子裡看見的婦人一模一樣。

沈驚春想起剛看到的滿臉痘瘡的樣子，就有點噁心反胃想吐。

淨空年紀雖小，但顯然也聽過天花的赫赫威名，聽沈驚春這麼一說，嚇得臉色都白了幾分，拔腿就跑。

沈驚春想也沒想，就跟在後面開始跑，跑著跑著，腦中靈光一閃——何不乾脆利用這次機會，將這群人販子一網打盡？

她身高腿長，沒跑幾步就追上了人小腿短的淨空，一把將他又抱了起來。「你跟我說往哪兒走。」

「前面，順著這條路去我師父的禪房！」

沈驚春抱著淨空，按照他指的方向一路狂奔，很快便到了一處院子外。

淨空隔得老遠就開始大喊：「師父，救命啊！再不出來要出大事了！」

他沒喊幾聲，裡面就出來了一個和尚，穿著一身灰色的僧衣，脖子上掛著一串長長的佛珠，長得濃眉大眼，一雙大耳垂顯得佛相十足。

沈驚春將淨空放了下來。

淨空衝上去，一把抱住了明淨，喊道：「師父，咱寺裡有人得天花啦！」

「天花？怎麼會？」

「哎呀，是真的，您別不信我，明真師叔就在那個院子裡呢！這位女施主說，要趕快將人疏散。」

眼見淨空的師父看了過來，沈驚春忙雙手合十，行了一禮道：「不錯，剛才我們正是從客院那邊過來的，的確是有人得了天花。」她頓了頓，猶豫了一下才問道：「不知道師父在寺裡可能作主管事？」

淨空道：「哎呀，女施主，這就是我之前與妳說過的寺監，明淨大師。他不能管事，誰能管事？」

明淨顯然已經習慣了這種師徒間的相處方式，只有嘴角不受控制地動了動，隨即便雙手合十，唱了句佛號道：「貧僧明淨。」

沈驚春的腦子飛快轉動，一眨眼就已經做出了決定——那客院的婦人不論是不是得了天花，現在她都得是天花！

只有得了天花，廣教寺才能光明正大地將客院那邊封鎖起來，斷絕那群人販子逃跑的機會。

「不知大師可否借一步說話？」

明淨點了點頭，道了聲「請」。

二人進了院子，淨空很識相的在門外，沒進來，沈驚春一咬牙道：「不瞞大師，我懷疑客院住著的是一群拍花的……」

她三言兩語就將十四日那晚在縣城發生的事情說了一遍。「我與那個被拐的孩子認識，前天晚上從縣城回家的時候，瞧著他們車上有個孩子與他長得很像，只是那趕車的幾位男子看著實在凶悍，所以一時不敢上前確認。昨日我同村的人說，在廣教寺看到了那群人，我這才想著今天來確認一番。」既然不能扯出高小姐，那就只能借壯壯一用了。「人命關天，孩子找不回，那丟了孩子的大嫂子只怕也活不下去了。客院裡的人不論是不是得了天花，都求大師能以防天花的名義，將客院封鎖，再派人去縣衙告知縣令。」

明淨早在沈驚春說出「拍花的」三字的時候就變了臉色，等她說完，臉上已經一片肅穆，卻看著沈驚春，沒有說話。

這明顯就是怕搞錯了要擔責。沈驚春暗罵一聲老狐狸！「若那群人真是人販子，貴寺上下自然功德無量；若不是，信女願添五百兩香油錢。」

「阿彌陀佛，女施主此言大善。」

這是一筆怎麼做都不會賠的買賣，明淨當即便吩咐下去，直接將客院通往前院的門給封了起來，又找了名武僧拿著他手寫的信件馬不停蹄地往祁縣去了。

也不知道寺裡的和尚是怎麼說的，香客們一點吵鬧也沒有，很快就散了，反倒是客院那邊幾個沈驚春見過的婦人吵吵鬧鬧地要寺裡給個說法。

明淨叫了幾個「淨」字輩的和尚好說歹說，才將人給勸住。

沈驚春這身體是出過天花的，再進去也不會被傳染，可她根本不想再進去。

廣教寺是有養馬的，武僧騎馬去縣城很快，想必今晚高縣令的人就能來，只是不知道明淨在信裡是怎麼說的。

下午的時間變得格外難熬，沈驚春如坐針氈，一刻也坐不住。到了這個時候，她反倒開始擔心，如果真的是人販子，等高縣令的人一到，只怕就會起衝突，嚴重一點可能還會危及人質的安全。

「女施主妳能坐下嗎？妳這樣走來走去的，把小僧的腦袋都轉暈了。再不行妳就去禪房裡抄卷經書吧，正好就供在那四盞長明燈前。」

沈驚春一聽，這也是個辦法，就叫淨空帶路去了一間空的禪房，開始手抄經書。

她是學過幾年毛筆字的，寫的字沒什麼風骨可言，一手簪花小楷勉強能稱一句端正。

斷斷續續一卷經書抄完，外面天色已經徹底黑了，沈驚春出了禪房，站在門口看向客院那邊，無邊的黑夜之中，唯有那邊不斷有動靜傳來。

「阿彌陀佛，好叫施主知道，一行惡徒共計十七人，擒獲十六人，還有一人僥倖逃脫。」明淨提著盞燈籠，從院外走了進來。

沈驚春無語，這廣教寺這麼多武僧，再加上高縣令那邊派來的人，還搞不定十七個人？

居然還能讓人跑了？

明淨似乎猜到了沈驚春的想法，解釋道：「那位女施主果然得了天花，為了眾人的安全著想，進去的也都是從前得過天花的，這才讓那惡徒僥倖逃脫。」

這群人居然還沒意識到事情的嚴重性。

沈驚春看著明淨一臉淡然的神色，忽然笑了。「大師，我看現在你們應該擔心的是那個逃走的人有沒有染上天花吧！」

沈驚春借了寺裡的地方洗了個澡，將換下來的衣物一把火全燒了，然後又不顧明淨等人的勸阻，連夜下了山。

天花這種東西真的不是說著玩的，若是一個不小心有一人染上，說不定會連累全村人死去。

而且那個逃走的人還不是最危險的，要知道，十四日那天，村裡可是有不少人都到了縣城看燈，誰知道這群人裡有沒有人跟那群人販子接觸過？

夜路本就難行，再加上又是下山的路，沈驚春到家的時候已經後半夜了。好在這次只有她一個人，便無所顧忌地從空間拿了件羽絨服出來，裹得嚴嚴實實的，快到家時才將羽絨服重新收回了空間。

這回沒凍得全身僵硬，她便沒敲門，直接從牆頭翻進了院子裡，摸著黑到廚房點了火燒水。

這番動靜不算大，但陳淮心中有事，再加上媳婦不在身邊，翻來覆去大半夜也沒睡著，等廚房亮起了火光，他便意識到可能是沈驚春回來了，匆忙穿了衣服跑到廚房一看，果然是她。

「怎麼大半夜的回來了？廣教寺發生了什麼事？」

以他對她的瞭解，若不是廣教寺有事發生，沈驚春不可能大半夜跑下山來。

陳淮先上下打量了一圈，見她衣著乾淨、臉色正常，就先鬆了口氣，隨即又想到廣教寺在深山之中，這麼遠的路，白天走都累得夠嗆，更何況現在深更半夜的，就是男人都不敢獨身上路，她怎麼敢就這樣一個人回來？

沈驚春跟他相處也有半年了，一看他臉色不好，心中哪有不明白的？便伸手拉著他在身邊的矮凳上坐下，溫聲哄了幾句。

她脾氣性格都不算好，就是對著家裡人也少有這樣輕聲細語的時候，因此陳淮心中雖然氣她不顧惜自己，可被兩句軟話一哄，臉色到底還是緩和了幾分。

沈驚春這才將廣教寺裡發生的事情與他說了。

陳淮說道：「不論如何，明天先跟里正說一下這事吧，別的地方我們人微言輕也管不到，但平山村如果出現天花，必然會影響到我們家。」
沈驚春點點頭，泡了個腳就匆匆回房睡了。
神經緊繃著，睡眠質量也不高，第二天外面天一亮，沈驚春就醒了。昨夜走了那麼遠的路回來，腿疼得不行，睡又沒睡好，眼睛脹痛得厲害，可想到天花的事情不能耽擱，到底還是忍著脾氣從床上爬起，去了里正家。
沈驚春到時，陳里正正在院中舒展筋骨，瞧見沈驚春來，倒是有些驚訝。
「昨日聽妳娘說，妳不是到廣教寺去供長明燈了嗎？今日這麼早就回來了？」
沈驚春一聽他這話，也不拐彎抹角了，直接道：「十四日那晚城裡有拍花的出現，里正爺爺知道吧？」
陳里正自然是知道的，十四那天去的人不少，拍花的這種事一出來，第二天就傳得全村都知道了，以至於十五、十六日晚上，幾乎都沒人去城裡觀燈了。
「那群殺千刀的惡賊就在廣教寺落腳，偽裝成了信眾，昨天其中一人發了病，請了寺裡的明真大師去看，才發現根本不是什麼病，而是感染了天花！明淨大師派了武僧快馬趕去縣城將此事告知高縣令，高縣令帶著人趕到廣教寺，才發現這群人正是前晚那群拍花的！一行十七人，共十六人被抓，還有一人僥倖逃脫了。」

這段話是沈驚春跟明淨事先商量好的，無論誰來問都這麼說。

陳里正聽得大驚失色，臉都白了。「此事當真？」

沈驚春點點頭。「千真萬確！我親眼看到了那個發病的婦人滿臉的痘瘡。」

陳里正痛心疾首，狠狠跺了兩下腳。「造孽啊！這群不幹人事的狗東西，這是要害死整個祁縣的人才甘休啊！」他罵了幾句，就將家裡的二兒子、三兒子喊了出來。「你們現在去請沈、徐兩族的族長來家裡議事，叫他們別磨蹭，都火燒屁股了，趕快滾過來！」

陳里正的兩個兒子根本不知道發生了什麼事，看自家老爺子黑著一張臉，還想多問兩句，就被陳里正一腳一個踹出了門。

沈驚春見他急得大冬天的頭上都開始冒汗了，就安慰了兩句。「您也不要太擔心，事情未必有想得那麼糟糕。」

陳里正胡亂地點了點頭，根本沒將沈驚春這幾句勸慰放在心上。

他怎麼可能不擔心？那可是天花啊！

陳家兩位叔叔跑得快，沈、徐兩族的族長沒一會兒就來了。

沈族長一進門，瞧見沈驚春也在，且陳里正一張臉黑得像鍋底一般，心中就不由得「咯噔」一聲，這是發生大事了啊！

陳里正見他們來了，也沒廢話，直接將沈驚春那番話又快速說了一遍。

聽到「天花」兩個字，兩位族長的臉色就變了，等聽完全部的經過，臉色更是比陳里正還要黑了。

「不怕一萬，就怕萬一。我現在立刻叫沈氏的人緊閉門戶，不要出門。萬一要是一個不小心染上了，可不得拉著全村人陪葬！」

沈族長話音一落，徐族長立刻附和道：「沈大伯說得不錯！里正叔，我看乾脆就將村子先封了吧？別到時候咱村裡沒事，反倒被外面來的人給染上了！」

幾人你一句、我一句，很快就商量了一個章程出來。

首先就是要封村，只許出，不許進，村口設置一個路障，每天白天都派人守在那兒。

其次就是十四日那天去過縣城的人家，是絕對不允許出門的。雖然已經過去兩天，但防一下總比什麼都不做好。

最後不論如何，先封村半個月再看看外面的情況。

商量完，幾人分頭走了。

沈驚春一到家就將院門關了起來，家裡年前買了不少年貨，米、麵這些東西足夠自家吃兩個月都沒問題；後院菜園子裡別的東西沒有，青菜是管夠的；再加上曬製的臘肉、鹹魚之類，封村對自家影響不大。

當天下午，縣衙就來了人，看到平山村一副嚴陣以待的樣子，反倒先驚訝了一陣，才將高縣令的指令說了。

為了遏制天花，城裡有富紳拿了一處農莊來作為防疫點，若有人不幸感染，就要依照規定全部送到這處農莊去，治病期間費用自理。若有隱瞞不報的，罰錢還是小事，家中主事之人還要徒三年。

另外，看到沒見過的陌生人來村裡，一定要第一時間將人扣下扭送至縣衙，如果確認此人是人販子，縣衙會有豐厚的獎勵發放。

一時間，整個平山村都有點人心惶惶。

當天晚上，村裡就出現了第一個病患，此人不是別人，正是沈驚春的大伯沈延富。

他是個秀才，更是全家人的希望，十四日那天整個老宅就只有他一個人去了縣城，回來之後當天還沒什麼反應，可第二天開始就出現了寒顫、高燒、乏力、頭痛等一連串反應。

沈延富的媳婦小錢氏還當是受了風寒，請了陳大夫看了，當時身上痘瘡不顯，陳大夫只開了幾副風寒退燒藥。

結果不僅燒沒退，隔了兩天，身上反而開始出現斑疹，一時間老宅裡哭聲震天，活像沈延富已經不治而亡了一樣，隔著半個村子都能聽到他家嚎天喊地的動靜。

兵荒馬亂中，還是沈老太太下了決心快刀斬亂麻，叫了沈延貴、沈延安兄弟掩好了口鼻，將沈延富抬上牛車，連夜往防疫點送。

沈家老宅這動靜一出，不說整個平山村，首先陳大夫家就開始亂了起來，尤其是陳大夫本人，他是密切接觸過沈延富的！雖然出於醫者的習慣，回家之後就洗了手、換了衣服，可這怎麼說也是天花啊！家裡人每天都在一個飯桌上吃飯，說不定此時全家人都已經染上了！

一時間，全家都籠罩在一片陰雲中。

第二天，村裡去過縣城的，又陸續有三人出現了天花的症狀。

有了前面沈延富這個活生生的例子在，後面再染上天花的，幾乎很自覺的就主動提出要去防疫點，也不用人送，幾個大小夥子收拾了換洗的衣物，相互攙扶著就去了。

晚上在飯桌上，方氏忍不住一陣唏噓。「這事搞的，現在才四個，後面還不知道有幾個呢！」

「管他有幾個，反正這幾天你們都不要出門，最好院門都別打開，再等個十天半個月就知道誰染上、誰沒染上了。」

出了這種大事，除了兩個孩子和沈驚秋，其餘四人都沒什麼胃口。

尤其是沈驚春，腦中總是時不時地閃過那婦人滿臉痘瘡的樣子，末世裡砍喪屍的時候都沒這麼噁心，勉強才吃了小半碗飯。

飯後一家人也沒心情聊天，在院中走了會兒消了食，各自漱洗一番就上床睡覺去了。

沈驚春這幾天都沒睡好，幾乎是頭剛沾上枕頭，睏意就來了，迷迷糊糊間剛要睡著了，就聽見院子裡「砰」的一聲響，聲音並不是很大，可卻叫沈驚春一個激靈。

不等陳淮起身點燈，她就一把按住他，低聲道：「你別動，我去看。」

她總覺得這聲響動不簡單，心裡有種說不上來的不祥預感。

房裡的擺設經過這一個多月也算摸熟了，沈驚春摸著黑下了床，無聲地穿好衣服，拉開門就往外走，誰知剛踏出房門，一股勁風就直衝她面門而來。

正月十八，月亮已經沒有前兩天圓，連月光看著都黯淡不少，但也足夠沈驚春看清楚院子裡站了個人。拳風襲來，她下意識往旁邊一讓，抬手就是一拳朝著那人面門揮了出去。

豈料對面那人竟躲也不躲，這一拳正中那人臉頰。

手上一股黏黏的觸感傳來，沈驚春只愣了一下，就反應過來是怎麼回事了。聽到房間裡的動靜，她立刻大喊一聲。「淮哥你別出來！」

陳淮腳下一頓，果然沒動了。

可原本就被那「砰」的一聲驚動的方氏，再聽到閨女這嘹亮的一嗓子，哪還顧得上其他？立刻著急忙慌地拉開門走了出來。

沈驚春一陣絕望，忍著噁心又給了眼前這人兩拳，力氣太大，直接將人身上的痘瘡打爛，那種黏黏的觸感更明顯了。她胃裡一陣翻騰，晚上吃的東西幾乎已經冒到了嗓子眼。

眼看著方氏已經出了門，沈驚春再顧不上其他，一把提起被她三拳打得暈頭轉向的人，走到通往後院的院牆邊，手上一用力就給甩出了院牆，發出「砰」的一聲響來。

她舒了口氣，道：「娘妳先回去，現在啥也別問，立刻回房關上門，等會兒我再跟妳詳說。」

方氏這人沒啥長處，但很有自知之明，丈夫在的時候聽丈夫的，現在閨女回來了就聽閨女的，因此心中雖然擔心沈驚春，可聽她這麼說，還是退回了房中。

沈驚春從雜物間裡拿了捆草繩，也沒走正門，直接就從院牆邊翻了出去。外面被扔出去的人已經昏死過去，沈驚春可不管這些，直接將他五花大綁仍不解恨，又用力踢了兩腳。

這邊院牆外，是一塊無主的荒地，順著這荒地往後面走，就能到東翠山。

等把人捆好，她又翻回院子，燒了水用滾燙的熱水將院子裡的地和那面院牆仔細潑了一遍，潑完了仍覺得有些不夠，又燒了兩盆艾草熏院子。

身上的衣服是肯定不能再要的，等處理完外面這人，這衣服還得燒掉。一時間，沈驚春竟不知是該心疼錢，還是感嘆自己多管閒事，現在遭到報應了。

這翻牆進來的人，單看那一臉的痘瘡，多半就是從廣教寺逃出去的那人，只是不知道他是當天晚上就跟在她身後來了平山村，還是自己從山裡摸過來的。

將院子裡全部處理好，沈驚春已累得夠嗆，因身上的衣服還沒換掉，她也不敢讓陳淮和方氏出門，只站在院子裡道：「這人一臉痘瘡都變成膿疱了，想必正是那個從廣教寺跑出來的人販子。昨日縣衙來人說，抓到了有賞金，我現在就將人弄到防疫點去。娘你們先別出門，等白天太陽出來曬曬院子後再出來。」

方氏在屋裡急得團團轉，眼看沈驚秋也被吵醒了，忙打開門，一把將兒子推了出去。

「娘知道妳是個有本事的，可再有本事妳也是個姑娘家，這麼晚一個人出門，不說我了，就是阿淮也肯定放心不下。妳把妳大哥帶著，其他事情幫不了妳，但這一路上陪著說說話、給妳壯個膽子也是好的。妳放心，他小時候生過天花的。」方氏說著就進了西屋，將沈驚秋的衣服一把抱起，一股腦兒地丟出了門。

沈驚春看著凍得瑟瑟發抖的大哥，哭笑不得。「我哥居然生過天花？」

方氏又將門關了起來，隔著門板說道：「這事說來話長，一句、兩句說不清楚，以後再給妳說。」

沈驚春也知道現在不是說這些的時候，等她哥穿好衣服，就帶著人往外走，還不忘囑咐一聲。「可千萬要等太陽出來曬曬院子再開門啊！」

兄妹倆出了門，沈驚春領著自家大哥徑直到了旁邊的荒地上，拎著那已經昏過去的人就走。

那個作為防疫點的農莊離縣城也就兩里地，從平山村過去也要不了多久，人販子無知無覺地被拖了一路，到農莊外的時候已經氣若游絲了。

天還黑著，但莊子裡卻燈火通明，呼痛聲、哀號聲不絕於耳。

沈驚春將那人販子往地上隨手一丟，朝裡高聲道：「有人在嗎？」

話音剛落，裡面就有人應了一聲，隨即腳步聲傳來，一名用布蒙住口鼻、全身上下裹得嚴嚴實實的衙役出現在兩人的視線中。隔得老遠，他就停下了腳步，朝這邊道——

「什麼人？」

沈驚春朝他拱了拱手道：「官爺，前天縣裡來人，說看到陌生人要扭送到縣衙去，這不，今天晚上就有個人翻牆進了我家院子，我們將人捉住一瞧，這人染了天花，所以也不敢耽誤，連夜送到這裡來了！」

聽她這麼說，那衙役的眼神就變了，走近了，將手裡拎著的燈籠往地上的人販子臉上一照，差點沒吐出來。

娘呀！見過噁心的，沒見過這麼噁心的，簡直隔夜飯都要吐出來了！再看這兩個年輕人還能面不改色地捆著人過來，頓時心生敬佩。

「你們先將人提進來吧，如今這防疫點人滿為患，實在是空不出手來處理這人的事。」

他本來還想自己去扶地上的人，可視線一對上那人滿臉的膿疱，就忍不住反胃，乾脆移開視線，放過了自己。

沈驚春點了點頭，在那衙役詫異的眼神中，一把將人揪了起來就往裡走。「官爺，您看把這人放到哪裡合適？」

「這邊來。」

那衙役拎著燈籠在前面帶路，沈驚春輕輕鬆鬆地提著人跟在後面往裡走。

這個小莊子是個三進的宅院，占地面積還挺大，裡面沒做什麼布置，院子裡空曠得很，但是屋子很多。

衙役直接帶著兩人到了第三進宅院裡，指著一間房道：「將人送進去吧。」

沈驚春應了一聲，直接就拎著人往裡走。

這房間不算大，只在靠牆處並排放了四張床，並沒有其他的家具，此刻房間裡也沒有其他的病人，沈驚春將人往床上一丟，就不打算管了，直接出了門。

「來這邊登記一下吧，明日縣衙會派人來核實這人的身分，如若真是那人販子無誤，賞金自有人會送到妳手上，這個不用擔心。」

衙役說著，又看了看兩人。「我看你們敢這麼明目張膽地接觸這些染上天花的人，想必自己也出過天花了吧？有沒有興趣來我們這兒上工？一百文一天，包吃住。」

他可是看到了，這個小姑娘簡直有神力，居然這麼輕鬆就將一個大男人拎起來。如今整個祁縣出過天花的人不多，這個防疫點自從設立以來，有幾個人已經連軸轉了兩天了，再這樣下去身體肯定扛不住。別到時候這些染了天花的人沒事，反倒把他們這些人給累死了。一百文一天，十天就是一兩銀子，這樣的好事放在鄉下，可是打著燈籠也找不著的。

誰知他話音一落，就聽那小姑娘道——

「多謝官爺了，我倒想，只是家中老的老、小的小，實在是離不開人。要不然等我回去後在村裡幫忙問問，可有哪家出過天花的願意過來上工。」

那衙役也知道這種事情不能強求，因此只嘆了口氣道：「如此就謝謝姑娘了。」

沈驚春忙道：「這點小事，哪值當一個謝字。」

等將信息登記好了，沈驚春就順道告辭了。

那衙役將二人一路往外送，到了第一進院子，就見廂房裡走出個人來。

那人也如同這衙役一般，渾身上下裹得嚴嚴實實的，只有露出一雙眼睛在外面，沈驚春剛覺得此人有些眼熟，沈驚秋就喊了一聲「四叔」。

沈延安這人不算壞，算得上是老宅裡唯一一個好人。

沈延安一抬頭，看到是沈驚秋兄妹，眼睛都亮了。「驚秋、驚春！你們怎麼來了？」

那衙役一瞧他們是認識的，乾脆道：「那你們聊著，我先去外面看看。」

等人一走，沈延安就湊了過去，遲疑了一下，到底還是沒問出口。

沈驚春倒是知道他要問什麼。「我們家人沒事，只不過是抓到了一個陌生人，正好那人染了天花，我們就給送過來了。大伯怎麼樣？」

沈延安一聽到問沈延富，就如同被戳破了的球一般，垂著腦袋，有氣無力地道：「如今已經燒得人事不省了，大夫說再這樣下去，只怕危險。」

現代雖然已經沒有天花了，但沈驚春以前看小說的時候也看到過關於天花的描寫，天花本身其實並不致命，真正致命的是由天花引起的併發症。

本來以兩家的關係，沈驚春是懶得管沈延富的死活的，但看沈延安這個樣子，到底還是提醒了一句。「我以前在京城的時候得過天花，我看這個病要是護理得當，應該還是有很大的可能痊癒的。四叔，你不妨先想辦法讓大伯降溫，這麼一直燒下去，就是鐵打的身子也燒壞了，更別說抵抗病魔了。」沈驚春頓了頓又道：「不過四叔，你也要顧惜點你自己，你應該是沒出過天花的吧？千萬不要把自己累倒了。這種病就是你的身體越差，就越容易感染。」

沈延安沒想到沈驚春能說出這樣的話來，不禁很是感動。「謝謝妳的提醒，你們還是趕快回去吧，這裡不好久待。」

辭別沈延安後，兩兄妹不再停留，出了農莊就直奔平山村。

院門還是他們走前的樣子，兩人進了門後，沈驚春將院門重新拴上，又將沈驚秋喊住。

他們兩人出了門後，方氏跟陳淮也沒了睡意。

一聽到院子裡的動靜，方氏就湊到門邊問道：「閨女，是妳嗎？」

「是我。事情辦妥了，娘妳現在去我哥房裡找一套衣服出來放到門口。」說著又走到東廂門口，叫陳淮拿一套自己的衣服出來。

兄妹二人又前後泡了澡，將換下來的衣物直接丟到灶膛裡焚燒乾淨。

忙活了大半夜，當時不覺得累，現在閒下來，真的是腰痠背痛。想到那人販子滿臉的膿皰都被自己給打爛了，沈驚春一邊覺得噁心，一邊又忍不住燒了鍋熱水，將院子再沖了一遍，沖完仍覺得不夠，索性拿著鐵鍬，將東廂房門口那一塊最上面一層土給鏟了。

忙前忙後，一夜就過去了，天總算是大亮了。

等到太陽出來，一家子肚子都餓得不行了，方氏才終於開了門。

「再這樣下去可不行啊，你們是不知道那個防疫點如今是人滿為患了，恐怕不少人都染了天花，這還是能看到的，看不到的地方，肯定還有人隱瞞不報。只有千日做賊，沒有千日防賊的，這個天花還得從根上解決。對了娘，妳昨晚說我哥以前出過天花是怎麼回事？」

昨晚想著方氏不會害自己的兒子，再加上著急解決人販子的事，根本沒有時間細問，現在閒了下來，沈驚春就又想起來這件事。

以她對老宅那些人的瞭解，如果沈驚秋真的曾經得過天花，怎麼可能還能好好地在老宅待下去？以沈老太太那個性子，連自己兒子都能狠心送到防疫點去，更何況是這個從小不喜歡的大孫子呢？而且沈驚秋臉上可是乾乾淨淨的，一點兒也看不出天花過後有麻子的樣子。

方氏小聲道：「是妳哥七歲的時候，去放牛一天沒回來，妳爹就去找，結果發現他不僅高燒，身上還冒了紅點。他不敢叫老太太知道這事，那時候妳外公還在，我跟娘家還沒斷親，妳爹就跟家裡說，要送妳哥去方家住幾天，他自己也出去打短工，實際上是帶著妳哥躲到山裡去了。」

沈驚春聽到「放牛」兩個字，就忍不住神色一動。

如果她記得沒錯，以前是在哪本書裡看到過，人是可以種牛痘防天花的。

牛痘就是由牛的天花病毒引起的急性感染，人要是感染了牛痘，並不會像感染人的天花那樣，症狀會輕很多不說，也不會有生命危險，並且人在接種牛痘之後，也可以同時獲得對抗天花的免疫力。

莫非，自家大哥小時候感染的並不是人的天花，而是牛痘？

如此一來，他臉上連個麻子都沒有，就能說得通了。

想到這兒，她忍不住問道：「娘，以前老宅的牛是不是也長過痘瘡？」

方氏想也不想就道：「對，妳哥那個天花來得快，去得也快，妳爹帶著他在山裡待了幾天，就什麼事都沒有了。回來之後，他就說孩子好好的怎麼會得天花？想來想去都覺得不對，後來就在家裡那頭牛身上找到了痘瘡。他說妳哥能這麼快就好，說不定就是因為染的是牛身上的痘瘡而不是天花，他就想在自己身上試試。」

全家人聽得目瞪口呆。

沈驚春更是佩服得五體投地，她這老爹可真是個人才啊！他是怎麼想出來的？以他這樣的心性，如果不是有沈老太太這麼個娘，正經讀書的話，前途絕對不差！

「那我爹試了？」

方氏點了點頭，嘆道：「以前我們祁縣養豬大戶家裡發過豬瘟，妳爹說豬瘟只能傳染豬，說不定這個牛痘只能傳染牛，也不一定會傳染人，如果妳哥真的是被牛痘傳染的，那說明牛痘是個好東西，所以他就在自己手上割了個小口子，將牛痘擠了上去。」

這樣都行？真不知道該說無知者無畏還是啥了。問都不用問，沈延平是肯定成功了。

方氏道：「沒兩天，妳爹身上就出現了紅點，然後在妳奶奶的罵聲裡躲到了山上，後來就好了。他回來後很高興，將這個事情說給全家聽了，想叫家裡人都種牛痘，可惜妳奶奶他們都覺得妳爹腦子有問題，沒人理他。」說到這裡，方氏心中隱隱升起一股快意。

若是那個時候老宅的人能聽沈延平的話，都種上牛痘，沈延富如今怎麼可能還會染上天花？所以說，這一切都是冥冥中自有天定。方氏一時間唏噓不已。

倒是陳淮沈思半晌後，忽然道：「娘，妳說爹發現牛痘可以種在人身上的事可有把握？」

方氏被問得一愣，原本還覺得有把握的事情，被這麼一問反倒遲疑了起來。「應該沒錯吧？當時老宅沒人理你爹，我倒是偷偷種了牛痘，我也沒事啊！」

他們夫妻倆的確是在手上種了牛痘之後，就生了天花的，可真要說一定是因為牛痘才生的天花，這誰也不能確定啊！

沈驚春乾脆道：「不如這樣，我明日去找找村裡有沒有哪家的牛長了痘瘡，如果有的話，我就取一些回來。反正爹娘是種過牛痘的，你們都沒事，想來這牛痘肯定不會傷人性命。我是出過天花的，在我身上再試一次，正好也能看看效果。」

陳淮聽了這話，神色微動，想了想道：「在我身上也試一試吧，若是我試過了沒事，再叫豆芽也試試，我們幾人都試過要是沒事，那肯定就沒事了，家裡兩個孩子也不用再擔心受怕會染上天花了。」

# 第十二章

沈驚春是個行動派，說要收集牛痘，第二天就真的開始行動。

陳里正雖然說不許十四日那天去過縣城的人到處亂跑，可沈驚春是個例外，因為她曾經生過天花。

那張妍麗的臉看上去肌膚細嫩、白皙無瑕，可湊得很近就能看到，臉上還是有幾個天花治癒後留下的小麻點。

以她自己的力量，想要找那種得了痘瘡的牛，無異於大海撈針，所以出了門她就直奔沈族長家中。

他家也是十四日那天去過縣城的，可到目前為止，他家都好好的，沒有任何一個人出現頭痛腦熱的情況，但為了安全著想，沈志清等人還是整天悶在房裡不敢出來。

到了沈族長家，她直接將來意一說。

沈族長的臉上並不像她早先預想的一般特別難看或者不可置信，相反地，他的臉色平靜得有點古怪，等沈驚春說完，就將沈志輝和沈志清兄弟喊了出來。

沈族長也不廢話，直接叫沈志清脫了外衣。

沈志清沒問要做什麼，自家爺爺怎麼說他就怎麼做。

脫了外衣後，又將裡面的袖子給挽了起來，露出一條精壯的胳膊。

沈族長指著他的胳膊道：「妳看這裡。」

沈驚春湊過去一瞧，他指的那個地方有幾個疤。

沈族長等沈驚春看清楚那幾個疤後，就叫沈志清將衣服穿了起來。「家裡的牛以前是志輝在放，後來他年紀大了些，開始跟著下地幹活，志清也到年紀了，就改由他來放牛。兩人都出現過妳說的症狀，當時家裡嚇壞了，又不敢聲張，生怕被人告到縣裡去。結果沒幾天他們就痊癒了，家裡就覺得這不是天花。志輝好些，叫他別抓他就沒抓；志清這個臭小子不聽話，抓破了膿疱，這才留了疤。」

這兄弟兩個都是十四日那天去過縣裡的，這些天一直待在房裡沒出來，直到沈族長喊了才出來，因此沒聽到前面的話，現在聽他這麼說，都有點雲裡霧裡。

沈志輝問道：「難道我們小時候得的是天花？」

沈族長點點頭。「你延平叔叔以前試過，將牛肚子上的痘瘡弄下來種到人身上，就能生天花，發作起來也更溫和一些。」

沈志輝一聽，眼睛都亮了。

他們家不論是上一輩還是這一輩，生孩子都有點晚，比他小一歲的沈驚秋如今孩子都六歲了，他才剛得了第一個兒子，這孩子也沒趕上好時候，生下來才兩個月，就遇上天花肆虐，若真能種牛痘避天花，那可真是祖墳冒青煙了！

「爺爺，咱也不要耽擱了，現在就去找牛痘來試試吧！」沈志清聽得也是一臉的躍躍欲試。

「試肯定是要試的，一直這麼提心弔膽的也不是個事。很快就要開春了，地裡也要忙活起來，不能一直被天花逼得窩在家裡。只是這個事情先不能叫其他人知道，尤其是里正家。」

若種牛痘真的可以防天花，這必然是救世的大功德，那是要青史留名的！大家都是平山村人，平時有什麼事情那是再團結不過，可事關這種家族榮辱的大事，別說同村了，就是親戚也得靠邊站！

平山村雖然是三姓混居，但因為陳家出了個陳正行，所以三姓之中有點以陳氏為尊的意思；而沈氏和徐氏雖然都有讀書人，可沈家出了沈延富這麼個秀才，所以又有點壓著徐氏的意思。

但是現在，翻身的機會到了！

沈族長越想越激動，一拍大腿就道：「走，先去看看咱自家的牛！」

幾人到了後院牛棚裡，圍著家裡的牛仔仔細細地找了一圈也沒找到痘瘡。

沈志清失望不已。「這裡沒有啊……要不咱們再去其他人家看看？」

平山村一共九十多戶人家，約有二十戶家裡有牛，幾人先去了姓沈的人家，全部看完發現沒有，再去了姓徐的人家。

找了一圈下來，才在最後一戶有牛的人家——陳里正家裡的牛身上看到了痘瘡。

陳里正家這頭牛是頭小母牛，才四歲，痘瘡就長在這頭小母牛的乳房周圍，呈局部潰瘍，有的痘瘡已經結了痂，有的痘瘡才剛長成膿疱。

這種痘瘡以前並非沒見過，只是從來都沒人在意，這次聽了沈驚春的話，沈家人都圍著這頭小母牛，看得嘖嘖稱奇。

陳里正能看得出來，沈家人這個時間來看牛，肯定是有什麼事，但他怎麼也沒想到沈家居然是想取牛痘種在人身上防天花！

見到沈族長對著那些膿疱指指點點，陳里正終於還是忍不住問道：「沈老哥，你們這是幹麼呢？」

沈族長彎著腰，扭頭斜了他一眼，不耐煩地道：「跟你說了你也不懂！」

陳里正被他氣笑。「你不跟我說，我怎麼懂？」

沈驚春見兩個老爺子鬥起嘴，忍著笑拿了兩個竹筒出來。

這是出來找牛痘之前就準備的，是用本地一種叫水竹的竹子製成。她一手拿了竹筒，一手拿著把用開水燙過的刻刀，在膿疱上輕輕一挑，那膿疱就破了，原本不算明顯的臭味立刻濃了不少，裡面的膿漿開始往下滴落，沈驚春將竹筒湊了過去。

一連挑破五、六個膿疱，她才停了手，塞好蓋子。

接著又換了個竹筒，將痂蓋挑落到竹筒裡。

等這些事全部幹完，沈驚春額頭上已起了一層細密的汗。

沈家幾人當即便告辭回家。

陳里正見實在問不出什麼，便不耐煩地揮揮手，叫他們快走。

沈族長家地處全村最熱鬧的地方，這等機密的事情自然是要找個安靜的地方商量比較穩妥，於是一行人又轉頭去了沈驚春家裡。

等關上門，一行人或坐或站，圍在了堂屋那張八仙桌邊。

方氏舔了舔唇，好半晌才道：「這就是牛痘？」

沈驚春點點頭。「沒錯。一個是快要脫落的痂蓋，一個是膿漿。」

「那現在……」

沒拿到牛痘之前，誰都不覺得有什麼，不將種牛痘當回事。

可現在真的拿到牛痘了，不說方氏這樣的婦人，連沈族長都有點緊張了起來。

取牛身上的痘瘡種到人身上，這在以前是聽都沒聽過啊！要不是這次縣裡出現了這麼大規模的天花，放在平時，他要是聽到這種匪夷所思的事情，只怕都要覺得對方腦子壞了。

原本信誓旦旦的沈家兄弟也都沈默起來。

一時間，所有人的視線都落在了桌上放著的兩只竹筒上。

沈默了一會兒後，還是沈族長先開了口。「要不然……去縣城找人牙子買兩個人來試試？」

沈驚春是知道這牛痘不僅死不了人，真的種痘成功後，還終生都不用再怕天花的侵襲，因此聽到沈族長這麼說，就覺得這樣可行。

但其他人不知道這個真的一定能成，一聽這話，全都詫異地看向沈族長。

沈志輝忍不住道：「這——」他才開了個口，就被沈族長給打斷了。

「就這麼辦吧！」

這麼大個光耀門楣的機遇在前，很難有人不心動。既然不敢用自家人去試，那就只能花錢買人來試。

沈族長拍板決定了，其他人即使心裡有其他想法，也只得遵從。

既然決定好了，自然就要立刻行動起來。

沈志清回家套了牛車，載著沈驚春往縣城去了。

出了天花這種事，往日裡人來人往的縣城也冷清了下來，寬闊的街道上，人影稀疏，攤販都少了。

兄妹倆將牛車寄存在城門外，一路問人，才找到了牙行。

牙行這種地方，本來就冷清，現在出了天花，人心惶惶，裡面更是一個客人都看不到，只有一個牙郎趴在櫃檯上打著瞌睡。

兩人都走進屋子裡了，那牙郎還沒醒。

沈志清在櫃上屈指敲了三下。

趴在櫃檯上的牙郎這才茫然地抬起了頭，等看清是兩個年輕人，忙抹了一把臉，笑道：「不知兩位客人是要買，還是要賣？」

沈驚春道：「想買兩個人。」

牙郎一聽，立刻喜笑顏開，站起身來就將兩人往後院引。「可有什麼具體要求？」

沈驚春想了想，道：「十歲左右的吧，最好是家裡沒啥親人的。」

天花這種東西，是年紀越小的人越容易感染，若按她的想法，最好是四、五歲的孩子最合適，可牛痘本來就不致命，若真的買了四、五歲的孩子回去，等種完痘，這人就沒啥用處了，太小了又幹不了什麼活。家裡如今雖然不缺這一口飯，但畢竟誰的錢也不是大風颳來的，能省還是要省的。

正巧年後幾十畝荒地都要種上辣椒，十歲左右的孩子，買回去重活幹不了，但摘辣椒這種事還是可以幹的。

到了後院裡，那牙郎告罪一聲，請他們稍等，就往後面一進院子去了。沒一會兒，就帶了十來名十歲左右的少男、少女出來，按照年紀大小一字排開，最大的是個女孩子十二歲，最小的是個男孩才八歲。

沈驚春輕咳一聲。「我要買兩個簽死契的。買賣是雙方的事情，這個我不強求，接受不了的往後退一步。」

她話說完，就有一男一女往後退了一步。

沈驚春點點頭道：「我家在城外的平山村，不是什麼有錢人，家裡有些地，買了人回去肯定是要到地裡忙活的。我知道現在一些人家買人回去都會發放月錢，這個目前我家是沒有的，能保證的就是四季衣裳，再然後就是我們吃什麼，買回去的人也吃什麼。目前就這個條件，你們看看，不想去的也往後退一步。」

這下退的人就多了。還站在原地的，只剩下了六人。

沈驚春又接著道：「最後一點，這次買人回去最主要就是試藥，這個藥不會有任何生命危險，若出現意外，我家也會承擔全部的醫藥費，務必將人治好。若是能接受這一條的，等你們日後成親有了孩子，這個孩子我家會放了身契。等你們年紀大了，也可以由孩子將你們接回去養老。」

幾個少年遲疑起來，你看看我、我看看你，正不知道該不該退後一步的時候，年紀最大的女孩就跪了下來，「砰砰」地磕了兩個頭。

「我願意試藥，做什麼都行，只求姑娘將我姊弟倆一起買下。」女孩直起身子，朝站在最後的小男孩招了招手。

那孩子兩步上前，也跪了下來，朝沈驚春磕了個頭。「求姑娘買下我們！」

牙郎的臉色有點不好看了。

做他們這行的，將手裡的人調教得有眼色是最好的，但過於有眼色，那就是主意太大了，是很招買主反感的，因此他當即就沈了臉，想要呵斥。

沈驚春第一回買人，倒是沒想那麼多，只是她到底不習慣人家跪來跪去的，便道：「你們倆先起來。」

那小姑娘見沈驚春語氣雖然還算溫和，可臉上沒個笑模樣，心中一跳，下意識就拉著弟弟站了起來，垂著腦袋站著不說話了。

牙郎見沈驚春開了口，便將呵斥的話給嚥了回去，看買主並未生氣，便介紹道：「這兩個是從春穀縣那邊買過來的，親姊弟倆，家中父親已經不在了，還沒出熱孝就被繼母給發賣了。不敢瞞客人，倒不是這兩個人不行，而是這個小丫頭只肯跟弟弟賣到一起，可她這個弟弟年紀太小，沒人願意買，才到現在也沒賣出去。單說這個小丫頭，洗衣、做飯那是沒得說的，田裡的活計也幹得，他們也略識得幾個字。」

沈驚春本來就是想要兩個願意試藥的，現在聽到這姊弟兩個還認識字，當即就決定買了這兩人。

姊姊賣價十二兩，弟弟卻只要七兩，一共十九兩，其他換紅契的費用則由牙行出。

那牙郎手腳麻利，很快就將紅契換好了。

沈驚春拿了兩人的賣身契後，不再停留，立刻就帶著人回村。

到家時，其餘人還是他們走時的樣子，圍著八仙桌坐了一圈。

沈族長一見沈驚春帶了人進來，幾乎立刻就站了起來，彷彿看到的不是兩個剛買回來的人，而是沈氏一族未來的榮華富貴一般。

人都買回來了，也沒什麼好磨蹭的，考慮到種完痘後會發燒、長出膿疱，好幾天都不一定能洗澡，沈驚春便先叫二人去洗了個澡。等洗完了，那個當姊姊的又手腳麻利地將兩人的髒衣服洗了。

忙完這些，眾人才齊聚堂屋。

沈驚春再次將手上的小刀在沸水裡消毒，才對著滿臉緊張的姊弟倆道：「你們放心，後面幾天雖然可能會有點難受，但是不會有任何危險的。」

說完，不等姊弟兩個反應過來，就用小刀在弟弟的胳膊上劃了個小口子出來，將牛身上取下來的痂蓋倒了一個上去，用細布將傷口連著痂蓋一起纏了起來。

小男孩被割破了皮膚，雖痛卻強忍著沒哭，見姊姊一臉緊張地看著他，還勉強笑了笑，安慰道：「一下子就過去了，不痛。」

姊姊的眼睛都紅了，用力眨了眨眼睛，將淚意給憋了回去，捋起了自己的袖子，露出一截皮包骨的胳膊來。

沈驚春再次用刀割破她的皮膚，這次卻沒再用痂蓋，而是從竹筒裡倒了些膿漿上去，等膿漿和冒出來的血液混到一起，才將她的傷口包紮了起來。

「總算好了。買了兩個人回來，里正那裡肯定是瞞不住的，你們不用管，我去說，這兩天關緊院門就是了。」

沈族長眼看著兩個孩子都種上了痘，不由得長出了一口氣。想到買這姊弟兩人回來就是為了試痘毒，他都有點不敢去看他們倆，站起身來吩咐了一聲就匆匆走了。

他一走，沈家兄弟兩個也沒多待，略聊了幾句也回家了。

等到只剩下自家幾人，方氏才問這姊弟倆的情況。

姊弟倆姓嚴，一個叫穀雨，一個叫立夏，是隔壁春穀縣的人，只不過家並不在縣裡，而是在東翠山另一端很裡面的山裡。家裡爺爺是個秀才，所以他們姊弟倆都略識得幾個字，爹死了之後家裡沒了經濟來源，兩人上頭還有個姊姊，已經被繼母賣給一個老鰥夫做媳婦了。

方氏想起自己以前的心酸往事，很有些感同身受，聽得直掉眼淚。

沈驚春最受不了這種煽情的場面，乾脆拉著陳淮出了門。

二人到了書房，陳淮才道：「現在想來，就算牛痘種成了，其實後面還有很多事，譬如，怎麼才能證明，種了牛痘之後能防天花？」

沈驚春直接被問懵了。

之前她所做的一切，都是基於她知道種了牛痘之後可以防天花，現在被陳淮這麼一說才想起來，這事情除了她知道，別人都不知道啊！

陳淮目光灼灼，見沈驚春不說話，乾脆道：「我這裡有兩個辦法，可以解決這個問題。一個是將事情說清楚，然後把這姊弟兩個送到防疫點去，不論事情成不成，我們都將身契還給他們。另一個就是將這個事情託出去，只是若真的能夠證明種了牛痘之後可以防天花，那這個功勞只怕就落不到咱家頭上了。」

沈驚春一時間沒說話。

那三分鐘的熱情冷卻下來之後，她倒是能想到更多了。

真要選的話，那肯定是選第一個最好。能夠解決天花的問題，朝廷的獎勵絕對不會少，不說像小說裡寫的一樣封個郡主、縣主的，一個皇帝親筆題字的匾額八成跑不了，有這麼個金字招牌在，將來她再種出什麼稀奇的農作物來，也算是有個保護傘了。

可……穀雨姊弟倆根本不確定種了牛痘之後，是不是真的就可以防天花啊！

換位思考，如果有人要把他們兄妹兩個送到防疫點去，她估計殺人的心都有了。

可轉頭一想，這人都買回來種上牛痘了，還要顧忌這個、顧忌那個，實在是有點當了那啥還要立牌坊的意思。

陳淮的臉色很平靜，看著沈驚春臉上的表情變化，默默地道：「等他們姊弟倆好了，不如直接問問他們，要怎麼選擇。」

家裡既然出過秀才，姊弟兩個還識字，自由身對他們的誘惑無疑是巨大的，從這姊弟兩個選擇賣身到沈家來，就可以窺見一二。

在言明牛痘是什麼，有可能防天花的情況下，這姊弟兩個選擇去防疫點的機率很大，畢竟有句俗話叫做「富貴險中求」。

種完痘的當天，穀雨兩姊弟除了覺得包住的傷口有點疼、有點癢之外，並沒有什麼其他的感覺。

雖然買人的時候那牙郎就說了，穀雨這個小姑娘洗衣、做飯都是一把好手，可畢竟人家才種了痘，且方氏又可憐這兩人的遭遇，因此也沒讓穀雨做飯，晚飯依舊是方氏自己做的。

吃完晚飯，沈驚春就安排姊弟兩個住在原先徐家姊妹住的那間房裡，一人一張單人床，先將這幾天將就過去再說。

第二天一大早，天還沒大亮，立夏就將沈驚春的門給敲響了。

「娘子，我姊姊開始發燒了！」

雖然昨天已經說過了，他們是賣身進來的，但以後就當一家人一樣相處，可穀雨聽到豆芽喊沈驚春做「小姐」，立刻誠惶誠恐地急著擺正了自己的身分，本想跟著豆芽一起叫，可一想她已經成了親，城裡稱呼這種已婚小婦人，有錢、有地位的都稱「夫人」，平民百姓就稱呼「娘子」，沈驚春這樣的，在城裡則稱呼「沈娘子」或是「陳娘子」。

沈驚春說了兩句，見他們不聽，也就隨他們去了。

這一大早的，敲門聲沒將沈驚春敲醒，反倒將陳淮吵醒了。他應了一聲，又拍拍沈驚春，叫她起床。「穀雨開始發燒了，快起床去看看。」

沈驚春一聽到「發燒」兩個字，立刻就清醒了，匆匆起床穿上衣服就往西廂那邊跑。

外面天色還沒大亮，屋裡看著光線更暗，沈驚春叫立夏去點了蠟燭來，湊到穀雨床前一看，她已經燒得面色酡紅，但一雙大大的杏眼倒是比沒發燒之前看著更亮一些，整個人看著還算有精神，看到沈驚春來，掙扎著就要起身。

沈驚春忙攔了一把。「不用起來，妳躺著，我看看妳的胳膊。」

穀雨被她按了回去，見沈驚春神色關切不似作偽，這才放心地躺好，將袖子捋了起來，露出細瘦的胳膊。

那條瘦竹竿一樣的胳膊上此刻已經冒出了不少紅斑疹，個頭不大，小小的一個，不注意看估計還發現不了。

沈驚春將她這只袖子放了下來，又看了看另外一條胳膊。

這條沒有種痘的胳膊就顯得很正常，一個紅斑疹都沒有。

「妳看看妳身上有沒有長出紅點點來。」

單看兩條胳膊到底還是有點不放心，她囑咐了一句後就拉著立夏出了門，等了一會兒，裡面才傳來穀雨的聲音。

沈驚春又推門進去，滿臉期待地看向穀雨。

她以前生活的那個年代，早沒有天花這種病毒了，對於天花的瞭解僅限於書籍和別人的輾轉相傳，具體的種痘方法她也不甚瞭解，只從書裡看到過，割個口子將膿漿放進去，或者把痂蓋磨成粉末從鼻子裡面吹進去，但具體要怎麼操作、該用多少量，那真的是兩眼一抹黑。昨日給穀雨兩姊弟種痘的時候，也是摸著石頭過河，表面上看來她淡定得不行，可實際上心裡還是有點不確定。

穀雨輕聲道：「背後看不著，但是能看到的地方，只有這條胳膊上有紅點。」

沈驚春長長地出了口氣。「好，那就沒事了。這幾天這些紅點會長大變成膿疱，可能會很癢，但是妳不能去抓它，要等它自然結痂脫落，這個病就好了。還有立夏也是，我不確定什麼時候你也會跟你姊姊一樣發燒，或者這個痘沒有種成功，不會發燒也說不定。等七天後如果還不發燒，那我們還要再種一回痘才行。」

沈驚春囑咐了一番就出了西廂，正對上陳淮關切的目光。

「怎麼樣？」

沈驚春微微笑道：「我覺得是成功了，只有種痘的那條手臂上有斑疹。」

陳淮點點頭。「按理來說，應該是越小的孩子越容易染上才是，可現在穀雨都發燒了，立夏卻還好好的，莫非這膿漿種下去，比痂蓋更容易發病？」

聰明人就是聰明人，一下子就想到了關鍵點！

沈驚春道：「我也覺得是這樣。我想了一下，如果立夏這幾天也發病了，那就說明痂蓋也是有用的，如果是這樣的話，是不是可以用其他的辦法種痘？比如磨成粉，從鼻子裡塞進去？畢竟這樣割開皮膚，到底還是不太好。」

陳淮想了想，道：「具體的還是要等成功之後再說。」

二人原本以為立夏可能要等個兩、三天才會發燒，或者乾脆這次種痘就失敗了，可沒承想，昨天晚上吃過晚飯之後，沒一會兒他就開始發燒了。

因為昨天已經經歷過穀雨發燒，這次大家倒是不慌不忙，沈驚春又將之前囑咐穀雨的話再囑咐了一遍，才放心的去睡了。

今天起來一看，那些紅點點已經變成了丘疹，在皮膚上鼓起來一個個的小包，但好在也跟穀雨身上的一樣，這些丘疹只有種痘的那條胳膊上有。

二人從西廂出來，陳淮就有點可惜地道：「目前看來，是種在哪裡，痘瘡就長在哪裡，如果按妳之前說的磨成粉，從鼻子裡面塞進去，那麼這個痘瘡豈不是要長在臉上？」

「這樣一來，恐怕從鼻子裡塞進去就不太方便了。」

沈驚春皺了皺眉，不知道該怎麼說了。

她這個種痘方法，不過是抄了別人現成的法子罷了，至於從鼻子裡塞進去，痘瘡會長到哪裡，這題她就無法回答了。

接下來幾天，穀雨姊弟倆胳膊上的丘疹果然變成了膿疱，然後漸漸乾縮成了厚痂，直到痂蓋脫落，前前後後一共花了十天左右的時間。

原先從牛身上取下來的膿漿和痂蓋已經被丟到灶膛裡燒掉了，這批從人身上自然脫落下來的痂蓋也不知道有沒有用，反正沈驚春叫姊弟兩個都收集了起來。

等兩人完全好了的當天晚上，吃完晚飯，沈驚春就趁著大家都在桌上，開始說去防疫點的事。「這幾天你們姊弟兩個身上長的，就是天花。」

穀雨一聽就嚇得臉都白了，她來沈家之前雖然在牙行待著不能外出，但多多少少也聽牙郎說過最近祁縣天花橫行的事。可想到這所謂的天花現在已經徹底好了，她到底還是穩住了。

沈驚春見她這個反應，自然非常滿意。「想必你們也聽說過，出過天花的人，這輩子都不會再染上天花，但是給你們兩個種的這個，是牛痘，也就是牛身上的天花。如今看來，是種痘成功了，但以這種方式長出來的痘瘡能不能防天花，我就不知道了。」

立夏抿著嘴，看看姊姊，又看看沈家人，沒說話。

穀雨拍了拍他的手，平靜地問道：「娘子需要我們做什麼嗎？」

沈驚春看她這個反應就知道，她應該是已經猜到了什麼，但還能這麼冷靜，倒是讓自己高看了她一眼。「你們知道縣城外面有個防疫點吧？」

從十四日那天到現在，已過去了十來天，當時整個祁縣都被天花搞得人心惶惶，這十幾天來，這件事引起的風波已漸漸平靜了下來。
染上天花的，幾乎都已經送到了防疫點，最早一批進去的人，有的死了、有的好了，有的還在苟延殘喘。
「我需要的，就是你們去防疫點待上一段時間，驗證這個牛痘是不是真的有用。」沈驚春說著，頓了頓。這種做法對於不知道真相的人來說真的挺殘忍的，可都走到這一步了，總不能半途而廢吧？「防疫點那邊每天給一百文的工錢，這個錢由你們自己拿著，然後等事情結束，我家這邊也會把你們的賣身契還給你們，另外再給十兩銀子的安家費——」
「娘子的意思我懂了。」不等沈驚春說完，穀雨就直接打斷了她的話。「在牙行的時候我就說過，只要娘子買下我們姊弟兩個，隨便是試藥還是其他的，什麼都行。我年紀雖小，但爺爺小時候也教過『人無信而不立』，說出去的話我能辦到的。這個安家費我不要，只求一個恩典。」她起身到了一邊就跪了下來。
方氏一驚，連忙拉她起來。「妳這孩子，有什麼事直接說就好了，好端端的跪下幹什麼？」
穀雨跪得筆直，方氏拉了一下竟沒有拉起來。
沈驚春看著她好一會兒，才道：「妳說。」
穀雨道：「我們都賣給娘子了，自然娘子說什麼就是什麼，我不求娘子能讓立夏不去，只求娘子能寬限幾天，由我先去，若是五天後我沒事，再叫立夏過去行不行？」

這可跟沈驚春想得不一樣，她原本還以為穀雨是想求她讓立夏別去呢。

連陳淮都非常意外地看著這個瘦弱的小丫頭。

不等沈驚春答應，方氏就先開口了。「這有什麼？我作主答應了，妳快起來吧！」

穀雨沒立刻起身。

雖然到這個家才十天，但穀雨也知道這個家裡如今是沈驚春當家，方氏雖說是沈驚春的親娘，沈驚春也不會為了這點小事駁了方氏的面子，但方氏到底不是當家人，因此穀雨遲疑了一下，還是看著沈驚春，直到她點了點頭，才如釋重負地站了起來。

第二天一早，沈驚春就叫穀雨收拾好東西，領著她去了防疫點。

十多天過去，這個防疫點外面看著沒什麼變化，但只要走近了，就能聞到一股怪味。

二人到了門前，還沒開口問話，那門口坐著的一個蒙著口鼻的衙役就道：「咦？是妳呀！妳這是？」

沈驚春仔細一看，這人不正是那天晚上送人販子來時，接待他們的那名衙役嗎？當即便笑道：「官爺，又見面了！這不是上次您說了上工的事情嗎？我問了不少人，才找到一個遠房表妹，這就給送來了！」

衙役蔣明聞言，站起身走近了幾步，在兩人臉上一掃，不由得嘖嘖稱奇。「別人生了天花都是滿臉的麻子，妳們姊妹倆倒好，這臉上是絲毫看不出來。不過咱們醜話可說在前面啊，要是想為了掙這個錢而謊稱出過天花了，到時候在這防疫點再染上了天花，我們可是不管的。」

沈驚春忙道：「這是自然，咱都是遵紀守法的好百姓，這種缺德的事情可不能幹！」

蔣明點點頭道：「妳們隨我進來吧。」

二人就跟在他身後進了大門。

到了一進院子裡，蔣明隨手招來一個婆子道：「這個是新來的，從今天開始在這裡上工，妳帶她下去先安置一下。」

穀雨先前在沈家的時候看著還算冷靜，可真到了防疫點，就不由自主的忐忑起來，聞著空氣中無孔不入的淡淡怪味，一顆心頓時七上八下，怦怦直跳，雙手緊緊抱著自己的小包袱看著沈驚春。

就算再懂事，可到底還是個才十二歲的小姑娘，沈驚春被她這麼一看，不由得伸手摸了摸她的頭，低聲道：「妳放心去吧，不會出問題的。過個十來天，我就來接妳離開。」到時她還是會給他們姊弟十兩銀子的安家費。

穀雨被她兩句話說得心頭大定，一步三回頭地跟著那婆子走了。

等人一走，蔣明才又轉頭往外走，邊走還邊道：「妳去縣衙領獎勵了吧？」

沈驚春被他問得一愣。「什麼獎勵？」

蔣明腳步一頓，詫異地看她一眼。「就是那個扭送人販子來的獎勵啊！妳沒領？上次本來說等確認了身分，就將獎勵送到妳家去的，可後來那本登記了妳家住處的冊子找不到了，正巧這段時間太忙，縣衙人手也不太夠用，就託了沈家四郎給妳帶信，叫妳——」

話沒說完，後面莊子裡就傳來了一聲驚天動地的號哭聲。

蔣明臉色一黑，見沈驚春轉頭去看，解釋道：「瞧這陣勢，肯定是又有人沒了。」

他嘆了口氣，低聲罵了句「晦氣」，埋頭又往後面走，一看就是這些天看多了這些事了。

沈驚春轉頭去看，倒不是因為這忽然冒出來的號哭，而是因為這聲音有些耳熟，似乎在哪裡聽到過。她想了想，也跟著蔣明身後往裡走。

二人一路到了三進院子裡，哭聲越發清晰起來，等蔣明弄清哭聲是哪間屋子傳出來的，就一臉欲言又止地看了一眼沈驚春，張了張嘴想說點什麼，可最後還是閉了嘴，什麼話也沒說出來。

沈驚春心頭一動，隱隱有點猜到為什麼會覺得這哭聲有些耳熟了。到了門口往裡一看，那趴在床上痛哭的，可不正是沈延安嗎？

沈延富為了考舉人，奮鬥了半輩子，誰也想不到最後他會死在天花上。這段時間在防疫點住著，為了能讓他早日痊癒，老宅那邊真的是銀子如流水一般地花了出去，眼看著已經一天比一天好了，卻不想人一下子突然沒了。

噩耗傳回老宅，沈延富的媳婦小錢氏一口氣沒上來，直接昏了過去；沈長年和老太太倒還能繃得住，強忍著悲痛將來報信的人送走，一轉頭就雙雙吐血倒了下去。

沈延貴、沈延安兄弟，一個因為送沈延富去防疫點而不幸染上了天花，如今還在隔離，一個倒是至今還活蹦亂跳，可還在防疫點那邊守著沈延富的屍身沒回來，因此沈家老宅這邊的長輩就剩下了一個李氏還站著。可李氏這人歷來不堪重任，沈延富一死，李氏反倒哭得比誰都傷心，生怕還在防疫點的沈延貴也跟著沒了。

一時間，整個老宅都陷入了兵荒馬亂。

還是沈族長聽到消息，趕了過去主持大局，一邊請了陳大夫給三個倒下去的人看病，一邊又出面請了沈氏族裡的人幫忙一起治喪，還要叫人去縣裡買棺材。

老宅裡面，只有沈長年兩夫妻備好了壽材，如今他倆都倒了下去，還不知道能不能熬過這個坎，因此老倆口的壽材沈族長也不敢作主先拿出來給沈延富用。

人死如燈滅，大房跟三房的矛盾也不算大，方氏自然是第一個從閨女嘴裡知道了沈延富沒了的消息，原本還想著過去幫幫忙，可沈驚春幾句話就把她勸住了——

自從他們三房淨身出戶出來後，家裡的日子是越過越好了，蒸蒸日上；而老宅原來看著不錯，可現在已經遠遠比不上自家了。老太太原來就不待見他們一家，現在沈延富一死，方氏再過去幫忙，說不定讓老太太瞧見了，還當她是去耀武揚威的，本來老太太就吐了血，要是再給方氏一氣，氣出個好歹來，一命嗚呼了，那這口大鍋可就要扣在方氏頭上，弄都弄不掉了！何苦去做這種吃力不討好的事情？

方氏一想，還真是這樣，因此就歇了去幫忙的心思，只隨了一份奠儀了事。

等沈族長這邊安排好老宅的一切，棺材也買回來了之後，就叫了沈志華幾兄弟去防疫點接沈延富的遺體回來，卻不想到了防疫點，卻被告知沈延富的屍身已經在第一時間被火化了，如今屍體沒了，只剩下一罐骨灰。

沈志華直接傻住了。

逝者為尊，古代都是土葬，講究入土為安，還沒聽說過哪家死了人，直接一把火將屍體燒光的！他想鬧卻又不敢鬧，因為這是防疫點的規矩，沈延富並不是第一個被燒掉的。

防疫點這邊最開始死的那人，倒是好好地叫家屬給接回去了，可一場喪禮辦完後，家裡大大小小七、八個孩子就倒了大半，全送來防疫點了。

沈志華抱著親爹的骨灰罐，哭得眼淚都流乾了，最後還是只能將骨灰罐放入棺材之中抬回家。

到了家中，已經清醒的小錢氏準備給沈延富換上壽衣，讓他走得體面點，結果扒著棺材一瞧，看清裡面沒有屍體，只有一罐骨灰後，尖叫一聲又昏了過去。

一場喪禮還沒辦完，老宅就如同被抽去了精氣神一般，倒了一半。

「這真的是種什麼因，得什麼果。」方氏看著送葬上山的隊伍從自家門口經過，逐漸遠去，不由得感嘆了一句。「但凡當年妳大伯他們願意聽妳爹一句話，如今也不至於變成這樣。」

穀雨兩姊弟先後種了牛痘好了之後，陳淮和豆芽就種了痘。

方氏一咬牙，給沈明榆兩兄妹也種了痘，用的正是從陳淮他們身上取下來的痘瘡，發作起來，症狀居然又輕了不少，只有種痘的那條胳膊上長了七、八個痘瘡，穀雨他們還用了十天左右才好，可沈明榆他們卻是七、八天就好了。

沈驚春對老宅一家人根本就沒感情，聽到沈延富死了也不過是驚訝了一下，現在聽方氏不住的嘆氣，也生不出什麼同理心來，想的反倒是沈延安的事。

原本之前送那名人販子去防疫點時看到沈延安，她還有些吃驚，想著怎麼是他在照顧沈延富，而不是妻兒小錢氏或者沈志華和沈梅？後來一想，可能是因為要送沈延富過去，順便就照看兩天，之後肯定還是會換大房的人過去的。可沒承想，沈延安這一待，直接待到了沈延富死都沒回來。

這就有意思了。

一家子親兄弟，沈延貴不過是幫著將沈延富送過去就染上了天花，可沈延安在那邊一直待到現在，卻什麼事都沒有。

這到底是他自身免疫力很強，還是因為小時候染上過牛痘？

沈驚春喝了口茶，將自己的猜測一股腦兒地說給陳淮聽了，末了還感慨道：「如今看來，我這個四叔倒是傻人有傻福。」

「傻人有傻福，妳這句話說得還真是貼切。」陳淮說著頓了一下，又道：「如今沈延富這個頂梁柱沒了，要是沈延貴能好起來，恐怕老宅那邊還有得鬧，這個二伯可不是個省油的燈。」

別說沈延貴了，二房一家五口，哪一個又是省油的燈呢？

以前沈延富雖然只是農忙的時候回來幫忙，但好歹他還是個秀才，名下有二十畝地能免稅，再加上有秀才這個名頭在，外人也高看沈家一眼，二房才沒有鬧起來。

李氏平時雖然咋咋呼呼，慣會偷奸耍滑，但有沈老太太壓在上面，她幹活也算是把好手，甩了小錢氏不知道幾條街。

如今沈延富沒了，小錢氏又不太中用，沈梅這個小丫頭往日裡仗著自己是秀才的閨女，沒少拿喬，沈老太太看在沈延富的面子上，也是睜一隻眼、閉一隻眼。大房一家四口，也只有沒啥讀書天分的沈志華早早認清了自己，幹起活來還算勤勤懇懇。

依照二房那幾人的性子，只怕過不了多久就會鬧著要分家。

沈驚春搖搖頭說：「這跟我們家有什麼關係？再怎麼鬧，也鬧不到被淨身出戶的我們頭上來。倒是我四叔，如果小時候真的染上過牛痘，他就是最好的證明了。如今既然決定把牛痘可以防天花的事報上去，那麼應該好好想想具體細節的可行性了。」

至於沈家老宅那群人，是死是活又跟她有什麼關係呢？或許有一天沈家真的撐不下去了，沈老太太能夠低下她那高貴的頭顱，到沈延平墳前認個錯，她還會看在親爹的面子上，給老太太一口飯吃。

「高縣令的人品還算不壞。」陳淮道：「如今他雖說快要回京述職，可到底還在任上，這次又抓了一批人販子，回京之後多半就要留京任職了。」

如今家裡幾個人都種過牛痘了，雖然穀雨兩姊弟還在防疫點那邊測試種了牛痘到底能不能防天花，可沈家人已經差不多能確定了，陳淮也就開始往縣裡走動。

往年聞道書院都是臘月二十開始放假，假期整整一個月，到正月二十正式開學，所以陸昀一般都是過了小年，就從慶陽府回祁縣。但今年因為天花的原因，書院開學的日子往後推了，陳淮要找陸昀，就只能往他在縣城的宅子去，倒是因此聽了些其他的消息。

縣令沒有判死刑的權力，像這次正月十四鬧得沸沸揚揚的拍花的事件，被拐的既有孩子還有未婚少女，按照本朝刑律，無論是首犯還是從犯，都逃不過一個「死」字，最輕斬監候，嚴重的就是凌遲。

若被拐的人裡面沒有縣令的掌上明珠，他可能就老老實實將這一眾惡徒轉交到府城衙門了，可偏偏這群人販子動的是他的愛女。

這群人販子被抓獲之後，高縣令就以「防止天花擴散」的名義，將他們全部都關到了一起，如今十七名人販子已經死了一半，剩下的一半熬過來的也不過兩、三人，餘下幾人還在繼續受著天花的折磨。

而這些人就算能夠熬過天花，等待他們的也將是移交慶陽府，然後被判死刑。

只是，本朝刑律規定，凡天下大辟案件，都要送往刑部複審，期間允許罪犯本人和其家屬鳴冤。不過這場掠人案鬧得如此大，這些罪犯的家人躲著都來不及了，自然沒人會出來鳴冤。到時候只等刑部複審完將文件批下，這幾名人販子就會被斬首。

高靜姝因為身分不同，當時被擄到廣教寺之後，享受到了單人間的待遇，這才逃過了一劫；而壯壯雖不幸染上了天花，但卻幸運的痊癒了。

沈驚春這才輕聲問道：「你難道想結他這個善緣？」

沈家現在無權無勢，牛痘的事情報上去，到時候朝廷的獎賞下來，估計就是御賜的匾額和一些金銀之類的獎勵；但將這件事呈報上去的官員就不一樣了，若是由高縣令呈報，只怕回京後，官職不會低到哪裡去。

陳淮直接點頭承認。「周桐如今官拜刑部左侍郎。」說著又冷笑一聲。「他與我娘和離之前，再娶的是鎮北侯的嫡次女，沒兩年鎮北侯府沒落，他倒是有本事，又與魯國公家的庶女有了首尾，藉著周家無後，又將人娶回來做了二房。」

沈驚春一開始聽到「周桐」兩字，還在想這名字有點熟悉，直到聽見陳淮說到「和離」兩個字，才反應過來這周桐不就是她那沒見過面的渣男公公嗎？

真是沒想到他居然還是個這麼有能耐的人！有老婆的情況下，能搭上鎮北侯的嫡女不算，還有本事搭上魯國公的庶女，最關鍵的是，像他這種海王，浪了這麼久，居然還沒翻車！

她忍不住看向陳淮那張清俊的臉。能生出這麼好看的兒子，當爹的不說是個絕世大帥哥，但長相肯定也很出眾。

陳淮本來說得一本正經，可被沈驚春這麼直白的眼神盯著看，也有些受不住，輕咳了一聲低聲問：「我臉上有花？」

沈驚春若無其事地微微一笑。總不好跟他說「你爹是個絕世大渣男，你這個做兒子的體內流著他的血，以後發達了會不會有樣學樣變成一個大渣男」吧？因此只道：「我是在想，以你這張臉，春闈只怕就算中了狀元，也要被點成探花郎的。到時候打馬遊街，風光無限，憑這張臉還不知道要迷倒多少小姑娘。」

這話裡的酸味都要飄出二里地了。

陳淮反應十分迅速，立刻抓著她的手表忠心。「這長相也不是我能選擇的呀！再說了，我生是妳的贅婿，死也是妳的死贅婿，只要迷倒妳一個就夠了，其他人又與我有什麼相干呢？」

陳淮這個人少有這麼不正經的時候。

以前在現代的時候也不是沒有人這麼跟她表過忠心，說得比陳淮這幾句話不知道要動聽多少倍，但那時候沈驚春只覺得那些跟她表白的人，油得都能炒一盤菜了，看著都膩。

可現在聽陳淮這麼一說，她只覺得渾身上下說不出的神清氣爽。「快別這麼肉麻了吧！不過話說回來，你怎麼知道得這麼多？」

陳淮的雙眼很亮，看著她的眼神溫柔得簡直都要滴出水來。「這個說來就話長了。」

這眼神，誰能抵得住？沈驚春被他看得臉都紅了，眼見他越靠越近，忙推了他一把。「你有話說話，別想動手動腳的！」

二人隔著一張書桌坐著，陳淮被推得往後一仰，也不惱，索性順勢靠在了椅背上，笑咪咪地道：「妳從京城來的，想必也聽說過柱國公陳牧的事吧？」

沈驚春仔細想了想，才點了點頭。

柱國公府早在十五年前被抄家了，理由是謀反。

陳淮道：「陳家祖先因為有從龍之功，所以開國就封了柱國公，乃是當時四大國公之首，爵位世襲罔替。傳至陳牧那一代，又加授了正一品光祿大夫，因國朝並沒有尚公主就不能做官一說，所以陳牧尚的是昭陽長公主。」

昭陽長公主這個名號沈驚春沒聽過，但平陽長公主她卻是知道的。

「昭陽長公主與先太子都是先皇后所生，而今上與平陽長公主則是當時的德妃所生，後面先太子被廢，今上上位，陳牧手握實權自然就被猜忌，今上便將陳牧與昭陽長公主的嫡女指婚給了如今的內閣次輔張承恩。陳小姐雖有意中人，卻不能違抗皇命，只得下嫁給當時還是戶部侍郎的張承恩做繼室，婚後生下二子，不久就鬱鬱而終，陳牧便請旨從張家抱了個孩子改姓陳——」

沈驚春聽得神色複雜，忍不住插嘴道：「你讓我來猜一下，不會正好那麼巧，陳家救了一個帶著孩子的婦人，然後讓這個婦人做陳小公子的奶娘，後來陳家被抄，陳牧讓奶娘帶著陳小公子逃了出去，而這位小公子又正好行四，字季淵吧？」

陳淮先是一臉的驚訝，聽到後面又有些哭笑不得。「前面猜得沒錯。我娘和離之後，身上沒錢，連祁縣都回不來，機緣巧合之下被昭陽長公主所救，看我跟那小公子年紀相仿，便留下我們母子，一個做了小公子身邊的管事娘子，一個做了小公子的書僮。後來陳家被抄，我娘受昭陽長公主所託，帶著我和小公子逃了出來，身上雖帶了些銀錢，可根本不敢拿出來用，東躲西藏的，出了京城沒多久，我們倆就都染上了風寒，我娘為了照顧我而疏忽了小公子，等反應過來的時候，他身子都涼了。」

沈驚春表示有點疑惑，劇情實在不應該這麼發展啊！

電視裡可不是這麼演的，小說裡也不是這麼寫的呀！

難道不應該是一個世家公子流落小山村，蟄伏多年後殺回京城，有怨報怨、有仇報仇，然後推翻暴政，要麼自己上位當皇帝，要麼扶持一個皇子當皇帝，最後一人之下、萬人之上，功成名就、事了拂衣去，帶著妻兒遊遍大好河山的故事嗎？

沈驚春想得天花亂墜，陳淮還在語氣平穩的敘述。

「我娘發現小公子死了，就將他就地掩埋了，拿著錢財到了慶陽府，也不敢回祁縣，買了一座小院子帶著我生活了幾年，後來見無人找來，這才回了祁縣。但回到祁縣沒兩年，真的有陳牧以前的忠僕找了過來，我娘不敢說小公子死了，只能謊稱是她的親生兒子死了。說起來也巧，我與那小公子的後腰處都有一顆紅色的痣，只是位置不太相同，但已經過了好幾年，再加上那幾個忠僕沒有親眼看過那顆痣，也就信了我娘的話，將我當成了陳家小公子。

而我娘因為陳家人找來，擔驚受怕，惶惶不可終日，熬了沒幾年就去了，臨去前還囑咐我，如果以後有機會，要幫陳家翻案。」

那顆紅痣沈驚春有幸見過，說是在後腰，其實是在臀部尾椎骨上方和腰椎連接處的邊上，也就是現代人們常說的腰窩的位置，在細腰翹臀的襯托下，那顆紅痣真是要多性感就有多性感。

沈驚春的手指動了動，想摸摸那顆紅痣的想法蠢蠢欲動，怕自己做出什麼不合時宜的事情，連忙將雙手緊緊握在了一起。「那你現在打算怎麼辦？翻案恐怕是有點難，要是別人也將你當成那陳小公子，也是樁麻煩事。」

陳淮看著她緊緊握住的手，輕笑一聲，探身過去揉了揉她的頭髮。「放心吧，周桐可以容忍我跟母姓，但絕對不會容忍我認別人做父親的。」

「不過話說回來，你真的不是那位陳小公子？」

哪怕陳淮已經說得很明白了，但沈驚春還是忍不住懷疑，這真的太小說了。「不過陳家這幾個找過來得忠僕倒是真的忠義，你騎馬什麼的都是這群人教的？」

「不錯。」陳淮點頭道：「像柱國公府這樣的世代勛爵人家，一般都在外面置有不為人知的秘密產業，交由極為信任的心腹打理。他們找過來之後，我娘就將這事的始末說給我聽了，因害怕陳家人報復，又不敢將真相說出，只能謊稱我是那陳小公子，但我知道我不是，所以在接受了陳家的恩惠之後，才會答應娘，以後有能力了要為陳家翻案。」他嘆了口氣。「可是這條路真的好難啊。」

翻過年來他已經二十歲，即便今年院試、鄉試都一次考過，明年春闈能考中進士，可等他站穩腳跟，還不知道要等多少年。

有時候他真的懷疑，這輩子到死之前，他有這個機會翻案嗎？

沈驚春道：「我小時候聽過一句話，很多年過去了，到現在我還清楚地記得這句話。」

「什麼話？」

「有些人的夢雖然遙不可及，但並不是不可能實現，失敗的人只有一種，就是在抵達成功之前放棄的人。你現在只要想一件事，那就是——你一定可以做到。」

沈延富頭七之後，沈驚春總算是找到機會單獨跟沈延安說話。

她不敢直接問牛痘的事，怕他回去說漏了嘴，被沈老太太察覺，只好拐彎抹角地問了些他小時候跟沈驚秋一起玩耍的事。

沈延安還真當沈驚春這個做妹妹的想瞭解自家大哥小時候的事，說起這些事來也算知無不言。

聊著聊著，就聊到小時候跟沈驚秋一起放牛，後來有一次生了大病之後，沈老太太就不淮他再去放牛了，這件事才徹底落到了沈驚秋頭上，還說那場高燒差點把他人都給燒傻了，身上起了些疹子，他癢得受不了，抓破留了疤。

說到這裡，沈驚春幾乎已經可以確認，沈延安小時候肯定是得過牛痘了。

又聊了幾句謝過他，沈驚春才告辭回家。等到了家，又將這個消息說給陳淮聽。

「我將牛痘的始末整理一下，包括咱們全家種了牛痘之後的反應、什麼時候發燒、什麼時候起的紅疹，都記錄清楚，過兩日我請老師作陪，去一趟縣衙，順便將妳上次抓到那名人販子的獎勵也給領回來。」

若非陸昀已經致仕，且家中無人在朝為官，這件事其實託給他更好一些。

陳淮雖然拜入陸昀門下才十年，可他還是很瞭解自己這位授業恩師的，雖然嘴上說著從此以後一心就窩在聞道書院教書育人，其實心底還是很關心民生大計，知道牛痘可以防天花之後，只怕會比他還要熱情很多。

請陸昀出面，這件事必定能成。

# 第十三章

夫妻倆花了兩天的時候，將種痘的經過謄寫出來，反覆檢查沒有遺漏之後，第三天一早，陳淮就出發去了縣城。

沈驚春不覺得有什麼，但是方氏這一天就跟屁股長了刺一樣坐立不安，一會兒唸叨著這事不知道能不能成，一會兒又嘀嘀咕咕地叫地下的沈延平保佑閨女和女婿。

沈驚春實在受不了她這副神神叨叨的樣子，索性在工具房裡待了一天，刨了一天木頭。

陳淮是在天黑之前到家的，一身的酒氣，由陸昀身邊的小廝駕著馬車送了回來。

大約是喝得實在不少，真有了幾分醉意，一下車看到沈驚春就抓著她的手不放了。

沈驚春到底皮還沒厚到那種程度，當著別人的面，真有幾分不好意思，叫豆芽拿了錢謝過陸昀的小廝，將人送走後，就拖著陳淮回了房。

吃晚飯也沒叫他，等到沈驚春忙好漱洗完回房，才發現陳淮早就醒了，正倚在床頭，就著並不太明亮的燭光翻著手裡的書，但一看到沈驚春進屋，立刻便將書收了起來。

「事情辦妥了，高縣令中午就寫了奏本，連同我寫的那本冊子一起，四百里加急送往京城。祁縣到京城一千四百多里路，四天就能到。防天花這種大事，利國利民，想來不久之後就會有天使蒞臨。」

「那就好。族長心裡還是有數的，沈家如今的讀書人不多，沈延富沒了之後，十年內拿得出手的年輕人幾乎沒有，你如今對外而言是入贅，因此光耀門楣的希望還是放在你身上，我想這也是他完全不爭這次功勞的原因之一，多半是想等你日後提拔沈家。」

沈族長真的算是一心為沈氏一族著想了。

就拿年前那波開墾荒地的事情來說，有陳正行和陳里正在，陳氏一族開墾出來的荒地反倒沒有沈氏一族多，這其中沈族長真的是勞苦功高，幾乎是一家一家的去勸說，連沈老太太這種不想跟沈驚春有任何牽扯的人，都在他的勸說下帶著老宅的人開墾了二十畝荒地出來。

陳淮笑道：「也是沈家時運不濟，要不然有這樣一位族長在，怎麼也輪不到我這個贅婿光耀門楣了。對了，我看高縣令的意思，想請妳這幾日上門為高小姐種痘。」

高小姐這次也算是死裡逃生，與天花擦肩而過，她本人沒覺得怎麼樣，反倒是高縣令嚇得夠嗆，這也是他將牛痘之事呈報上去絲毫不拖泥帶水的原因之一。

沈驚春一聽這話，就忍不住扶額，苦笑一聲。「這高縣令倒是會給我找事。」

本來就是想借著牛痘跟高家攀上關係，高縣令說是想「請」沈驚春去給高小姐種痘，實際上這事根本沒得拒絕。

雖然她跟那位高小姐只有短暫的一次會面，但不難看出，高小姐可不是個好相與的人，她這種村姑在高小姐眼裡，恐怕連幫忙提鞋的資格都沒有。

陳淮一聲輕嘆，又說起另外一件事。「上次與吳家說的茶葉一事，多半也不行了。今日在酒桌上，高縣令喝得有點多，隱隱透露出個意思，戶部尚書不知道因為什麼原因被罷黜了，原戶部左侍郎升尚書，右侍郎升左侍郎，如今就是戶部右侍郎一職空懸，高家那邊替高縣令走動，想替他謀這個位子。之前爭議很多，但這次牛痘的事情由高縣令呈報上去，想來這個右侍郎的位子是穩了。」

七品縣令直接升正三品侍郎，簡直是原地起飛，不成還好，這事要成了，只怕高家就要欠沈家一個大恩情了。

至於茶葉的事，原本就是為了陳淮春闈做鋪墊的，如今搭上了高家，這事成與不成，便顯得不是那麼重要了。

二人又聊了會兒，陳淮爬起來漱洗一番，就各自睡了。

第二天一早，一家人剛吃完早飯，高家的馬車就停在了沈家門前。

家裡幾人面面相覷，沈驚春看了眼陳淮，見他也是一副驚訝的樣子，顯然也沒想到高家人會來得這麼快。

來的是高家的管家，一個看上去非常和善、見面三分笑的中年男人。

大約是沈家這個牛痘防天花的法子出現得太過及時，高縣令刻意敲打過底下的人，不等沈家人說話，高管家就滿臉和煦地先開口問了好，連年紀最小的沈明榆兄妹倆也沒漏掉，誇獎了一番。

沈驚春被他這番熱情弄得有點懵，一時間也就沒有開口，這種場合就由陳淮去應付了。一行人只站在院中閒聊了幾句，陳淮便要請高管家上座，不想他卻笑咪咪的拒絕了。

「今日可是領了任務來的，要請沈娘子到府上做客。」

昨天在酒桌上，高縣令說這幾日會請沈驚春上門，可不像是開玩笑的，可再怎麼樣也要給人一個準備的時間吧，沒道理今天一大早就眼巴巴地上門來請人啊！

眼見沈家人一臉錯愕，高管家便笑道：「是京城老夫人派人來了，想將大小姐接回京城去，老爺便想著早日將牛痘種了，好叫大小姐早日回去，這才讓我今日一早就來接沈娘子去種痘，失禮之處，還望海涵。」

不海涵還能怎麼著？

陳淮只能客套一番。

沈驚春見了，也不再耽擱，當即便回房收拾了痘苗，夫妻二人上了高家的馬車，往縣衙去了。

高縣令一家就住在縣衙後院，馬車直接行駛到了後門處，車一停穩，高管家就說了聲到了，率先下了車。

沈驚春掀開車簾子一瞧，便見門邊立著名俏生生的大丫鬟。

一見沈驚春探出身來，大丫鬟立刻迎上前，笑道：「沈娘子來了。」

語氣十分熱絡，不知情的真當雙方是什麼大熟人，與之前在菊展上見到的趾高氣揚完全不同。

「沈娘子這邊請，我家小姐在內院等候。」

沈驚春跟在這大丫鬟身後，一路往裡走。

穿過庭院就到了正房前，門邊立著一名十歲左右的小丫鬟，一見兩人過來，立刻就將門簾掀了起來，福身行了一禮。

大丫鬟並未停頓，直接進了門，朝東屋道：「小姐，沈娘子到了。」

話音未落，高小姐便從裡間走了出來。

這次被人販子拐走，顯然對她還是有影響，相比起幾個月前，這位高小姐肉眼可見地瘦了下來，倒是整個人的神色如同那個大丫鬟一樣，不再趾高氣揚，很有些平易近人的樣子。

沈驚春收斂心神，剛準備客套一番，高靜姝已經兩步上前，一把握住了她的手。

高靜姝溫聲道：「沈姊姊可算來了！」

迎面撲來的香風熏得沈驚春差點落下淚來，高小姐這個態度更是讓她雞皮疙瘩都起來了！這又是鬧的哪一齣？她用力一掙，強行將手從高小姐手裡抽出來。

高靜姝眼眶一紅，眼裡就有了水光。

沈驚春被她這個樣子直接搞懵了，不算那天夜裡，大家這才是第二次見面吧？用得著這樣？

高靜姝吸了吸鼻子，一擺手就讓屋裡兩個丫鬟退了出去，拉著沈驚春到桌邊坐了下來，低聲道：「我知道在廣教寺那天，是沈姊姊救我的。」

沈驚春心中一凜，立刻警覺起來。是她捅破了那些人販子的行蹤沒錯，但這事除了明淨，並沒有其他人知道，莫非是明淨出賣了她？

「高小姐在說什麼，我不太明白。」

高靜姝當即解釋道：「那天夜裡我看到妳了，後來在廣教寺，我也看到妳了。妳不承認沒關係，但我知道是妳。」

沈驚春神色不變，依舊道：「我不知道高小姐在說什麼，今天高縣令請我來是給高小姐種痘的，妳看現在方不方便，我家中還有些事等我回去處理呢。」神經病才會承認！她從隨身攜帶的小包裡，拿出準備好的痘苗、小刻刀以及一支小蠟燭，木著一張臉朝高小姐道：「請小姐挽起袖子來，這個痘要種在胳膊上。」

高靜姝見她怎麼都不承認，也沒洩氣，聽話地將袖子挽了起來，露出一截白皙細嫩的胳膊。

沈驚春拿起小刻刀，點燃蠟燭燒了燒刀子，而後朝她道：「這牛痘種在哪裡，疱疹就會出在哪裡。要先將皮膚割個小口子出來，可能會有些痛，還請高小姐忍耐一下。」

高靜姝剛準備點頭，那把小刻刀就落在了她的胳膊上，將嬌嫩的皮膚劃開了一個口子，她「嘶」了一聲，痛得冒出了冷汗，下意識就想抽回手臂，沈驚春的手卻像一把鐵鉗子一般，讓她不能動彈分毫。

割完小口子，沈驚春便又將那只裝著痘苗的小瓷瓶拔掉塞子，將裡面磨成粉的痘苗往傷口上倒。

她動作很快，沒一會兒就用細布將傷口層層包了起來，說了聲「好了」，然後便不再理高靜姝，低頭將自己帶來的東西收拾好放進了小包裡，起身朝高靜姝道：「這便種好了。傷口這幾日先不要見水，少則一天，多則七天，就會開始發燒、出斑疹，到時候不用驚慌，也不須用藥。給高小姐用的這痘苗，已經拔過了幾次毒，毒性已經很弱了，出的斑疹應該也不會太多，但是可能會有點癢，小姐千萬不要去撓它，過個七、八日就自然痊癒了。」她接著又道：「若等七日之後，還沒發燒、出斑疹，那就證明種痘失敗了，需要重新再種一次。我將痘苗留一瓶在這兒，不拘是小姐自己找人種一次，還是到時候派人接我過來都可。家中還有事，我就不多留了，這便告辭。」

高靜姝見沈驚春話都不願意留下來多說幾句，忙叫了小丫鬟進來，拎著準備好的禮物，讓大丫鬟將沈驚春一路往外送。

出了縣衙，之前那輛馬車還停在後門外，陳淮靠在牆邊閉目等著，看見沈驚春這麼快就出來了，倒是有點驚訝，他還以為以高小姐那種千金小姐的派頭，還有得磨蹭呢。

沈驚春給他使了個眼神，示意「回頭再說」，轉頭便朝那送她出來的大丫鬟道：「就不勞相送了，我們夫妻倆還有點事要去辦，拎著東西也不太方便，多謝高小姐的好意。」說完拉著陳淮就走，直到出了縣衙後門這條街，她的腳步才慢了下來，滿臉鬱悶地將在縣衙發生的事情簡述了一遍。「這個高小姐真的是……忽然變得這麼熱情，最好這次種痘一次成功，再來一次我真的受不了了。」

陳淮聽了有些忍俊不禁。「老師以前在京城的時候跟高縣令的父親倒是有幾分交情，我聽老師提過幾句，這位高小姐因為從小喪母，被高縣令寵得如珠似寶，行為有些霸道，目無下塵，別說與她同輩的姊妹了，便是家裡的兄弟遇到她也只有退讓的分，這種霸道的性格導致她很難有處得來的人。那天晚上多半她是真的看到我們了，將妳當作救命恩人，這才變了態度。」

沈驚春哼道：「我本來就是她的救命恩人！算了，不提這個了。收集的痘苗上次給族長家種過之後就不多了，也不知道他們有沒有收集起來，今天又留了不少給高家，餘下的恐怕也用不了兩次。不如今日去陸先生府上問問？我瞧著他對你很不錯。」

陸昀對陳淮那何止是不錯，這幾年來簡直是當成自家子弟在照顧，得了什麼好東西，從不忘記給陳淮留一份，即使陳淮從聞道書院退學了，陸昀弄來了歷年的考卷都還巴巴地叫他去聽課。

這樣的老師，簡直甩了他那個渣男爹一條銀河系！

沈驚春想了想又道：「先去買點東西帶著吧，過年我們沒給陸先生拜年，已經是失禮了，現在怎麼也不好空著手上門。」

陳淮笑了起來。自從將身世的問題說開了之後，他就發現沈驚春原先那種若隱若現的疏離感不見了，之前剛成親那會兒，她給他的感覺，就是隨便找個人成親過日子罷了，但現在她的態度明顯不一樣了。

二人出了縣衙附近的居民區，到了東大街上買了些禮物，就去了陸府。

陸昀在祁縣的宅子也在縣衙附近這片富人區裡。

陳淮敲了門，只一會兒裡面就有人將門打開了，正是昨日送他回去的那名小廝，一見他倆問也沒問，就將人請了進去。

兩人跟著他一路往裡走，到了後院才瞧見陸昀正蹲在一片花草前跟人說著什麼。

小廝走近了些，恭聲道：「先生，陳公子來了。」

陸昀不耐煩地揮了揮手，蹲在原地動都沒動。「叫他自己去書房玩會兒。」

反倒是他身邊那人回頭看了一眼後，勸道：「祁山兄，我瞧著同來的還有位小娘子，想來有事要說，你還是先去看一下吧？」

陸昀一聽一起來的還有個小娘子，眼睛就亮了，一轉身瞧見真是沈驚春，立刻喜道：「哎呀！就說今天一早喜鵲就開始叫，原來是沈丫頭這個小救星要登門！快來快來，十萬火急等妳救命呢！」

旁邊那老者也跟著笑道：「這就是你說的那個種菊花很厲害的小丫頭？」

「是啊！」陸昀點頭道：「那一手種花技藝可以說得上是神乎其神！」

雖然陸昀說的都是實話，但沈驚春被這樣當著陌生人的面誇獎，還是覺得有些不好意思。「只是種花略有幾分心得而已，哪裡就稱得上神乎其神？先生這樣誇我，倒叫我有點不知道自己到底幾斤幾兩了。」

陸昀不贊同地道：「好就是好，不好就是不好！我在這祁縣待了這麼些年，就種菊花而言，妳稱第二，我看沒人敢稱第一，有什麼好謙虛的？」

沈驚春看了眼陳淮，夫妻兩個對望一眼。

陳淮先說了話。「老師，這位先生是？」

陸昀身邊這人，中等身材，蓄了把短鬚，目光炯炯，雖上了年紀，可精神健旺、老而強健，可見風采。陳淮跟在陸昀身邊近十年，這還是第一次瞧見這人。

「這是京城來的，太醫院院判程遠之，不過這不重要。」陸昀朝沈驚春招了招手道：「小丫頭快來看看這花怎麼了？」

沈驚春一聽「太醫院」三個字，精神就為之一振，看向程太醫的眼神就變得無比熱切起來。

陸昀看見她這表情，也「咦」了一聲，遲疑道：「我記得妳大哥是不是小時候摔了？」

沈驚春忙不迭地點頭。

「那等會兒叫老程去給妳哥哥看看吧，妳先來幫我看看花。」

陸昀這麼說，程遠之的神色也沒什麼變化，顯然是默認了。

沈驚春的目光艱難地從程太醫身上移開，幾步上前到了他們站的位置。

這一片種了不少花花草草，一個三層的花架子擺得滿滿的，但其他的花草看著都還算精神，唯有兩盆蘭花葉片有不少焦尖，稍微湊近些便能聞到芳馥的清香。

「我只道先生愛菊，卻不知道先生竟也愛蘭。這兩盆素心蘭問題不大，就是普通的焦尖。您看這葉片呈黑色，病緣處沒有黑色的橫條，這一般都是因為管理不當才生的病，若是葉枯病或者黑斑病這些引起的病變，這個地方會有黑色的橫條。」
沈驚春本人對種花沒什麼興趣，但架不住她在現代有個酷愛養蘭花的老爸。
「管理原因生出的焦尖，不外乎幾種。」她往四周看了看。「光照過強一般發生在夏季，且我瞧這排花草的位置坐北朝南，還有院牆遮擋，應當不是；再有就是長期陰養，顯然也不是；餘下就是澆水太勤爛了根，或是在陽光下澆水，水聚葉尖，導致焦尖；再不然就是肥料太過，致使根系焦黑，導致葉片焦尖；另外施藥過量，也會造成焦尖；還有最後一個可能就是澆水不勤，導致空根，蘭花沒有正常的水分供給才會焦尖。」
她伸手在盆中扒了扒，這土壤還有濕意，顯然不是澆水不勤快引起的。
「那如今應該怎麼解決？這花能治得好嗎？」
「可以，不是什麼大事。倒個盆吧，等會兒我將花帶回去，重新種好了，過幾天再給您送過來。」
陸昀一聽，立刻鬆了一口氣。瞧見陳淮站在一邊，手上還拎著東西，立刻就不悅地道：「都說多少次了，家裡什麼都不缺，別老是買東西來！有這個錢就留著以後去慶陽府趕考用，說了多少次都不聽！」話雖這麼說，但語氣隱隱有股得意在裡面，一邊說著，一邊還不動聲色地朝程遠之甩過去一個得意的眼神。
幾人看得分明，程遠之更是笑著稱讚道：「祁山兄倒是有個好弟子！」

程遠之這麼識趣，陸昀反倒不好再說，只得又問陳淮。「不是前兩天才來過？今天又來是有什麼事？」

剛才被陸昀拉著看花耽誤了一會兒，這時聽他問起來，夫妻倆也回過神來了。

「昨日高縣令說要請驚春去替高小姐種痘，我們手上的痘苗也不多，之前因還不確定是否能防天花，就沒提起給老師種痘的事，如今手上還有些痘苗，是拔過好幾次毒性的，所以驚春就說來問問老師要不要也先種上？」

陸昀怔了一下，倒是沒想到是因為這個。

邊上的程遠之聽到「種痘」兩個字還不太明白，可聽到後面「防天花」三個字，臉上的表情就變了。

他是這兩天才到的祁縣，昨日下帖，今日才登門拜訪陸昀，來了之後就被拉到這邊研究了半天蘭花為什麼會生病的問題，別說牛痘了，就連祁縣發了天花，也沒聽陸昀提起一個字來。

此時聽沈驚春這麼說，程遠之忍不住問道：「這個牛痘可以防天花？」

「是的。」程遠之身為太醫院的院判，如果有他插手這件事，想必牛痘的事情很快就能有結果出來，因此她也不隱瞞，將事情從頭到尾、事無鉅細地說了一遍。

程遠之聽完，久久回不過神來。「痘苗可否給我看看？」

「當然能。」沈驚春從隨身的小包裡拿出小竹筒，遞了過去。「這裡面裝的是痂蓋磨碎的粉末。我們第一回種痘時，一人用的是從牛身上取下來的膿漿，另一人用的是痂蓋，相比起膿漿，這個痂蓋種完之後，發作起來要慢一些，只是那膿漿的氣味實在是有點……所以，後面都是取的痂蓋。」

程遠之點點頭，接過了小竹筒，剛一拔開上面的小木塞子，一股不太明顯的臭味就飄了出來。他面不改色地將粉末倒了點在手上，仔細看了看，除了臭，還真沒看出什麼來。

「既然是種痘，那現在便開始吧，我也正好看看是怎麼種的。」程遠之將手上那點粉末又倒回了竹筒裡，還了回去。

幾人便進了屋子。

陸昀又喊了小廝打水過來，淨了手。

種痘這事，前前後後種了不止十來次了，哪怕這次有程太醫這個大老在一邊看著，沈驚春也顯得氣定神閒，動作麻利無比，拿著刻刀劃開皮膚的時候手都不帶抖的，等到傷口包好，她就聽到程太醫在一邊舒了口氣。

「這樣就好了？」他問道。

沈驚春點點頭。「具體能不能發作出來，還是要看個人的體質，最快的可能今晚就會開始發燒、起疹，慢的比如我一位叔父，將近五天才發燒，我們都還以為種痘失敗了。」

程遠之聽了，若有所思。「這樣的話，若是種牛痘真的可以防天花，倒是方便很多，各個醫館的人一學就能會，甚至若是民眾家裡能找到牛痘，也可以自己動手種痘。」

沈驚春點點頭。本來種痘也不是什麼技術性很強的事，只待朝廷的公文下發，就可以全民種痘了。

不等屋裡幾人說話，程遠之又道：「既然這個痘苗可以從皮膚上滲入，那麼是否可以從口鼻這些地方種進去？」

「我與夫君之前也探討過這個問題，但是從我家裡人種痘的情況來看，這痘苗種在哪裡，疱疹就會出在哪裡，只怕直接從鼻子進入，那疱疹若是長在臉上，豈非不美？」

「那倒是。」

程遠之拍拍手就站了起來。「祁山兄說令兄似乎要看大夫，正巧老夫今日無事，這便走吧！等給令兄看完，我也要種一下這個牛痘才行。」

沈驚春本來就想著該怎麼自然地提起給沈驚秋看病一事，現在聽他主動提起，自然喜不自勝，當即就朝陳淮使了個眼色，夫妻二人站起身來告辭。

程遠之自己是有馬車的，這次便不用陸家的車伕相送，夫妻倆一人抱了盆蘭花，就跟在程遠之身後往外走。

出了門、上了馬車，也不多話，先回到程家拿了藥箱後，陳淮就直接指揮車伕出城，一路往平山村去了。

到家時，方氏正在準備午飯。

正月過後，天氣漸漸回暖，沈家也由兩餐重新變成了三餐。

中午家裡準備吃炸醬麵。沈驚春的廚藝雖不怎麼樣，但紙上談兵的技能卻是極高的，經常突發奇想要吃點現代的東西，這炸醬麵便是在她的口述下由方氏弄出來的，只是如今季節不對，很多菜都沒有。

方氏瞧見閨女領著兩個不認識的人進來，便將她拉到一邊問了下，聽到閨女說是京城來的太醫，手上拿著的鍋鏟都差點驚得掉下來。

「太醫？我的乖乖，那不是給皇帝看病的嗎？這下妳哥有救了……」說著，眼淚都要出來了。

沈驚春最怕這個，忙勸道：「娘，今天可有外人在呢，妳就算再想哭也忍著點，等程太醫給我哥看完了再說。」

方氏連連點頭，眨了眨眼睛，又將眼淚給憋了回去。「我也不知道你們今天中午回不回來，就揉了麵，打算吃炸醬麵來著。如今這個程太醫來了，是不是應該燒點好的？人家大老遠來給妳哥看病，總不能跟著咱們一起吃麵吧？」

「不用了吧，這看病也不知道要多久，若是一會兒就看好了，豈不是還要等很久才能吃飯？叫人乾等著也不好，中午依舊吃炸醬麵吧。娘妳去附近鄰居家問問誰家有新鮮的菌菇之類的，再放些蝦仁什麼的，將那醬做得好一點。等給哥看完病後，我留程太醫吃晚飯，妳再一展廚藝，燒頓大餐來招待程太醫吧。」

母女倆那邊說著悄悄話，這邊陳淮已經領著程遠之進了堂屋。

豆芽如今也算是訓練出來了，只要是家裡來了人，就會很自覺地去上茶。

程遠之進了堂屋，如同每一個初次來的人一樣，對屋裡的家具讚嘆不已，尤其是那張花了不少心思打造的八仙桌。聽到陳淮說這是沈驚春自己打的家具，更是驚嘆連連。「沈娘子當真是蕙質蘭心，這樣的家具便是內供也使得了！」

二人說話間，沈明榆已經將在後院裡劈柴的沈驚秋給喊了回來。

程遠之一見，自然又是一番讚嘆，這沈家上上下下都生了一副端正的好相貌。

沈驚秋雖然心智不高，但被方氏教得很好，進屋瞧見程遠之，雖不知怎麼稱呼，但卻端端正正地行了一禮。

陳淮道：「大哥，這位是來給你看病的程太醫。」

沈驚秋哪知道太醫是什麼？可但凡涉及「醫」字，那肯定就是給人看病的大夫，因此喊了一聲「程太醫」。

來的路上，程遠之已經大致瞭解了沈驚秋的情況，此刻見他心智雖不高，卻舉止有禮，心中更加多了兩分憐惜，叫他過來坐下，朝他道：「我先給你號個脈。」

程遠之的小廝一聽，便從藥箱裡拿了脈枕出來，在沈驚秋身邊放好了。

沈驚春安排好午飯和晚飯的問題來到堂屋時，程遠之已經號完了脈，正一臉嚴肅地朝沈驚秋道：「請換另外一隻手。」

沈驚春一看他的表情，就知道沈驚秋的問題恐怕不樂觀。

屋內一時間鴉雀無聲，只有程遠之時不時問幾句，和沈驚秋輕聲回答的聲音。

好半晌，程遠之才將脈枕收了起來。「患者的身體已經完全恢復，沒問題了，如今變成這樣是顱內損傷的後遺症，以至於患者認知下降。這樣的症狀，任其自然恢復起來會很慢，若以藥物輔以針灸，並非沒有可能痊癒，只是我並不擅長此道。」

沈驚春聽得失望不已，只要能治好沈驚秋，哪怕是散盡家財，她也願意的。

陳淮卻聽出他的話外之音，朝他鄭重地彎腰施了一禮道：「還請程太醫告訴我們，哪位大夫可以治？」

程遠之一把將他扶起。「不必多禮。先不說我與你老師是多年的故交，即便不看他的面子，就衝著牛痘，我也不能置之不理。整個京城，若要論針灸之術，還數我師兄田回最厲害。」他頓了頓，繼續道：「可惜我師兄從太醫院離開之後，脾氣越發古怪起來，便是我們這些師兄弟的面子，在他那裡也不好使。」

陳淮只沈默了一下，就開口問道：「不知我大哥這個病，若是再拖個一年半載，是否無礙？」

如今已經快二月，六月就是院試，八月鄉試，再翻過年來的三月是會試。並非他自傲，院試、鄉試在他看來，有很大的把握一次考過，到時候一家人都進京去，如果田回真的不答應看病，他也能咬著牙求到周桐面前去。

不論如何，得把他大舅哥的病治好。

「無礙。」

吃了一頓簡陋的午飯後，程遠之並未在沈家待多久，拿了沈驚春從族長家拿回來的痘苗，就匆匆回了縣城。

沒過幾天，高縣令四百里加急送往京城的奏本還沒等到回覆，反倒是程遠之那邊有消息傳了過來。

太醫院統管全國醫藥，手裡也握著提死刑犯試新藥的權力，程遠之雖然是太醫院二把手，卻也可以行此權力。回到縣衙種了牛痘的第二天，他與陸昀就雙雙發燒、起疹了，過了兩天退燒之後，就寫了公文、蓋了章，讓高縣令送往慶陽府。並且按照沈驚春所說，要求死刑犯的年紀越小越好。

這是利國利民的大事，慶陽府那邊也不敢耽擱，快馬加鞭押送了十名死刑犯過來，最小的才九歲，罪名是毒殺親爹。

沈驚春隨便聽了聽，就沒興趣了，因為到了二月中旬，辣椒、棉花和春玉米都可以開始準備播種了。

家裡現在田多了，銀子也有不少，沈驚春乾脆買了輛騾車，又託沈延東幫著買了一頭三歲的小母牛。

沈家需要種植的地多，自家一頭牛再加上族長家一頭牛根本不夠用，便又高價租了村裡另外四頭牛，六頭牛同時開始耕地，連著耕了幾天，才將家裡的地全部耕完。

沈驚春只恨自己分身乏術，一邊要管著地裡的事，一邊還要曬種子育苗，連陸昀差人送信說朝廷派來試驗牛痘的人直接被程遠之喊了過去也沒在意，反正這個功勞多多少少都有她家一份了。

再說種辣椒，若是只打算種這一回辣椒，有木系異能在自然好辦，可現在她是準備建個工坊，專門加工辣椒的，以後也想帶著村裡人一起種辣椒，這是日久天長的事，就不能太過依靠異能了。

曬好種子後，只敢在點種前用異能將種子滋養一遍。

苗床也不敢選那種離得遠的地，正巧族長家有幾畝地就在村尾離沈驚春家不遠，便將這幾塊地選做了苗床。

「我感覺育苗這事，你們應該比我懂得多。」沈驚春一邊下種，一邊道。苗床已經被整細整平，上面提前鋪了一層肥料，蓋種用的細土也準備妥當了。「主要是祁縣這邊的氣溫好，要是在北邊，這個季節是種不了辣椒的。」

古代沒有大棚、沒有保溫的薄膜，下種之後蓋上一層薄土，上面還要再蓋一層稻草保溫，過程其實並不複雜，只是相較於其他的農作物，辣椒這個東西算是個新鮮品種，沈驚春只要在一邊指揮，其餘的活自然有族長家幾位叔伯帶著堂哥們做。

而棉花的種植則要簡單許多，她種五畝地的棉花，只是為了自家用，並不打算靠這個掙錢，因此等這一年種完，來年就不打算種了，到時候自然有能人異士會搶著種棉花，也不怕以後沒有棉花用了，因此不僅將自家五畝棉田要用的種子用異能細細滋養，連沈族長家的棉種也帶著一同滋養。

等自家的辣椒和棉花種子都種了下去，緊接著又要將曬好的玉米種子發下去，一連串的活幹下來，也到了二月底、三月初了。

四月初五便是清明，明前茶帶著些許初春的寒意，香氣清純馥郁，乃是茶中佳品。

之前與吳家說的茶葉生意雖然做不成了，可並不妨礙她採摘一些茶葉炒來自家喝和送人。

以前每年清明時她老爸都要帶著他們兄妹回家上墳待幾天，村裡有茶山，倒是實打實地學過幾天炒茶的。

「當初我上山找樹的時候，曾經在山裡看到過一片野茶林，規模還挺大的。」沈驚春走在最前，一邊讓後面幾人注意腳下，一邊說著自己看到的那片茶林。到了地方，她伸手一指。「你們瞧，就是這裡了。」

上山的路並不是很好走，一路上來，眾人都出了一身薄汗。

方氏等人一抹頭上的汗，順著沈驚春手指的方向看去。

這片野茶林就在半山腰的位置，東一株、西一株看著稀稀落落的，但架不住這一片全是半人多高的茶樹，數量取勝，很是可觀。清明前茶樹上冒出的嫩芽並不算多，但色澤嫩黃，瞧著便十分喜人。

沈驚春伸手摘了一小片茶葉下來，放在手中。「只要這種嫩黃色的，一芽一葉或是一芽兩葉最好，不要超過三葉。」

這簡單，一說大家都懂了，當即就各自散開，採起茶來。

採茶是件極其無聊且枯燥的事情，連沈驚春都有點堅持不下來，可沈驚秋這個心智只有

七、八歲的人和沈蔓這個真正的小孩居然全程連抱怨都沒有一聲的堅持了下來。

太陽西下之時，一家人收工往山下走，上山容易、下山難，加上站了一天，到家時沈蔓和豆芽的雙腿都在抖。

方氏看了又覺得好笑、又覺得心疼。

沈驚春也不由得長嘆了一口氣。「按理說，咱家現在也算是有點錢了，實在是沒必要再這樣苛待自己，我看不如再去買幾個人回來吧？不是我有點錢就張狂，不說其他的，娘妳吃了半輩子苦，沒得說現在有錢了還為了一家人累死累活；還有淮哥，院試在即，實在不應該為了家裡的瑣事分神。錢這東西，生不帶來，死不帶去，掙來就是要花的。」

方氏這種縮衣節食了半輩子的人，也挑不出閨女這話有什麼不對。

一家七口看著人多，可女婿是個讀書人，偶爾下地幫把手就算了，總不能時時都跟莊稼漢一樣待在地裡；而兒子雖有一把力氣，可心智不足，幹什麼事都要有人在一邊帶著；餘下的孫子、孫女都是小孩子，即便村裡像他們這麼大的孩子幫著家裡幹活的比比皆是，可沈明榆兄妹從生下來後也沒過過幾天的好日子，沒道理說現在家裡富裕了，還叫他們過得苦哈哈的；再有閨女，從小過得也是衣來伸手、飯來張口的千金小姐日子，從她回到平山村後，臉較之以前沒什麼變化，可手卻粗糙了不止一點。

方氏越想越覺得心疼，當即就拍板決定。「也好，反正家裡也能住得下，明日妳就去縣城再買幾個人吧！」

晚飯吃得很簡單，吃完了飯，其他人沒事了，沈驚春卻還要將白日裡採回來的茶炒出來。

幾個人忙活了大半天，茶青最後卻只有二十斤不到，一鍋最多炒五斤茶，今天採摘回來的，要分四次才能炒完。

除了沈驚春，家裡所有人都是第一次見到炒茶，因此誰也沒走，都圍在廚房裡。

等方氏將燒水用的大鍋燒熱之後，沈驚春就將第一鍋茶葉倒了進去，徒手開始炒製。其餘幾人看得目瞪口呆。

「這……小姐，您不燙嗎？」豆芽憋了半天，還是忍不住將心裡的疑問問了出來。

沈驚春停了下來，笑盈盈地站在一邊朝她道：「妳來試試？」

這誰敢試啊？豆芽立刻後退，表明自己的態度。

方氏倒是想試試，但沈驚春沒答應。

最後還是沈驚秋粗聲粗氣地站了出來道：「我來幫妹妹炒茶！」

沈驚春笑道：「這炒茶的第一要素，就是不要怕燙，第二就是速度要快。以前有人跟我說，想要炒好一鍋茶，就要掌握十大手法——抖、搭、搨、捺、甩、抓、推、扣、壓、磨。當然了，我自己也是個紙上談兵的半吊子，前面說的這些我也不太會，但是之前說的兩點，不怕燙和速度快是真的。」她快速翻炒了幾下。「哥你看，大概就是這樣，只要在不糊鍋的情況下將茶炒出來即可。」她說著就讓開了位置。

沈驚秋點點頭站了過去，搓了搓手，忍著心裡的害怕，開始快速翻炒起來。他的學習能力很強，只翻炒了十幾下就笑道：「我感覺好像不是很燙了！」

第一次炒得差不多，就將茶葉全部盛出來放在一個竹簸箕裡面開始揉，揉完了繼續炒，接著再揉、再炒，等揉完第三遍，將茶葉放到鍋裡，直到烘乾才能出鍋。

一時間，廚房裡飄滿了茶香味，連兩個小的都忍不住說好香。

炒完第一鍋茶，方氏就帶著兩個孩子去睡了。術業有專攻，陳淮現在的目標是院試和鄉試，所以也去睡了。只剩下豆芽燒鍋，沈家兄妹輪流炒茶。

全部的茶炒完後，已經半夜，三人各自漱洗一番，幾乎倒頭就睡。

第二天一早，大家又早早的起床，方氏帶著沈驚秋幾人依舊上山採茶，沈驚春則帶著用小陶罐裝好的茶葉去了縣城，先到了陸家。

如今天花已經在控制範圍內，聞道書院也已經開學了，陸昀一早就出發去了書院，沈驚春將茶交給他家的小廝就告辭去了程家。

程遠之倒是難得在家，聽聞沈驚春上門，忙讓人將她請了進來。

程家是個三進的宅院，大約是家裡人常年在京城的緣故，庭院看上去有些蕭條。

程遠之已經從後院來到了前面的中堂，一見沈驚春這次手裡只捧著一只小陶罐，就先鬆了口氣。

自從上次在沈家吃了一頓炸醬麵，他誇了一句「味道鮮」之後，沈家就隔三差五的會託人送些新鮮菌菇、筍子之類的農家特產來，每次數量都還不少。

他家裡人全都在京城，這個三進宅子裡也不過留了幾名老僕看家護院，主子只有他一個，哪吃得完那麼多菌菇？一連吃了幾天，就是再好吃的東西也都吃膩了，後面沈家再送菌菇來，他便乾脆叫人帶話回去，說不用送了。

如此一來，沈家倒是消停了幾天，卻不想今日沈驚春又親自登門了。

沈驚春見程遠之看著她手裡的罐子，一副欲言又止的樣子，就忍不住發笑，先朝他行禮才道：「之前隨便搗鼓了一些茶，與市面上賣的那些茶餅子倒是不同，明前正是喝茶的好時候，這是我家昨日才上山採來炒製的，雖是山間野物，但也算喝個新鮮，還望程太醫不要嫌棄才是。」

「怎麼會嫌棄。」程遠之一聽是茶，就有了幾分興趣。「正是因為生在山野之中，才更添幾分野趣。妳家之前送來的菌菇，在京城想吃都吃不到呢！」

沈驚春立刻就道：「既然程太醫覺得好，那我明日再託人送些來。」

程遠之心中發苦，連連擺手。「不用了、不用了！妳這茶是怎麼個喝法？」

沈驚春見他一副避之如蛇蠍的樣子，哪還有不明白的？因此也認真地說起了茶葉的喝法。

程遠之聽得連連點頭，立即就叫下人準備了泡茶用的工具，當場泡了一杯。滾燙的開水沖入茶杯之中，撲面而來的清香讓他眼睛一亮，嚐都不用嚐他就知道這是個好東西。學著沈驚春的樣子，用茶蓋撇了茶沫，吹了吹才輕啜一口，茶香在嘴裡溢散而開，剛一入口只覺得有些微苦，可等苦澀化開又變成了甘甜，一口茶嚥下，香氣清純，滋味醇厚。

程遠之不由得讚嘆一聲。「好茶！」

都是茶，可這種茶的味道卻跟點出來或者煎出來的茶完全不同。

「可惜明前的茶不多，再加上炒製不易，總共也沒有多少。」

沈驚春這話一出口，見程遠之臉上隱隱有些失望，便又道：「這明前的茶雖不多，但雨前的茶應該能多些。若是程太醫喜歡，到時候等我家採了茶，再給您送些過來。」

若是其他東西，程遠之還能拒絕，可嚐過這茶的味道之後，他是真捨不得拒絕了，當即便謝過了沈驚春，又虛心請教。「這明前和雨前有什麼說法嗎？」

「明前便是清明之前，此時的茶多為嫩芽尖，口感較柔和一些；雨前便是穀雨之前，茶多為一芽兩葉，口感微苦，滋味清新而刺激。」

程遠之聽得連連點頭，越發感興趣起來，又問了好些問題。

直到外面的小廝進來問要不要留飯，程遠之才驚覺這一說竟是一上午過去了，看著沈驚春歉意地道：「瞧我這人，一說起來就忘了時間了。已經午時，賢姪女中午就在這裡吃頓便飯吧？這廚娘是從京城帶回來的，也叫驚春嚐嚐京城的菜色。」

二人聊了這麼久，關係早從「沈姑娘、程太醫」變成「賢姪女、程伯父」了。

此刻沈驚春一聽留飯，便站起身要告辭。「多謝伯父好意，只是我今日來縣城還有事情要辦，家中我娘他們幾個也上山採茶了，下午回去還得炒茶，就不留下用飯了。」

程遠之一聽，更加不好意思，白白耽誤了人家一上午的時間，忙叫小廝去書房拿了幾只小瓷瓶出來遞給了沈驚春。「這些是我無事的時候做的一些養生的藥丸子，上回去妳家中，瞧見令堂身體似乎虧空得厲害，吃這些藥丸倒也相宜。每日晨起和睡前以溫水送服，吃個一年半載的慢慢養著，也能養些元氣回來。」

沈驚春不禁一怔。她回到方氏身邊也半年多了，卻只顧著自己和沈驚秋，對方氏多有忽略，連對陳淮的關注也比方氏多些。

這麼一想，她頓時自責不已，原本想要拒絕的話也說不出口了，只得再三謝過程遠之，將那幾瓶藥丸子收下了。

說完茶葉和藥丸的事情後，程遠之卻沒有立刻就放沈驚春離開，而是又說起了牛痘的事情來。

「牛痘防天花這事，如今已經試得差不多了，十五之前我就打算啟程回京。這是關係到全國上下的好事，呈報上去之後，想必不日就會有結果。這個牛痘雖然是由你們一家發現的，可陳賢姪如今到底還是白身，功勞只怕大半會落到高橋頭上，你們也不必覺得憤憤不平。」高橋便是高縣令的大名。「高橋此人還是頗為重情義的，承了你們家這麼大的情，日後等陳賢姪去了京城，想必他高家多少也會看顧幾分。」

程遠之點到即止，沒有選擇繼續說下去。

沈驚春實在不好說，當初借著高縣令的手往上遞牛痘的事，打的就是跟高家攀上關係的主意，再聽到程太醫後面這幾句算得上掏心掏肺的話，更是感激萬分。

從程家出來後，沈驚春還在想，既然程太醫這麼喜歡這茶葉，那麼這幾日採摘的明前茶，便多送些給他吧！

程家的院子也在縣城的富人區裡，沈驚春上回去過的那牙行倒是離這裡不算遠，她腳程很快，沒一會兒便走到了。

牙行裡仍然如上次一樣，並沒有客人，不同的是，這次在櫃檯後面坐著的牙郎看上去比上次倒是精神很多。

一見沈驚春進來，牙郎立刻迎了上去。「沈娘子中午好呀，這麼快又見面了！您這次還是要買人嗎？」

沈驚春就喜歡這種簡單直接的，因此也笑道：「是呀！」

二人如同上次一般往裡走，牙郎問道：「上次買回去的姊弟倆用著可還順手？沈娘子這次要買幾人？還是跟上次一樣嗎？」

沈驚春笑道：「這次想買一家子，四、五人左右最好。」這是昨晚炒茶時商量出來的。

這樣一買就是一家子的也很常見，牙郎一聽，心裡就有了數。

二人到了後院，沈驚春等了沒一會兒，那牙郎就帶了四家人出來了。

一家四口、一家六口，餘下兩家都是五口人。

想到沈驚春是個有主見的，牙郎便只簡單地介紹了一下，就站在一邊不語，任由沈驚春自己打量了。

沈驚春也沒客氣，走近了些，先將這四家人仔細地看了一遍。

首先就剔除了一家四口的。這些人雖然身上穿得乾淨，但那四口之家裡年紀大的婦人，手指甲縫裡卻有些黑色的污垢。人買回去，婦人肯定要洗衣、做飯，不講究個人衛生的人再能幹，沈驚春也怕自家吃了她做的飯拉肚子。

而那六口之家，老的太老、小的太小，也被直接剔除，如此便只剩下兩戶五口之家。

「你們兩家以前是幹什麼的？」

沈驚春一問，牙郎便知另外兩家被剔除掉了，當即就揮揮手，讓他們又回了後院。

兩戶五口之家當即便挨個兒介紹起來。

第一家是祁縣本地人，姓李，當家的叫做李二，因前主家生意衰敗破產，不得不變賣家產與下人，這才被發賣了出來。原先在府中，李二是門房，偶爾兼職馬夫；李二媳婦和閨女，一個是小姐院裡的粗使婆子，一個是丫鬟；李二的兒子則是少爺身邊負責跑腿的小廝，他媳婦在廚房當值。

沈驚春聽完就覺得不行。在那種富貴人家當過下人的人，多半是看不上她家這種農村出身的，因此沒吭聲，等第二戶人家介紹。

這戶人家更簡單一些，當家的叫張大柱，一家五口都是地地道道的農民，因家裡繼母當家，家中弟弟科考要錢，他爹就將他們一家全都賣了出來，換成銀錢供小兒子考科舉去了。

沈驚春聽完就「嘖」了一聲。

果然啊，這萬惡的古代，哪裡都有這種喪心病狂的事！為了小兒子考科舉就發賣了大兒子一家，這到底是有多腦殘才能幹得出這麼沒腦子的事來啊？

這種事一傳出來，即便那小兒子真的考中了，名聲又能好聽到哪裡去？要知道，讀書人可是最注重名聲的了。

她想了想問道：「做飯手藝如何？」

張大柱低聲道：「回娘子的話，以前在家的時候都是我媳婦做飯，閒暇時候附近有人辦紅白事，會叫她去廚房幫工，手藝尚可。」

能在紅白事上幫忙做席面的，手藝再差也差不到哪裡去。

沈驚春也不再遲疑，當即便定了這家下來。

這一家五口人，張大柱兩口子三十來歲，正當壯年；兩個小子一個十六、一個十四，也都是能下地幹活的年紀；剩下一個閨女十二歲，田裡的活雖然有些力不從心，但洗衣、做飯、幹點輕便活還是沒問題的。因此他們的價格要稍貴些，兩口子與大兒子十五兩一個，小兒子和閨女十兩一個，一共六十五兩。

牙郎收了錢，頓時笑得眼睛都瞇了起來。「我領著他們去換紅契，沈娘子是在這邊稍坐一會兒還是？」

沈驚春道：「不用了，我跟你們一起去吧，換完紅契直接就回家了。」

等張家人收拾了簡單的小包袱出來後，一行人就直奔縣衙。

牙郎與縣衙也是常來常往，只一會兒工夫，白契就換成了紅契，以及這一家五口的籍契也都到了沈驚春手裡。

那牙郎見事情辦妥，便又說不論買賣什麼都可以找他，這才告辭。

等人一走，沈驚春也不耽擱，當即帶著張家五口往東城門走，只是才一拐到縣衙大門的那條街道上，就被前方不遠處的熱鬧給吸引住了腳步。

幾人擠過去一瞧，卻是有個小姑娘頭上插著草標，正在賣身葬母！

# 第十四章

小姑娘看著年紀是真的不大，頭髮比穀雨還要枯燥，低著頭跪在地上更顯得身形瘦弱、皮包骨頭，放在身前的一雙手，也是乾燥到有些開裂，手上還有冬日裡凍瘡留下的疤痕。

若這是個貌美小姑娘，只怕早被人買走了，只可惜這小姑娘這個樣子，便是十分的美貌也要降到三成了。

周圍人裡三層、外三層的圍了好幾圈，你一句、我一句的指指點點，不僅沒有一個人問價，反倒還有人問那小姑娘既然是賣身葬母，幹麼不將自己賣給人牙子？

那小姑娘依舊低垂著腦袋，細細的聲音在眾人耳邊響起——

「我去問過了，像我這樣的，人牙子只願意出七兩，可七兩銀子根本不夠。」

人群裡立刻便有人道：「七兩銀子怎麼可能會不夠？辦得簡陋一點，喪葬費五兩也盡夠了，還能餘下二兩呢！」

這話一出，周圍一片附和聲。

買一口薄棺也就三兩，還剩四兩，難道不能將喪事辦妥？

原本看她這樣子還抱有同情心的群眾，現在反而覺得這小姑娘不老實了。

周圍的指責聲一聲高過一聲，可那小姑娘卻始終不言不語，腦袋依舊微垂著，背脊卻挺得筆直。

沈驚春看了會兒，見周圍人因為她不回應，已經開始憤怒，便揚聲問道：「妳要賣幾兩？」

那小姑娘一聽，立刻抬頭望來，瘦到皮包骨的一張臉上，雙眼大得嚇人，已經有了些外凸的傾向。

周圍這麼多人，她卻一眼就找到了出聲說話的人，眼裡盛滿了哀求，卻只張嘴說了句「十兩」，多餘的話一個字也沒有。

沈驚春還沒說話呢，周圍看熱鬧的人就先炸了鍋——

「這位娘子可千萬別當冤大頭！」

「就是，這小丫頭嘴裡不盡不實！十兩銀子到牙行買人不好嗎？幹麼要買她這樣的！」

沈驚春沒理會周圍這些人，只看著賣身的小姑娘問道：「妳叫什麼名字？家中還有些什麼人？家住哪裡？」

這就是想要買的意思了！那小姑娘猛地朝沈驚春磕了個頭。「回娘子，我賤名錢大妮，家中還有爹、大哥、大嫂以及兩個弟弟、一個妹妹，是祁縣太平鎮人。」

「太平鎮？」

沈驚春怔了一下，她倒是知道一個叫錢大妮的，也是太平鎮人。沈明榆兄妹被搶走之後，王氏跳河，就是一個叫錢大妮的丫頭救了王氏。「妳去年臘月是否救過一個跳河的人？」

錢大妮這回沒有立刻回答，遲疑了一下才反問道：「娘子是王家人？」

沈驚春搖頭。「不是，我姓沈。」

沈家人啊……錢大妮臉色一白，眼裡的光暗淡了下來。王氏做了那種惡事，她卻救了王氏，沈家人怎麼可能還會買她呢？

沈驚春皺了皺眉，問：「妳賣身之後，還會不會管家裡？」

「不會。」錢大妮搖了搖頭。「賣身的十兩銀子，五兩用作我娘的喪葬費，另外五兩給我爹，也算是償還了他的生恩。」

沈驚春又問：「妳弟弟、妹妹也不管？」

「不管。」

「好，我買妳。」

沈驚春拿出一張十兩的銀票給張大柱。「張叔你去壽材店買口薄棺，給些錢請人送過來，先將錢姑娘的娘收殮了。」

張大柱應了一聲好，拿著錢就走了。

一群人等了沒多久，張大柱就領著壽材店的人來了。

沈驚春也算是跟木材打了多年交道，單看木料的紋路走向，便能斷定這口棺材是松木製成，做工雖算不上多精細，可也不算差。

兩頭騾子拖著車，棺材放在上面，好不好的周圍人一眼就能看見，見張大柱真的買來了棺材，剩下那些圍觀的人自然又是一陣唏噓。

「娘子，這是剩下的錢。」

沈驚春看了一眼，拿了五兩，又示意將剩下的錢給錢大妮。

壽材店的人已經到了錢大妮身前，正問她接下來怎麼辦，是直接就入殮，還是要先送回家停靈幾天？

錢大妮跪在她娘的屍身前磕了三個頭，就叫壽材店的人直接幫忙將她娘入殮了。

做完這些，一行人直接趕車出城。

到了東門外，沈驚春又從牛車寄存處取回了自家的騾車，有張大柱在，自然不用她來趕車。平山村跟太平鎮在一個方向，兩輛車一前一後往前趕，到了平山村外，後面裝著棺材的車停得遠遠的，只有錢大妮一人跟著進了村。

方氏等人還在山上採茶，沈家只有陳淮帶著沈明榆在家，一看沈驚春帶了六人回來，倒是有些詫異，尤其錢大妮因為喪母，還站在門外沒進來。

棺材在村外不好久待，沈驚春也沒忙著介紹張大柱一家，先叫陳淮回書房寫了一張賣身契，問明錢大妮不會寫字後，又拿了印泥叫她按了指印，才道：「喪葬費的五兩銀子給妳了，另外五兩銀子要等妳拿了籍契過來才能給妳，沒問題吧？」

這麼做倒不是信不過錢大妮，怕她拿了銀子跑路，而是怕她爹搞事情，再生波瀾。

錢大妮搖了搖頭，在門外給沈驚春磕了個頭，便頭也不回地走了。

等人一走，沈驚春才帶著張家五人進了院子，又給他們安排住處。

家裡房間多，即使多了六個人也能住得開，兩人一間，正好將倒座房的三間小房子住滿。「張叔你們先將房間打掃收拾一下吧，這兩天先湊合一下，過幾天等忙完了，我再給你們打幾張床。至於我承諾的四季衣裳的事情，你們自己可會裁衣？」

張大柱的媳婦點了點頭。「會的，我們莊戶人家大多都是自己裁衣。」

「行，那我拿些布出來，你們自己做兩身衣服吧。」

沈驚春拿了布料出來，又帶著張大柱的媳婦在廚房轉了一圈，說了家裡一共幾口人、平時的飯量、大約什麼時候吃飯，交代完這些，就隨便泡了點前一晚的剩飯吃了後，上了山。

沈驚春到了地方，簡單地說了一下今天在縣城的事情。

幾人說說停停，感慨人生，採茶的效率那是大大的下降，等到太陽快要下山，一家人收拾好東西往山下走的時候，也不過才採了十斤不到的茶青。

到家時天色已經開始昏暗，張大柱的媳婦燒好了飯，又領著閨女打掃院子，看見沈驚春等人一進院子，立刻拿著手裡的笤帚，有些拘束地站在了一邊，訥訥地喊了聲「娘子」，又稱方氏做「老太太」。

下山的路上，閨女就跟她說過一些城裡人的規矩，但乍一聽到「老太太」這個稱呼，方氏險些沒繃住，臉色看上去有些不自然，勉強繃著臉「嗯」了一聲，才不至於鬧出笑話來。

一行人到井邊打水洗了手後，沈驚春就示意先吃飯，再認人。

雖然沈驚春之前就說了，到了沈家，都是吃一樣的，但張大柱一家很有眼色地另分了一份出來，主家的飯擺在堂屋，他們一家人則在廚房的小桌子吃飯。

等張家幾人去了廚房，這邊陳淮就輕聲說了一下沈驚春上山之後的事情。

這一家人具體怎麼樣還有待觀察，但就這一下午而言，還算老實。打掃完房子後，張大柱就帶著兩個兒子將屋前屋後都整理了一遍，後院柴房裡的大柴劈出來擺得整整齊齊，菜地裡的野草也被一掃而光，張大柱的媳婦則是帶著閨女開始裁布做衣。

一家人忙活了一下午，卻很有分寸地沒進除了他們住著的倒座房以外的任何一間房。

「之前在牙行的時候，我說的是家裡管四季衣裳和吃喝，但不發月錢，可咱們家不是那種摳扒的，先觀察兩個月看看，如果人真的不錯，到時候還是給他們發月錢吧。」

等吃完了飯，張大柱的媳婦帶著閨女將碗筷收拾好，一家人才都到了堂屋裡給主家磕了個頭。

這是買下人的規矩，磕完頭才算是主家認可了這個下人。沈家上下雖有些不習慣，但還是受了。等他們磕完頭，沈驚春將家裡人都介紹了一遍，才問起張家人的名字。

回話的依舊是張大柱，只說他媳婦姓楊，三個孩子也沒正經起過名字，在家裡都是叫著小名，既然如今賣身到了沈家，只求家主能給取個新名字。

沈驚春是個取名廢，陳淮雖是個讀書人，可在取名這件事上也實在沒什麼天分，最後還是方氏說了之前穀雨、立夏他們的名字不錯，要不乾脆就按著二十四節氣取名，最後才定下來張家兩個兒子叫大暑、小暑，閨女叫白露。

後面幾天，沈驚春自己也不上山了，上午就在家給張家人做點簡單的家具，中午等她哥將採的茶青帶下山，兄妹兩個就開始炒茶，等到下午張大柱的媳婦楊嬸下山做飯，又將下午採的茶青帶下來，到了晚上採茶的人收工下山，晚飯後炒茶的工作量就變得很少了。

到清明前一天，除去送出去的兩個小罐子，家裡竟然也存下了二十多斤茶。

清明節這天，從凌晨過後就開始下雨，到早上天亮後，雨勢一收，天空倒是放晴了。

沈家幾人就收拾了東西，去山上掃墓。

山林間飄著輕薄的霧氣，整座東翠山似乎因為春雨的洗滌而煥然一新，空氣都變得清新起來，帶著絲絲山林間特有的氣息。

一家人到了墓園外，方氏便說先給親家母上墳。

陳瑩的這座墳孤零零的，就在路邊不遠處，陳淮上次來上墳，還是與沈驚春成親之前，按照本地的習俗將自己快要成親的消息告知亡母。如今三個多月沒來，墳塋上又長了不少野草出來。

方氏領著沈家幾個人在一邊看著，陳淮與沈驚春則動手將墳塋周圍的草都給拔了，完了又用帶來的鐵鍬給墳墓上土，而給墳墓上土一般是三鍬，從上往下依次堆放在墳頭的堆土下，且這土還有講究，須得在墳墓左右兩邊取土才行，這樣才能保證墳墓原本的模樣。

修完墳，方氏便領著眾人將帶來祭拜用的東西在墳前的空地上擺開，先點燃紙錢，再點燃香燭。

方氏瞧著這座孤零零的墳，一時間有些感慨，看著燃燒的紙錢，有一句、沒一句地說著話。「親家母，一轉眼兩個孩子成親也有三個月啦，妳放心吧，雖然對外說的是阿淮入贅我們沈家，但到時候等他們小夫妻兩個有了孩子，肯定要有個男孩姓陳的，這樣以後等我們老了，妳這裡也不會斷了香火。

「再過兩個月，阿淮就要去往府城參加院試啦，妳這個親娘在地下要保佑他考個好成績才好。還有八月分的鄉試也是，最好就是照他們說的，保佑阿淮考中第一名，到時候也能讓陳氏一族將妳的墳墓風風光光地遷入陳氏的墓園裡。

「再有就是，如果鄉試考過了，咱們一家人就要一起去京城準備明年的春闈，過年就不回來啦，說不定來年清明之前也沒辦法趕回來給妳上墳了，先跟妳說一聲吧。為了孩子的前程著想，親家母妳千萬不要怪罪才是。」

紙錢在方氏溫和的聲音中化為了灰燼，陳淮從頭到尾都沒開口說話，神色卻是前所未有的柔和。

燒完了紙錢，夫妻二人在附近折了柳枝過來插在了陳瑩的墳上，又磕了頭，才起身往沈延平的墳地去了。

相比起陳瑩那邊的孤單，沈延平的墓這邊則要熱鬧很多。沈氏也有很多族人這個時候來掃墓，若是平時看到，雙方多半都要相互問候幾句，可在這片墓園裡，相互點頭示意就算是打過了招呼，並不過多地攀談打擾。

到了這邊的墳地，方氏的表情更多的則是欣慰，一家人一起動手，很快就將墳地周圍的雜草給清了個乾淨。

祭拜用的東西也與之前陳瑩那邊的一般無二，整齊地擺好之後，就開始燒紙。

方氏依舊絮絮叨叨的，如同之前在陳瑩墳前一樣，將家裡這半年多來的事情一件件、一樁樁，低聲說給沈延平聽。

說著說著，又說到要去京城給沈驚秋看病的事情。「我是真沒想到，咱們兒子可能還有痊癒恢復正常的那天。當家的，這事多虧了咱閨女和女婿，你在地下不僅要保佑兒子看病順利，也要保佑阿淮考試順利啊！阿淮要是鄉試能考中舉人，咱家去京城之前，我肯定找人來給你和親家母重新修墳，到時候墳前墳後都是青磚，這在咱們平山村可是頭一份。為了早日住上青磚墓，你也要保佑阿淮，知道不？」

沈驚春聽得哭笑不得，現在家裡有錢了，不論陳淮考不考得上，這個墳以後都是要重修的，難道陳淮考不上，她就捨不得這個錢了？

想到這個話說出來多少有點不吉利，她到底還是將到了嘴邊的話給嚥了回去。

反倒是陳淮在墳前磕了頭，低聲道：「爹，您別聽娘的，不論我今年能不能中舉，等鄉試過後，我都來給您和我娘修墳。」

沈家如今是有了點錢，按道理來說，家裡都住上青磚大瓦房了，怎麼也該給逝去的先人們修墳。

可這修墳跟自家住的宅院不同，修墳可是大事。

要說在平山村，在沈家發家之前，陳里正家也是平山村頭一份的富戶吧，可人家的祖墳不過是墓碑大些。沈家後發家，自然不能幹這種輕狂的事來給別人戳脊梁骨。陳淮若真能中舉，那才是修墳的最好時機。

若是來年春闈能夠一舉高中，別說修兩座墳了，便是將陳家和沈家的祖墳全部修繕，也沒人敢說什麼。

掃完沈延平的墓，方氏又帶著幾人找到了沈家五爺爺夫妻兩個的墓，這次速度就快了很多，方氏只略說了幾句，就沈默地站在了一邊。

三座墓掃完，誰也沒提起去給沈家祖先掃墓的事情，一家人收拾好東西就準備下山，誰知才出墓園範圍，就與老宅的人迎面碰上。

沈延富死後，沈長年兩口子到底還是挺了過來，如今沈延富的三七已過，近一個月不見，除了二房幾人，老宅其他人竟然都瘦得脫了相。

尤其是沈老太太，原先黑白相間的頭髮如今全部都白了，臉頰凹陷不說，額頭上、臉頰上全是細密的皺紋，真的就是瘦成了皮包骨頭，看著比去年初見之時更加刻薄幾分。

沈老太太瞧見沈驚春一行人，只看了一眼就收回了視線，目不斜視地往前走，神色冷漠至極。

雙方錯身而過，老宅那邊只有沈延安停下來朝方氏喊了一聲「三嫂」。

他一出聲，沈驚春就喊了聲「四叔」，陳淮和沈驚秋也跟著喊，沈明榆和沈蔓看了看也喊了聲「四爺爺」。

前方沈老太太聽到，腳步一頓，冷冷地哼了一聲。

沈延安滿臉的尷尬。「三嫂，我先去掃墓了。」

方氏點點頭。「去吧。」

沈延安一走，沈家人也開始往山下走。

方氏邊走邊嘆氣。「誰能想到妳大伯一死，老宅居然變成了這樣。老太太原先看著可比村裡同齡的老人要年輕不少，這才短短一個月，居然就老成這樣了。」

沈驚春想著沈老太太剛才的樣子，心中沒有一點憐惜，反倒覺得天道輪迴，報應不爽，當下便冷哼一聲道：「娘妳可不要爛好心，要知道，這可憐之人必有可恨之處。」

方氏解釋道：「爛好心是不可能的，當初妳哥摔了腦子，妳爹沒日沒夜的做工攢錢，老宅那麼多人，但凡有個人能伸出援手，妳爹也不可能累垮了身體，我要是可憐他們，當初又有誰可憐我們呢？風水輪流轉，現在老宅變成這樣，只是有兩分感慨而已。」

在方氏這番話中，關於老宅的討論也就此結束。

回家後，一家人又商量起後面的事來。

辣椒下種到現在也有幾天了，沈驚春本著以後一直要種辣椒的想法，除了最開始用異能滋養了種子，後面都沒再用過異能，昨晚那一場雨落下，想必今天已經開始出苗了。
辣椒這種作物，要等小苗拱土而出後，趁著葉面沒有水的時候，再朝苗床撒層細土，防止苗根倒露。
「清明前茶樹的新芽不多，那片野茶林這幾天也被我們採摘得差不多了，乾脆這幾天就不上山採茶了，在地裡忙活幾天，等到穀雨前再去採摘一次雨前茶。」沈驚春說著，又揉了揉自己的胳膊。炒茶真的不是一個簡單的活，雖然是跟她哥兩人相互替換著炒，可幾天下來，這胳膊也痠脹得厲害，再不歇一歇，她真怕胳膊廢了。
沈驚秋一聽，忙點頭表示應和。他是身強體壯，可也禁不住連炒幾天茶，每天胳膊都痠痛得不行，又不敢說出來，只得晚上躺在床上叫兒子幫著捏一捏、揉一揉，現在一聽妹妹說歇幾天不採茶了，立即高興得眉飛色舞。
事情定下來後，沈驚春在家也歇不住，乾脆又領著張大柱父子去了苗床那邊，正巧碰上族長家的沈延東也帶著沈志輝哥兒倆在地頭轉悠。
三人一看見沈驚春就湊了過去，不等沈延東開口，沈志清兩步躥上前問：「妹子，我瞧著妳家這幾天一直往山上跑，家裡還時不時地冒出香味來，忙啥呢？」
沈驚春脾氣雖有些暴躁，但為人處世很好，加上沈族長家兩代都生男孩，沒個女孩子，因此沈驚春與沈蔓這對姑姪就很得全家的喜歡。

沈志清是兄弟幾個中與沈驚春兄妹走得最近的，說是隔了房的堂哥，但其實相處起來，跟親哥也差不多。

他一邊問著，一邊又打量了張大柱父子三人。

沈延東一聽就皺眉罵道：「你小子打聽這麼多幹什麼？真是鹹吃蘿蔔淡操心！該你的事你不管，不該你的事倒是比誰都上心！我看你小子日常就是身上的活太少了，居然還有精力管東管西！」他罵著，抬腳就踹。人家一趟一趟地往山上跑，顯然是有自己的事情要辦，沈志清這個嘴上沒把門的這麼大剌剌地問出來，說不定沈驚春還以為他們一家在打什麼主意呢！

沈志清挨了一頓罵卻也不惱，笑嘻嘻地避開了這一腳，伸手就在自己嘴上打了幾下。「行，我不問了！不過妹子妳上次說還要再撒一次土的事情，我們可沒忘記，這不，每天都惦記著來看嘛！」

沈驚春當然不會因為這點事情就生氣。沈志清有時候說話雖然大剌剌、不經大腦，但為人赤忱、沒有壞心，因此她笑道：「一家人不說兩家話，大伯這麼說可就見外了。我家上山是因為在山上瞧見了一種葉子，摘了些回來泡水喝。」

農村人沒那麼矜貴，紅糖這些都是用來待客的，平日裡倒也有人弄些金銀花什麼的曬乾了泡水，因此沈志清一聽就沒了興趣。

沈驚春便領著張大柱父子開始看辣椒出苗的情況。

自從下種後，白天這個地是不蓋稻草的，讓陽光曬曬，加快出苗。到了晚上太陽下山前，沈延東幾個才會帶人來將稻草蓋起來。

此時地裡的情況果然跟沈驚春想得差不多，已經有小小的秧苗破土而出了，想必等今晚過去，明日能有更多的秧苗破土出來。

「那就明天吧，等太陽出來曬乾了秧苗上的露水，我們再來蓋土。」

在地頭轉了一圈回家，沈驚春剛坐下來歇著喝了口茶，院門就被人敲響了。

大暑兄弟倆這幾天閒暇的時候就用沈驚春留下來的廢料練練手，學木工，一聽敲門聲，立刻放下手裡的活過去開門，正對上一張愁容滿面的臉。

門一開，男人臉上的愁容就換成了笑容，張口就道：「這可是沈娘子家？」說著就要往裡走。

大暑的雙手把著門，並沒讓開，皺著眉頭看著來人道：「這裡是沈娘子家。你是哪位？」

男人笑了笑，伸手往旁邊一拽，就從大暑的視線盲區裡拽了個人出來。

大暑一看，可不就是幾天前賣身給沈家的錢大妮嗎？大暑往前邁了一步，探頭一看，不只錢大妮，她身邊還站著另外一個小丫頭，瞧著也就比沈家的沈蔓略高些。大暑的臉色一下子冷了下來，丟下一句「等著」，就「砰」的一聲關上了門。

張家人來家裡幾天了，他們全家都是再和氣不過的人，此刻看到大暑冷著一張臉進來，沈驚春不由得奇道：「怎麼了？來的是誰？」

大暑輕咳一聲，緩和了臉色才道：「是錢大妮，領著她來的瞧著像是她爹，後面還跟著個小丫頭，應該就是她那天說的妹妹。娘子，我看她爹可不是什麼好人。」

「沒事，你去叫他們進來吧。」

門外，等門一關上，錢大妮的爹錢小山的臉色就垮了，狠狠在大閨女身上擰了一把，惡狠狠地低聲道：「等會兒進了門，我不管妳用什麼辦法，一定要求得這沈家小娘皮把小妮也一起買下！」他說著又一巴掌拍在小閨女頭上。「等會兒妳就使勁哭，求著沈家把妳買下，不行就磕頭！女人心腸最是軟，我不信妳把頭磕破了，這家人還不把妳一起買下？哼，如果事情辦不成，等著妳的是什麼妳知道的！」

姊妹倆挨了兩下，頭也沒抬，一聲不吭地站在原地看著自己的腳尖。

沈家的院門很快再次打開，大暑粗聲粗氣地說了聲「進來」，就站到了一邊。

錢小山一進門，就被站在兩邊的張大柱父子的冷臉給嚇了一跳，原本到了嘴邊的話也被迫嘸了下去。
父女三人跟在小暑身後進了堂屋，沈家也沒人說上口茶水什麼的。
錢小山心中不屑至極，正待開口，一抬頭就瞧見前面沈驚春穩穩坐在椅子上似笑非笑地看著他，頓時嚇得魂飛魄散，哪還想得起來其他。
先前他們夫妻兩個到太平鎮鬧的時候，錢小山是看見了的，更是親眼看著眼前這個身量纖細苗條的沈娘子如何幾拳放倒了胡萊那樣一個大漢。
可恨大妮這個死丫頭，回家居然沒說是賣給了她家！
錢小山臉上擠出一個笑來。「沈娘子是吧？我家大妮——」
話沒說完，就直接被沈驚春給打斷了。「籍契帶來了吧？」
錢小山下意識地點了點頭，伸手就要到懷裡去拿籍契，掏到一半又停了下來，將錢小妮往前一推，滿臉討好地笑道：「沈娘子瞧瞧我家小妮，也是在家裡幹慣了活的，洗衣、做飯、餵豬、放牛，什麼都會！」
沈驚春唇角一勾，臉上閃過一絲嘲諷。「怎麼，買你家大丫頭，還送小丫頭不成？」
錢小山笑容一僵。「沈娘子真是說笑了，不過我家這個小丫頭也不貴，妳買大妮花了十兩，這個小的只要五兩，很便宜的！」他說著，用腳踢了踢錢小妮。
小丫頭本來就生得瘦弱，錢小山這一腳力氣又不小，錢小妮一個沒站穩，身子一晃就摔了下去，她緊咬著牙卻沒哭，雙手撐著地面，慢吞吞地跪穩了，垂著腦袋，一聲不吭。

錢小山見這死丫頭居然敢不聽自己的話，心中惱怒，正要動手，便聽沈驚春道——

「你要打孩子就領回家去打，打死了都沒人管，你家大丫頭卻是賣身給我家了，先將籍契拿來吧！」

錢小山是真沒想到這沈驚春根本就不是個按常理出牌的。

正常情況下，難道不是應該勸他別打孩子，然後討價還價一番，買下錢小妮嗎？

錢小山有些僵硬地扭頭看了看大閨女，手剛伸到一半，就見大閨女跪了下來，卻不是衝著沈驚春，而是衝著他這個當爹的，「咚咚咚」就是三個響頭，磕得又重又響，抬起頭時額頭都磕破見血了。

「爹，我的賣身契已經簽了，我如今已是沈家的下人了，家裡還有你跟大哥在，怎麼樣也輪不到我來管，你要是想把小妮賣去窯子裡你儘管去，先不說她這個樣子人家買不買，只說如果你敢賣，前腳剛賣進去，後腳我就去書院鬧！大哥好歹是個讀書人，你不怕外人說他不顧家裡姊妹死活，就只管去吧！」

一番話說得又快又急，錢小山還沒反應過來，她已經一骨碌地爬起，揪著他的衣領就把籍契摸了出來要給沈驚春。

錢小山反應過來後，伸手就要去揪錢大妮的頭髮，只是手還沒搆著，一只茶碗就直直地朝他面門砸了過來！
這要是被砸中了，那不得頭破血流？錢小山嚇得心膽俱裂，身子一歪，勉強躲了過去，就聽那茶碗「啪嚓」一聲砸到了院子裡的青石板上，碎了。
下一刻，楊嬸就拿著笤帚、簸箕過去將茶碗碎片掃了起來。
錢小山的心臟都快要跳到嗓子眼了，他勉強穩住了心神，一回頭就見沈驚春已經站了起來，正一手接過了錢大妮的籍契，滿臉不善地看著自己，另外一隻手則在身側緊緊握成拳。
這……胡萊一拳被打飛的景象不受控制地又在腦海裡冒了出來，就是再借錢小山一百個膽子，他也不敢鬧了！
沈驚春強忍著翻白眼的衝動，朝一邊坐著的豆芽道：「拿五兩銀子來。」
豆芽立刻將腰上的小荷包解了下來，將裡面的銀錢一把倒在了桌上。她這個小荷包裡全是一些碎銀子和銅錢，數了半天也不夠五兩，乾脆又一把裝了回去。「錢不夠，我回房去拿。」
錢小山看得心頭一片火熱。這沈家是真的有錢啊，連個小丫頭身上都裝了這麼多錢！
這大妮不知道走了什麼狗屎運，居然能賣身到沈家來，以後說不定月錢也有不少。
現在她賣給了沈家又如何？他總歸是她老子，到時候這些月錢還不都是他的？
錢小山心裡算計得很好，面上卻一點也沒露出來，等從豆芽手裡拿了錢後，又看了眼跪在地上的小妮，還是有點不死心。

沈驚秋一瞧，捏著拳頭朝他隔空揮了揮。「拿了錢還不走，是想挨打嗎？」

錢小山一聽「挨打」兩個字，立刻頭也不回地就往外走。

這個男的跟那女煞神長得那麼像，說不定就是她的哥哥。女煞神都能夠幾拳放倒胡萊，這個男的要是動起手來，打他還不跟捏死一隻螞蟻一樣？

錢小妮從地上爬了起來，終於抬頭看了一眼錢大妮，低聲說道：「姊，我走了。」

錢大妮眼中雖有不捨，卻只點了點頭，沒開口說一句話。

眼看著父女倆要出堂屋了，沈驚春才開了口。「等一下。」

錢小山幾乎是立刻就停了下來，轉身看向沈驚春。

沈驚春指著錢小妮道：「這個小的，我出三兩。」

她這麼做並非是濫發好心，而是有自己的考量在裡面。

院試對陳淮來說是肯定沒有問題的，若是他連這點本事都沒有，當初也不會小小年紀就被陸昀這樣的大儒收為弟子；鄉試即便今年考不中，以後也肯定能中。

所以無論如何，他們家以後的下人都是少不了的。

而下人什麼的，自然是從小培養起來的最好，到以後繁衍幾代就都是家生子。對於這些人來說，自然是主家越好，他們就越好，輕易不會背叛。

從錢小山父女進來後，她就一直在觀察。

錢大妮就不用說了，能狠得下心賣身葬母，又用大哥的前程威脅她爹，是個拎得清的人。而且沈驚春沒開口說買錢小妮之前，她眼中雖閃過一絲失望，可神情卻很平靜，沒有絲毫怨懟，更沒有跪求沈驚春將她妹妹一併買下。

而這個錢小妮被她爹一腳踹倒，若是一般的小丫頭，恐怕早就哭求沈驚春將她也買下了，可她並沒有，等到買錢大妮的銀子交接完後，她也只是不捨地同錢大妮打了個招呼就離開。

沈蔓今年六歲了，可大概是從小沒過過幾天好日子，又有沈老太太那樣的奶奶在上面時時盯著，即便如今他們家分家出來，日子好過了，小丫頭在家有幾分活潑，可只要出了沈家的院子，看上去仍然有幾分膽怯，跟村裡的同齡人都玩不到一起去。

錢小妮這樣的如果買來放在沈蔓身邊，現在倒也算是個玩伴，到時候再調教調教，必然會是個忠心的好丫鬟。

錢小山心頭一喜，臉上神色卻冷了下來，板著臉道：「我家小妮養到這麼大，可花了不少錢，三兩也——」

話沒說完，再次被沈驚春打斷。「行，既然覺得三兩少了，那你領著人走吧，反正我家也不缺這一個丫鬟。這麼小，買來還要供她吃喝，得好幾年才能上手幹活呢！」

錢小山本想討價還價，哪怕能多一兩銀子都是好的，加上他賣大閨女的五兩銀子剛到手，心中高興，一時就忘了這女煞神是個不按常理出牌的了，此時聽沈驚春說不買了，就恨不得搧自己兩巴掌！

錢小妮這個年紀的小丫頭，賣給人販子也不過三兩，而且人販子轉手賣出去，鬼知道會將人賣到哪裡去？哪像賣到沈家這樣方便，到時候逢年過節的要是有賞賜，還不得都交給他這個當爹的？

因此錢小山勉強穩住心神道：「若是旁人出三兩，那我肯定不賣的，只不過我這個當爹的沒本事，大妮既然賣到妳家了，我也不忍心叫她們姊妹分離，三兩就三兩吧！」

張大柱一家怕錢小山鬧起來，都在門外站著，聽到這樣無恥的話，簡直都要忍不住吐他一臉口水了，可想到沈驚春還在裡面，到底不敢放肆，只得在門外怒視著錢小山。

沈驚春嗤笑一聲，連嘲諷的話都懶得說了，跟這種人多說一句都是浪費口舌。「你明日將籍契拿來，簽了賣身契我再將銀子給你。」

誰知錢小山立刻就擺了擺手說「不用」，從袖袋裡又摸了一張籍契出來。「我帶著呢！」

沈驚春都不知道說什麼好了，無語地叫豆芽去書房讓陳淮又寫了一張賣身契來，雙方簽完字、按了手印、交了錢後，便不耐煩地揮揮手叫錢小山快滾。

等人一走，錢家兩姊妹就「砰」的一聲在沈驚春面前跪了下來要磕頭。

雖說已經買了這兩人，可沈驚春還是看不慣這樣跪來跪去的。尤其錢大妮，之前給錢小山結結實實地磕了三個頭，都已經流血了，再磕幾個頭，只怕自己還要出錢給她買藥膏呢，因此乾脆一彎腰，一手一個將人給拎了起來。

「行了，別跪來跪去了，我們家不興這一套。」

沈驚春手一鬆，又坐了回去。「我醜話說在前面，我把妳們姊妹都買來，可不是爛好心，從今天開始，妳們都是沈家的人了，以後不要叫我知道妳們跟錢家還有什麼牽扯。」

錢大妮姊妹兩個巴不得以後不跟錢家有牽扯呢！

聽沈驚春這麼說，當即就指天發誓，說從今天開始生是沈家的人，死是沈家的死人，這輩子都忠心耿耿，絕無二心。

「現在說這些還為時尚早，路遙知馬力，日久見人心，以後自然就能知道妳們是個什麼樣的人了。到了我們家也算是新的開始，以前的名字就不要用了吧。」

姊妹倆立刻道：「請娘子賜名。」

「先前大暑、小暑和白露都是按照節氣來取名的，妳們既然是姊妹兩個，就叫大雪、小雪吧。」

沈驚春說完，不得不再次感嘆自家老娘真是個取名天才。

古代不興主子跟下人用同一個字取名，二十四個節氣除掉立春、春分、立秋、秋分、驚蟄五個，還有十九個。現在用掉了七個，後面再來十二個都不用擔心取名的問題了！

「小雪年紀還小，我也不指望妳能幹什麼活，以後妳就跟著蔓蔓，照顧好她就行。」

已經改名叫小雪的錢小妮一聽，無有不應。

第二日一早，吃過早飯，沈驚春就帶著人去了苗床。

如今家裡人多，也用不著方氏幹活，但她現在不用洗衣、不用做飯，天天在家也沒事幹，就想跟著一起去地裡，沈驚春好說歹說才將她哄得留在了家裡。

幾人到地頭的時候，族長家的人已經到了，正分散在苗床裡將上面蓋著的稻草往外運。

沈驚春也沒磨蹭，直接叫自家幾人開始幹活。

兩家的荒地加起來有幾十畝，這些地卻要分兩批來種辣椒，這一季種完，第二季辣椒能接上，這樣才不至於到了下半年就賣斷了貨，所以這苗床也不多。

人多力量大，沒多久就將稻草全部都揭開了。

沈驚春在苗床裡巡視了一圈，大約真是木系異能滋養的緣故，出種率很高，嫩芽看上去也很精神。

等沈驚春確定完可以蓋土了，一行人就開始行動起來。

兩家人加起來不過來了十來人，可田埂上圍觀的卻有幾十人，到底還是顧忌沈驚春在場，不敢大聲說話，只三五成群地對著辣椒苗床指指點點。

沈驚春只做不知，手上蓋土的速度飛快，可速度再快，這也是個細緻活兒，十幾人忙活了一上午，才將所有的苗床蓋完土。

田埂上圍觀的人已經少了很多，等她捶著老腰從地裡出來，這些人立刻都圍了上來，嘰嘰喳喳地請沈驚春到他們家的玉米地看看。

去年沈驚春家種玉米的時候，村裡根本沒人將她當回事，都想著不過是五畝貧瘠的荒地罷了，能種出什麼好東西來？卻不想後面這玉米就掙了大錢。

如今平山村家家戶戶都開始種玉米了，所謂一回生、二回熟，這頭一次種，誰心裡都沒底，想著沈驚春好歹是種過一次的，這才厚著臉皮湊了上來。

「煩勞諸位叔伯、嬸子多等一會兒，先饒我點時間回家吃個午飯，下午沒事，我再跟大家去地裡看看。」

這話一出，圍著她的人就有些不好意思起來。「是我們考慮不周，丫頭妳什麼時候得空了，再給我們看看吧！」

沈驚春笑咪咪地朝圍著她的鄉親們作揖，又告罪幾聲，這才帶著人回家。

吃過午飯，沈驚春也沒磨蹭，直接又蹓躂著出了門，到地裡幫人家看玉米去了。

賣給村裡人的這批種子，對外都說是去年專門留下來的那一畝地出產的種子，可事實上早就被沈驚春換成了自己空間裡的春玉米種子。

春玉米和秋玉米是完全不同的品種，在現代也是經過多年研究的，沈驚春去年種的那一撥秋玉米，雖然時不時就用木系異能滋養，可到底還是不敢跟大自然對著幹，所幸空間裡的種子多，乾脆就全換了。

村裡九十多戶人，除了一些平日裡跟方氏不對盤的人家和沈家老宅外，其他人家都聞訊而來，沈驚春一下午都泡在了玉米地裡。

一下午看下來，除了一些不聽她的勸阻，執意用新開出來的荒地種玉米的那幾家出苗率不太好，其餘聽她的話用上等良田種玉米的，出苗率都在百分之九十以上，等到備用的玉米秧子再大一些，直接補齊就行。

等玉米看完，鄉親們都散了，沈驚春看看時間，太陽還沒完全落下去，乾脆又去棉花地打了個轉。

棉花這種東西，她以前在鄉下老家看過，只知道要用一種單筒的製缽機還是什麼的來播種，古代當然沒有這種東西，她空間裡面雖然有，可不敢拿出來，一時間也不知道怎麼辦才好，最後乾脆直接將棉種種到了地裡。那些棉種種下去之前，也是用異能滋養過的，按道理來說，這麼七、八天過去了，怎麼也該出苗了。

到了地頭一看，苗是長出來了，可情況卻並不如預期中那麼好。

棉花到底跟玉米不同，為了增加出苗率，她當初每個坑裡都放了四粒棉種，幾畝地看下來，出苗卻只有兩、三株，嫩黃色的，看上去十分可愛。

弄清楚棉花的長勢後，她沒多待，直接就回了家。

接下來幾天，沈驚春上午帶著張家幾人到自家田裡晃一圈，拔拔草、看看幼苗的長勢，下午就在家帶著大暑、小暑兄弟兩個做家具。

這兄弟兩個精細的活不會，可練了幾天手，刨木頭這種簡單的活還是能幹的，只是速度上慢得很。幾天下來，沈驚春就放棄了大暑，這小子嘴巴比他弟弟厲害得多，但手上的活幹的卻遠沒有小暑細緻。

到了四月十三，沈驚春尋思著程遠之也要啟程回京了，為了表示感謝，又從村裡買了些本地的山貨、特產之類的，加上兩斤炒好的茶葉，同陳淮一起登了門。

到了程家，果然就見他們家的老僕正忙著收拾東西。

程遠之當時回來的時候輕車簡從的，現在回京城，亂七八糟的東西居然也裝了三車出來。

夫妻兩個一看這陣仗，也沒有多待，將東西奉上，略聊了幾句就告辭離開了。

程遠之也沒有多留，只將自家在京城的住址給他們，又特意囑咐若是到了京城，一定要來家裡玩。

從程家出來後，大暑趕著騾車走在街道上，他們倒是聽到了另外一個消息——

那個從慶陽府送過來試藥的九歲死刑犯，竟然是高縣令多年前被拍花的拐走的兒子！

這個消息雖然還沒傳到平山村，可已經在縣城裡傳遍了。

沈驚春也只是湊個熱鬧，聽了幾句，回家就當成個八卦說給方氏等人聽了。

誰知第二天一早，一排三輛馬車就停在了沈家的院門外。

大暑一看這陣仗，可了不得，趕快飛奔回堂屋稟報。

沈家一家人都還在吃早飯，十四過後，還有六天就是穀雨，沈驚春是打算趁這幾天再去山上採一批茶的。她放下碗出了門，就見上次來過家裡的那個高管家已經進了院門，後面跟著進來的可不就是高縣令嗎？

沈驚春趕忙回頭道：「快將碗筷收一收，貴客臨門！」

那邊高縣令已經牽著個小男孩走了進來，一邊打量院子、一邊道：「在吃飯？也怪我心裡著急要感謝恩人，登門之前應該先派人來遞拜帖的，真是失禮。」

「縣尊大駕光臨是我家的福分，那是多少人家都盼不來的，怎麼能說是失禮呢？好在因為要上山採茶，今日的早飯吃得簡單，就擺在了廚房裡，這會兒堂屋倒是乾乾淨淨，不用收拾了。

「大人裡面請。」

高縣令一撫短鬚，笑道：「今日並非是以縣令的身分登門，瞧著沈娘子倒是與我家靜姝差不多的年紀，我便托個大，要是兩位不嫌棄，不如我們就以叔姪相稱。」

當年從京城出來的時候，家裡的老太太就找人給他算過一次命，說是在慶陽府這邊會遇到貴人相助，從此以後遇難成祥、逢凶化吉、平步青雲，眼看著六年任期將至，都要打道回京了，卻不想就遇到了沈家人。

原本沈驚春獻上牛痘的時候，他還在想這是不是就是當年大師說的那個貴人？直到現在兒子找了回來，他才確信，沈家這小夫妻兩個就是他命中的貴人！

沈家丫頭種出玉米的事情，高橋去年是知道的，縣衙也買了不少玉米，今年又聽說她帶著整個平山村在種玉米，可見是個重情義的；而這陳淮更不必說，能被陸昀收做關門弟子的，又豈是普通讀書人可比？這年輕人的造化還在後面呢！

夫妻二人不動聲色地對望一眼，都看到了彼此眼中的那點疑惑。

雖然高縣令能夠找回兒子，是因為她獻上了牛痘誤打誤撞，可也沒必要這麼熱情吧？誠毅伯府高家那可是在整個京城都排得上號的老牌勛貴世家，用得著跟他們這樣的泥腿子說什麼叔姪相稱？

心中雖然這麼想，可高縣令都已經開口了，若是拒絕，豈不是讓他臉上無光？因此陳淮便笑道：「那小姪便厚臉稱一句高叔父了。」

這樣的場面，沈驚春沒擺什麼當家人的譜，陪坐在陳淮下首，聽著他們聊了幾句，便瞧見外面豆芽在瘋狂地朝她使眼色。

沈驚春看了一眼跟陳淮相談正歡的高縣令，轉身出了門。「什麼事？不是叫大雪她們上茶嗎？」

豆芽一臉菜色地指了指白露幾個小丫頭，低聲道：「小姐，這可是縣令啊，借給她們一百個膽子也不敢湊上去啊！」

沈驚春聽得直皺眉，本來還想訓誡幾句，可一想到這是在古代，高縣令這樣的一縣之長在官場如何不說，可在一般的平民百姓心中，那就是祁縣說一不二的父母官、土皇帝，這幾個小丫頭從小就在鄉下，沒見過世面，這種反應倒也正常。

可以自家這個情況，是不可能一輩子窩在小山村的，還是得將家裡這些人給訓練出來才行。心思轉動間，到底還是心平氣和地端著泡好的茶，親自送了上去。

高橋是從小錦衣玉食長大的貴公子，茶盞的蓋子還沒揭開就已經聞到了一股清醇的茶香，等到揭開茶蓋一瞧，眼中更是閃過一絲驚豔之色。

茶盞中的茶葉放得並不多，嫩綠明亮的茶湯在白瓷茶盞中隨著他的動作輕輕晃動，瞧著就讓人身心愉悅，更別提還有一股讓人精神為之一振的清香撲面而來。

高橋喝過的茶不少，可像沈家這樣的茶卻是第一次見。

杯中水氣氤氳，高橋吹了吹，輕啜一口，眼神一亮，當即讚道：「好茶！」

沈驚春心道，「好茶」這兩個字真的是聽厭了。

只可惜現在沒有渠道，要不然單靠茶葉，她家就足以發家致富了。

見高縣令誇讚，陳淮只得忍痛道：「高叔父若是喜歡，一會兒便帶些回去吧。」

高橋就等著他這句話呢！立刻笑呵呵地道：「那我就不客氣了！」

一盞茶喝完，才終於提到了正事。高橋指了指一邊坐著的兒子道：「想來這兩天你們多少也聽到了一些風言風語，這便是我那失而復得的兒子，大名叫高嶺。」他說著，又朝高嶺道：「阿嶺，來謝過你沈家姊姊，她不僅救了你，也救過你姊姊。你娘已經不在了，你當時沒找回來，若是你姊姊再有個三長兩短，只怕為父我也活不成了。如今你姊已經先行回京，你就去給你沈家姊姊磕個頭吧。」

這高嶺還是與高橋有幾分像的，雖從小被拐，卻也成長得不錯，身形不胖不瘦，看著正好。只是小小年紀，眉眼間卻有幾分若隱若現的戾氣，從進門來就在一邊安安靜靜的坐著，茶也只是喝了一口意思意思，沈驚春端上來的一盤小點心根本動都沒動，沈穩得根本不像是個九歲的孩子。

聽到高橋的話，高嶺也沒猶豫，起身就要給沈驚春磕頭。

沈驚春本來就被高縣令那句「救過你姊姊」給驚到了，現在看到高嶺果真聽話要磕頭，哪裡肯受？一伸手就將他扶起。

高嶺想跪又跪不下去，兩人一時間僵持住了。

高橋見沈驚春堅持不受，只得嘆了口氣，又道：「算了，便給你沈家姊姊行個大禮吧。」

高嶺起身，鄭重地行了一禮。

高橋這樣的人，如果真的放下身段相處起來，真的是讓人感覺如沐春風。明明說的都是些瑣碎的事情，可不論是陳淮還是沈驚春，都有點相談甚歡的感覺。

快到中午的時候，沈驚春便提出請高縣令父子留下來吃頓便飯，高橋竟然也應了。

他這次來，除了他們父子兩個，還帶了六名隨從、三名車伕，人數這麼多，沈家日常準備的菜就不怎麼夠了。好在他那兩輛馬車上備的謝禮，那是吃的、喝的、玩的都有。

楊嬸以前在老家的時候，最多也就是給鄉紳們做個飯，但凡是有點身分的，家中辦宴請的都是酒樓的大師傅主廚，今日這頓午飯是要做給高縣令吃的，一時間她竟不知道該燒些什麼菜色才好。

沈驚春便乾脆告罪一聲，去廚房幫忙，臨走之前看見高嶺孤零零地坐在椅子上面無表情地聽著他爹跟陳淮說話，一時心軟，就提出要帶他去書房玩會兒。

高縣令也不見外，笑咪咪地道了聲謝，擺手讓他倆走了。

這個書房是沈驚春與陳淮共用的，沈家沒書，陳淮的書都是手抄本，也不算多，因此擺設有些簡陋。沈明榆兄妹開始開蒙之後，沈驚春又做了些積木給他們玩，領著高嶺到書房時，沈明榆和沈蔓正在堆積木。

這種益智類玩具在這個朝代是沒有的，高嶺剛才在堂屋的時候表現得再沈穩老練，看到這種從沒見過的玩意兒，一瞬間還是忍不住睜大了眼睛，總算是有了幾分小孩子該有的天真。

沈驚春摸了摸他的頭，溫聲道：「這是我姪兒沈明榆、姪女沈蔓。」又朝沈明榆兩人道：「這個哥哥姓高，叫高嶺，你們三個要好好相處哦！」

沈明榆只點了點頭就算是應下了。

沈蔓卻歡快地跑到門口，脆生生地喊了聲「高嶺哥哥」，然後就要拉著他往裡面走。

她在門邊看了會兒，見這三個小屁孩雖然都不怎麼說話，卻相處得非常和諧，就放心地去了廚房。

這個季節本來能吃的菜就不多，但沈驚春在自家後院的菜園子裡種了些後世才有的蔬菜，又常用異能滋養，現在也長得差不多了。

幾個人一通忙活，最後也做了五素四葷一湯，湊了十個菜色。

人雖然少，可場面卻並不冷清。高縣令這人十分健談且妙語連珠，先頭還說了這些年來的見聞，後面說到當年他科考的一些事，又許下承諾，等回到縣衙，就將他批注過的一些關於科考方面的書送來給陳淮看。

兩人喝的酒是高縣令隨禮送來的本地的一種特色酒，叫做「千日春」，顧名思義，就是在春天釀造，然後經過三年才開封的酒。相比起這個朝代的酒來，算是少有的烈酒。

高橋想喝，陳淮只能捨命陪君子，你一杯、我一杯的，一罈子四斤重的酒竟也見了底，喝到最後兩人都醉了，高縣令更是被高家僕人給抬上了馬車。

「今日給沈娘子添麻煩了，我家老爺這些年是真的不容易，好不容易找回了小公子，又不知道該找誰傾訴。還有我們小公子，我瞧著他很喜歡沈小公子和小姐，我們兩家還要常來往才是。」

能代替高橋說出「兩家常來往」這樣的話來，這個高管家應該是高橋極為信任的人，起碼在高橋醉得不省人事的時候能替他當半個家。

沈驚春長嘆一口氣，將手裡準備好的一罐茶葉遞了過去。「這是今日縣尊稱讚過的茶葉，取一小撮放入茶盞中用開水沖泡即可。日頭西斜，也快黃昏了，我就不多留你們，管家大叔回去後記得吩咐廚房給縣尊煮碗醒酒湯喝才是，要不然明日醒來，頭肯定要痛的。還有，這個是給小公子的玩具。」

高管家滿懷感激地拿著茶葉和一包積木，上車走了。

等高家人一走，陳淮就拍著腦袋從堂屋走了出來。

大暑、小暑幾人在一邊猶豫著要不要扶他回房休息，沈驚春直接揮手讓他們收拾殘局，自己扶著陳淮回房。

到了房裡，又打了溫水替他擦拭。

陳淮從頭到尾都安安靜靜地任由沈驚春擺弄，擦完了臉、漱了口躺在床上，才閉著眼睛開口道：「我看高縣令今天是打著報恩的由頭，想要借著咱們家開解他兒子的。」

祁縣裡，夠格與高家往來的，不過就是縣裡的官吏和一些富紳們，而高嶺從小生活的環境雖然沒有沈明榆他們小時候那麼惡劣，可也絕對說不上衣食無憂吧？

官吏們或是富紳們的兒子明面上固然會捧著高嶺，可私底下說不定會瞧不起他從小生活在底層。小孩子本來就敏感，誰是真心、誰是假意，很容易分得清。

陳淮不相信高縣令會沒有打聽過沈家的情況就貿然上門，沈明榆兄妹這樣的，正適合做高嶺的玩伴。

沈驚春捏了捏鼻梁，只覺得頭痛。這些文化人的心機就是深沈，一個個表面上看著真誠得要死，其實滿肚子打的不知道是個什麼主意。

要不是陳淮其間給過她暗示，她都要被這精湛的演技給騙過去了。

# 第十五章

高縣令的到訪並未給沈家的生活造成任何的影響。

沈驚春特意叮囑了全家人，在外面不要提到高縣令到訪的事情。

除了族長和里正敏銳地發覺了不對，來問過之後，村裡其他人根本不知道本縣的父母官在沈家吃過一頓午飯，還送了兩車謝禮來。

高縣令走後第二天，沈家人就照常上山採茶了。

忙活了七、八天，在全家人的努力下，攢下了幾十斤的茶葉。

穀雨過後，地裡的辣椒苗是一天比一天大，到了月底已經長出好幾片葉子，這時候就要進行移栽了。

幾十畝田，即便兩家人多，也是個很大的工程。

「咱們不用著急，移栽的時候要注意根系上最好多帶點苗床上的土，以後能不能靠這個過活，可全看這一次了，大家務必要小心。」

一行人分工十分明確，從在苗床挑選壯苗，到地裡挖坑、移栽、起壟，每個人都在各自負責的崗位上辛勤勞作，人雖多卻井然有序，絲毫不顯慌亂。

二十人忙活了幾天才將三十多畝田的辣椒全部栽種完。

辣椒這種稀罕物，忙了幾天，腦子裡那根弦就緊繃了幾天，連睡覺都不得閒，生怕一個不小心，這辣椒種就毀了。

一忙完，包括沈驚春在內，所有人都像骨頭散了架一樣，在家狠狠睡了一天都還沒緩過來，沈驚春更是當晚就發起了低燒，鼻涕、眼淚直流。

以前在現代的時候，她家的醫生親戚就說過，常年不發燒感冒，其實對身體反而是壞事，相反地，一年感冒個幾次，反倒對身體有好處。越是常年到頭不生病的人，一旦生起病來越可能是大病、重病。

她自己睡前偷偷吃了幾顆感冒退燒的藥，陳淮還衣不解帶地照顧了一整晚，結果第二天一早非但沒有退燒，還從低燒轉變成了高燒。

陳淮好不容易挨到天快亮時才閉著眼睛瞇了會兒，還沒等睡著，身邊躺著的媳婦就已經燒成火爐了。

睏意瞬間消散，他不敢有任何耽擱，胡亂穿好衣服就叫大暑套了騾車，把沈驚春往縣城送。

外面天色矇矇亮，馬不停蹄地到城外時，城門才剛開，騾車進城直奔杏林春。時間太早，人家根本還沒開門，大暑停好了騾車就將大門拍得砰砰作響。

杏林春作為祁縣最大的醫館，這種架勢見得多了，睡在前面藥房的學徒手腳麻利地開了門，將人請了進來，就跑到後面去請大夫了。

沒一會兒就半拖半扶地請了位頭髮半白的老大夫出來，這人正是之前給沈驚秋看病的楊大夫。沈驚春回來後知道了自家哥哥的病情仍不死心，又帶他來看過。

楊大夫對她還有印象，到了堂前只一看就道：「怎麼燒成這樣？沒去陳大夫那邊抓藥吃嗎？」說完又指了指椅子，示意扶著病人坐下。

陳淮扶著沈驚春在椅子上坐好，伸手摸了摸她的額頭，一路過來，似乎又燒得更燙了些。「吃了藥的。連著幾日在地裡忙活，昨天才閒了下來，她在家睡了半天，下午起來就有些不舒服，晚飯前就開始低燒，去陳大夫那邊抓了藥，飯後喝了一碗，半夜的時候我又餵了一碗，當時倒是感覺沒那麼燒了，不想快天亮時忽然又起了高燒。」

一夜沒睡，大清早的又這麼折騰，陳淮的手掌帶著股涼意，撫上沈驚春的額頭，倒是讓她昏昏沈沈的腦袋清醒了些。

基於之前幾次在陳大夫那兒抓的中藥見效不快，晚飯後那碗藥她根本沒喝，直接偷偷摸摸地倒進空間裡了，然後吃了幾顆感冒藥。但半夜的時候腦子燒得有點糊塗，那碗藥是真的喝了下去。不知道是不是因為兩種藥的藥性相沖，才會從低燒變成高燒？

楊大夫沒說話，細細地把了脈，又看了看舌苔，才道：「田間勞作容易出汗，這病前兩天應該就有症狀了，只是沈娘子身體健康，沒當回事。這原本不是什麼大病，吃幾副藥，養幾天也就好了。這幾天一定要注意保暖，千萬不能再次受風著涼。」

陳淮點點頭。原本楊大夫算是祁縣數一數二的大夫了，按理說他不該質疑楊大夫的話，可看到沈驚春這個樣子，還是不放心地問道：「大夫，您看這真的沒關係吧？」

楊大夫也是見慣了這種關心則亂的人，也不生氣，寫好藥方遞給學徒後，只擺了擺手就站了起來。「按我說的來，吃幾天藥也就沒事了。我老頭子年紀大了，還得回去再睡會兒，你們抓完藥趕快回去煎藥服用吧，千萬要注意，不能再次受涼。」

抓好藥出了醫館的門，正要上騾車回家時，便有一輛馬車停在了騾車旁邊。

高管家探出頭來，急道：「你們怎麼在這兒？」

陳淮被他問得一愣，剛要說自家媳婦生了病，大清早的來看大夫，就又聽高管家語速很快地說道——

「哎喲，我的老天爺啊！那宣旨的天使都快要進祁縣了，趕快上車回家準備接旨吧！」

接旨？陳淮很快反應過來，這多半是牛痘的賞賜下來了。他不再耽擱，直接將沈驚春抱上騾車就要同大暑去買接旨要用的物件。

「別忙活了，我家老爺早都準備好了，陳公子趕快上車吧！」

兩輛車出了城門，一路疾馳，很快就到了沈家門口。

高管家招呼車伕一起將馬車上高縣令備下的東西往下搬，一進院門，就叫方氏等人趕快去沐浴更衣，等會兒聖旨到了要是衣冠不整地叫宣旨的天使瞧見，那可是大不敬。

方氏直接被「聖旨」兩個字砸得暈乎乎的，愣在當場。

高管家一臉的恨鐵不成鋼，也顧不得男女大防，伸手在方氏肩頭拍了拍。「老太太別愣著了！那聖旨一會兒就到了，對聖旨不敬可是殺頭的大罪！」

方氏嚇得打了個哆嗦，後面陳淮也扶著沈驚春進了院子，那車伕和同來的小廝已經將香案從馬車上搬到了院子。

一家人洗澡的洗澡，來不及洗澡的也換了最乾淨體面的衣服出來，好不容易忙完，高縣令就帶著一眾衙門的官吏，陪著宣旨的天使進了院子。

原本看著還寬敞的院子裡一下就站滿了人，隨著一句「聖旨到」，滿院子的人都跪了下去，聽著宣旨的太監宣讀聖旨。

沈驚春的腦子昏暈，直到那太監唸完最後一句，尖著嗓子說了一聲「陳夫人接旨吧」，她還沒反應過來陳夫人是誰，可雙手已經下意識地舉過頭頂接過了聖旨。

沈家眾人已經在高管家的臨時調教下，知道了接聖旨的流程，那聖旨一到沈驚春手中，立刻俯身下去謝皇上隆恩。

高管家以前在京城誠毅伯府的時候，見過這個陣仗，因此還算鎮定，一宣完旨立刻就往那宣旨太監手裡塞了個荷包，只說天使一路舟車勞頓，小小心意不成敬意，請天使喝個茶。

宣旨的太監不動聲色地捏了捏，見這荷包如此輕薄，便知裡面必然是塞了銀票。往常在京城宣旨，這樣的荷包裡面至少會裝著一張五十兩的銀票。

高橋直起身，也湊了過去，笑道：「蘇公公，多年未見，公公風采更勝往昔啊！」

那被稱作蘇公公的太監笑了起來，因與高橋還算相熟，朝他行了一禮才道：「高大人別來無恙！大人治下屢立奇功，回京之後才是平步青雲啊！聽聞小公子已經找到了，老奴還未恭喜大人呢！」

「哈哈哈，同喜同喜！公公一路過來風塵僕僕，高某已經在縣城最大的酒樓備下了酒席替公公接風洗塵，不如公公先移步？」

賞賜下來的東西如同流水一般被搬進了院中，擺滿了整整一院子，蘇公公審視一圈見事了，也就應了高橋的邀請，只是臨出門時又盯著沈家兄妹看了好一會兒，總覺得在哪裡見過他們一樣。

陳淮不動聲色地將捧著聖旨的沈驚春擋在了身後。

高橋笑道：「沈娘子得了風寒，如今還高燒未退，病著呢，不如先讓她回去休息，叫我這季淵姪兒作陪吧？我與公公多年未見，也好好喝幾杯，敘敘舊情。」說著又朝陳淮道：「季淵就同我們一道去縣城吧。」

陳淮倒是想拒絕，可高橋當眾說出來了，還真不好拒絕，因此也應了聲，囑咐了大雪等人好好照看沈驚春，記得餵她吃藥，就隨著高橋等人一起走了。

這麼大的陣仗一起過來，別說平山村了，便是整個祁縣都驚動了。宣旨的儀仗後面跟了一大串沒事幹的人，一路跟到了平山村，如今宣旨的人一走，他們這些人卻都留了下來，看著滿院子的珠光寶氣，羨慕得直抽氣。有的人礙於天威根本不敢靠近，可有的人卻想趁著人多渾水摸魚進去摸兩件物件，只是還沒來得及動手，就被沈族長帶來的沈氏族人給隔開了。

沈氏一族三十來戶人，家家戶戶都不缺青壯年，便是連沈家老宅那邊的沈延安聽到消息也趕來幫忙了，幾十號壯漢將沈家大門口圍了個水洩不通，旁人根本擠不進去。

陳里正等人也是等宣旨的儀仗走了之後，跟在沈族長身後才進了沈家的院子。

先前那旨意雖然一頓抑揚頓挫、咬文嚼字，可陳里正到底是識字的，加上自己的理解，也將聖旨的內容給聽懂了，說白了，就是沈驚春獻上了可以防天花的牛痘，這是造福天下萬民的大善事，因此朝廷特意獎勵若干。

聖旨這樣說，再聯想到當初天花爆發時，沈族長帶著沈驚春等人到他家看牛的舉動，陳里正哪裡還能不明白？這是拿著從他家的牛身上取下來的痘瘡，掙了這份潑天的大功勞呢！

眼瞧著沈氏一族的族人臉上的表情比過年還要高興幾分，他只覺得鬱悶得要吐血了！可如今的沈家早已今非昔比，哪怕心中再氣，對著沈族長那張老臉，陳里正也要擠出幾分笑容來說聲恭喜。

沈族長此時根本沒心思注意陳里正是哭還是笑。

滿院子的賞賜他只看了一眼就收回了目光，視線直直地盯著院中一塊半蓋著紅綢的匾額移不開了。

整個匾額黑底金字，周邊還有一圈金色的邊框，中間端端正正地寫著「積善之家」四個大字，左下方還蓋了個章。聽那蘇公公的意思，這可是皇帝親筆提的字，那麼左下方那個章不是玉璽就是皇帝的私印了。

沈族長很想摸一摸，伸出去的手都抖個不停，可還沒落在匾額上就又收回了手，只不停地看著匾額道：「好啊……好啊……」說著說著，就老淚縱橫了。

平山村沈氏這一支其實並非一開始就是莊戶人家，很多年前還是前朝的時候，也是出過大官的，只不過後來因為得罪了當時的皇帝，直接被罷官貶回了老家。後來天下大亂，改朝換代，後面的子孫又不成器，這才一代一代地沒落下來，最後成了平山村的農戶。

之前尋找牛痘的時候，沈驚春就曾做出過承諾，但凡這次的賞賜有匾額之類的物件，她家絕不獨占，這匾額到時候就掛在祠堂，變成整個沈氏一族的榮耀。

如今，這份榮耀真的來了！

沈家得了這麼大的榮耀，但大雪等人因為陳淮走之前的千叮嚀、萬囑咐，也沒有忘記給沈驚春煎藥。

沈驚春喝了藥就直接睡了，院子裡吵吵鬧鬧的根本吵不醒她，香甜的一覺直接就睡到了晚飯後。

不知道是這楊大夫的醫術真的比陳大夫高明，還是前一晚吃的藥終於生了效，一覺醒來後，燒倒是退了，腦袋也沒那麼疼了，連嗓子都舒服了一些。

她穿了衣服出門，看著燈火通明的院子，才想起來白日裡的事。

滿院子的賞賜已經被收進了廂房之中。

東廂房的門一響，院子裡的人就聽到了動靜。

白露本來就坐在門口，立刻幾步迎了過去。「娘子醒了？爐子上還溫著粥，娘子可要用些？」

沈驚春本來還不覺得餓，聽白露這麼一問，肚子倒是唱起了空城計，因此洗了把臉就開始吃飯。

「縣城那邊可有消息傳回來？族長他們什麼時候走的？」生病的人吃得清淡，少鹽又少油，而沈驚春的口味本來就有點重，因此一頓沒滋沒味的晚飯很快就吃完了，這才開口詢問。

方氏過了一天，還是有點沒緩過勁來。

豆芽道：「晚飯前陸先生身邊那個小廝來傳過話了，今天恐怕要到很晚，陸先生說讓姑爺不要回來了，就在縣城住一晚。至於族長那邊，在咱家待了沒多久就走了，說是等小姐醒了再說。」她說著，語氣就興奮起來。「我看著那賞賜可真不少呢，小姐您要不要去看看？」

「好呀，我們去看看吧。」

賞賜的東西全都是在托盤上墊了個紅綢布才能放上去，一個托盤就是一樣，這次的賞賜林林總總加起來有幾十樣。

沈驚春沒醒，方氏不敢擅自作主地將這些東西收起來，因此放起來很占地方，單一個客房根本放不下，堂屋和書房也放了一些。

沈驚春先去堂屋，一進門就瞧見八仙桌後面的條案上架起來的那塊匾額。

沒想到皇帝竟然真的賜了一塊匾下來。

「積善之家」輕飄飄的四個字從皇帝的筆下寫出來，分量不可謂不重，對於沒有功名在身的平民之家來說，已經是難得的嘉獎。

這平山村沈氏有了這塊匾額，從今以後就不一樣了。

沈驚春隨意地看了看就移開了目光，拿起了匾額旁邊放著的小冊子看了起來。

這次賞賜的東西全都登記在冊，沈驚春迅速地看了一遍，心裡就有了數。除去那些首飾、布料，剩下的就是賞銀二千兩，因二千兩銀子實在太重，直接換成了一百兩一張的銀票，二十張拿在手中也有薄薄的一疊。

等沈驚春看完手上這一頁，翻過一頁之後，就被上面寫的東西驚呆了。

除了這些實際的賞賜，另外居然還有土地的賞賜下來，一個在京城，是個二十頃的爵田，一頃田是十五畝，二十頃就是三百畝！

這樣利國利民的大功勞，雖然不能給沈驚春封爵，可賞賜一些爵田卻是沒問題的。

沈驚春看得目瞪口呆，還能這樣操作？

她頓了頓，接著往下看，除了京城那個三百畝的爵田，祁縣這邊也給她在平山村附近劃了一百畝官田，公文已經隨著宣旨的天使一起下發到了祁縣縣衙，只需要沈驚春本人去縣衙變更田契即可。

這兩處田產都是免稅的，且這爵田只限沈驚春本人使用，不能給子孫後代繼承，也就是說，假如她非常不幸明天就死了，那麼後天朝廷就會將這兩處田產給收回去。

沈驚春看完，本來已經清醒過來的腦子，現在又不太清醒了，一屁股在椅子上坐了下來，一手扶著額頭發了會兒呆，才朝外面喊了聲大暑。

大暑小跑著進了堂屋。「娘子有什麼吩咐？」

沈驚春道：「你現在去將族長請來，就說我有事跟他商量。」

大暑應了一聲，提著燈籠去了。

沒一會兒，沈族長就領著幾個人匆匆來了，人才剛進大門，聲音已經傳到了堂屋來。

「怎麼了？可是出什麼事了？」

沈驚春起身迎了幾步，請沈族長等人坐下，又去將方氏請來陪坐在一邊，才道：「先前我答應的，如果有匾額之類的賞賜，就直接供到祠堂去。方才我看了看這份賞賜的清單，裡面除了金銀珠寶這些，還有兩處爵田。」她沒有任何避諱，直接將那本冊子翻到了後面，遞給了沈族長看。「這二千兩銀子，我說實話，我家雖然現在看著有錢，可一旦淮哥今年中舉，肯定要去京城，再加上我哥也要去京城看病，所以我家很需要這筆錢。我拿五百兩出來一分為二，一半用作修繕祠堂，另一半我想用來建個族學。」

沈族長全程滿臉莊重；沈延東也很能繃得住，聽到二千兩銀子的時候只有些詫異；可沈家二叔、三叔聽到二千兩銀子沈驚春卻只拿五百兩出來的時候，臉色就不大好了。

在場都是自家人，沒那麼多講究，這兩兄弟就坐在沈族長對面，他一看兩個兒子的神色就知道他們在想什麼，狠狠地瞪了他們二人一眼，接著立刻起身，朝沈驚春鄭重地行了一禮。「我這個做族長的，代表沈氏一族謝謝妳。」

族學並不是那麼好辦的，哪怕在平山村這個地方，族學也只是起個給族裡孩童啟蒙的作用。

祁縣這邊，除了縣城裡面有幾家蒙學，這十里八鄉的也就趙三郎他們那個平田村有個學堂，陳淮當年回來，一開始就在那個學堂裡讀的書。

如果族學真的能辦起來，那麼沈氏一族才算真正地在這祁縣立起來了。

而這個牛痘，雖說是經由他們家的手才弄到的，可仔細一想，即便沒有他們家，沈驚春弄到牛痘也是遲早的事情。先前他覥著老臉提出想要匾額已經是非常無禮的要求，可沈驚春非但不生氣，現在還願意拿錢出來修繕祠堂、資助族裡辦族學，這樣的大恩，豈是一個謝字就可以還完的？

沈驚春起身，微微往旁邊讓了讓，只受了半禮。她先請沈族長坐了回去，才又道：「我之前說還有兩處爵田，一處在京城，一處就在咱們祁縣，是朝廷封賞的，只我一代，不能後傳，但好在不用納稅。祁縣這邊的莊子，我願意拿出來給族裡的人種，因為免稅，所以這地裡的收成，種田的人得四成，另外六成便用作族學以後的日常開支和維護。大爺爺您看這樣可行？」

行！當然行！這可太行了！要不是當著這麼多小輩的面，沈族長簡直都要跳起來哈哈大笑了。

原先沈驚春說拿錢出來建族學的時候，他還在愁以後怎麼辦。這個錢是死的，五百兩的一半就是二百五十兩，看著是不少，可歷來只要跟讀書扯上關係，那錢花起來就跟流水一樣，根本不經用。但現在有這一百畝地的六成收成在，要供起來一個族學，那是肯定沒有問題的！

他雖然拚命地壓抑住了喜悅，沒有做出什麼失禮的事來，可到底還是坐不住了，站起身在堂屋裡來回走了幾遍，腦子也慢慢地平靜下來，細想一遍，才道：「阿淮如今不在家，這個事情妳可需要跟他商量一下再行定奪？還有三郎媳婦，這可不是小事，你們一家還是商量一下吧。」

陳淮對外雖說是上門女婿，可自家人還是知道自家事的。

陳淮這樣的人，若是想成家，只怕媒婆都能將陳家的門檻踏破，他一直沒成家，縱然有給亡母守孝的原因在內，可關鍵還是他之前不想成家。別的不說，單說他是陸祁山的關門弟子，這祁縣就多得是想把閨女嫁給陳淮的人家。

聽沈驚春透露出來的消息，今年的院試和鄉試，陳淮是有很大把握的。原先沈延富這樣一個秀才，都給老宅那邊掙足了臉面，更別說陳淮今年很可能就是舉人了。

沈族長雖然很想現在就定下來這些事，可到底還是怕陳淮知道後心中不快。

方氏雖然也心疼這筆錢，可在她心中，閨女說話辦事，都是有其道理的。方氏自問自己不過是個鄉下婦人，大字都不識得幾個，更別說什麼大道理了，唯有一點她是知道的——如今這個家能吃穿不愁，都是閨女的功勞！她別的忙幫不上，只能儘量不扯閨女的後腿，因此沈族長這麼一問，她立刻就表態道：「他大伯，我們家如今是驚春當家，她說什麼就是什麼。」

沈驚春也道：「淮哥不會有任何意見的。」這個事情她早跟陳淮商量過了。牛痘防天花可不是什麼小事，金銀的賞賜總是少不了的。

再者，像古代這樣的生存環境，沒有親族的人是注定走不遠的。

周家那邊，自從陳瑩跟周桐和離之後，陳淮長這麼大，兩家也沒再來往過，周桐可能都已經忘記還有陳淮這麼個兒子了，顯然是靠不住的。

再說陳氏一族，當初將他們母子趕出來，陳淮對陳家就沒什麼好感了。外人只當他們生活落魄，其實陳瑩是有錢的，只不過不敢亂花罷了，摳摳索索地養活一個陳淮還是沒問題的。

如此一來，倒不如幫扶人品還不錯的沈氏。

沈族長聽方氏母女這麼一說，終於露了笑容出來，站在一邊看著後面條案上的匾額，高興地道：「那這匾額？」

「我這就將銀子拿給大爺爺，煩勞您去找幾個靠得住的泥瓦匠，修繕祠堂和建族學的事情要同時操辦起來，待族學落成之日，再將匾額掛到修繕一新的祠堂裡，也算是雙喜臨門了。」

沈族長連連點頭，這才帶著幾個兒子回家。

沈族長昨晚激動地翻來覆去，大半夜才睡著，今日一早才一睜眼，第一件事就是叫沈延東兄弟幾個去找泥瓦匠。

沈志清兄弟幾個前一晚沒跟著去沈驚春家，也是大早上聽自家老爹說了幾句，才知道沈氏要辦族學的事情，一時間都喜不自勝。

他們排在前頭的幾個兄弟本來就沒什麼天分，再加上年紀大了，倒是不去想什麼讀書考科舉好光宗耀祖的事，但後面幾個小兄弟最小的不過才七、八歲，還是可以搶救一下的。

再者，族學可是個功在當代、利在千秋的事情。

尤其對於老大沈志輝來說，他如今也是有兒子的人了，只須等個四、五年就能送兒子去開蒙，從小培養，說不定也能供出個讀書人來。

一家人湊在院子裡商量了好一會兒，也沒商量出到底要請哪些泥瓦匠來，最後還是沈志清說，不如就請上回替沈驚春家建房子的楊工匠。

沈驚春家的房子那建得真的是沒得說，眾人一想也就定了下來，請這楊工匠主事，再請幾個別的泥瓦匠給他打下手。其餘的雜活什麼的，自然有沈氏族人來，這樣的大事，恐怕沒有哪家會不願意吧？

一時間，整個沈家都忙了起來。

陳淮那邊卻是直到中午才由陸昀的小廝給送了回來。

陸昀在縣城的宅子裡，除了一些老僕、小廝、長隨，剩下的就是一個洗衣、做飯的婆子，伺候起來自然沒有那麼精細。

沈驚春聞著他身上還有些酒味，眼下一圈淡淡的烏青，就知道昨晚多半是沒有休息好的，當即就叫楊嬸燒了熱水，叫他去洗了個澡。

等漱洗完，穿了乾淨的衣服出來，整個人也精神了些，夫妻二人就到書房裡說話。

如今陳淮不過是個童生，連秀才都沒考中，若是平時，別說是陪著那京城來的蘇公公一起吃飯了，恐怕連在蘇公公面前說句話的機會都沒有。

高橋是念著之前的恩情，有心想賣陳淮一個好。

朝廷外放的官員回京述職，都是分兩批，一批在年前，一批則在六月。如今已經是四月中了，最多五月中旬高橋就要啟程回京，這一走，祁縣這個地方就不會再來了。

雖然很看好陳淮，可到底還是不確定他能否一次中舉，乾脆趁著這個機會將他帶在身邊見識見識，畢竟能陪著蘇公一同吃飯的，無一不是祁縣或有權、或有名的人。

以陳淮的身分，雖然從頭到尾也說不上兩句話，可到底還是在祁縣這些大老面前露了臉，且大家看在陸昀的面子上，態度也都客客氣氣的。

「家裡怎麼樣？族長可跟妳提了匾額的事情？」說完在縣城的事情後，陳淮又問起來家裡的事。這家裡是他媳婦當家，他自然是不擔心的，不過隨口一問。

沈驚春便將昨晚的事又說了一遍。

陳淮聽完便道：「這麼做是再好不過了，那內閣次輔張承恩也是寒門出生，連他這樣的人都想著扶持家族，更不要說是妳我。何況我們以後有了孩子，有家族做後盾，對孩子也好。」

沈驚春一聽「孩子」兩個字，臉色就不受控制的開始變紅了。

一抬頭，正對上陳淮清亮的雙眼，她深深吸了口氣，才勉強穩住心神，只說要去廚房看看午飯好了沒有，就藉口跑了。

沈氏一族的動靜太大，沒幾天，不說平山村，便是連附近十里八鄉的村子都知道了，沈家得了朝廷的封賞，不僅要翻新祠堂，還要建個族學。

反應最大的就是同村的徐氏和陳氏兩族。

徐氏還好，聽到這個消息後只是羨慕嫉妒了一會兒，就開始高興起來。這沈氏一族在村裡不過才三十多戶，他們一個村的想將孩子送進去讀書，總比外村人來得輕便些。

而陳氏其他人大多也都是這麼想的，只有陳里正滿心的煩悶。

事實上，賞賜下來的第二天，陳里正就想通了，不是誰都是沈驚春的。

這鄉下的牛生痘瘡是常有的事，這麼多年了也沒見誰說牛痘可以防天花的，沈家小丫頭的這份榮耀都是憑她的本事掙來的。

但是道理誰都懂，真到了自己頭上，想想那個牛痘是從自家的牛身上取下來的，陳里正還是覺得滿心憋屈。但是再憋屈還是不得不堆起笑容，去跟沈族長道聲恭喜。

如同徐族長想的一樣，這個族學雖說是沈氏的族學，但既然建在村子裡，那就是全村的大喜事，村裡若是有想讀書開蒙的，也不用再每天跑遠路去別的村子了，有沒有讀書天分都先唸幾年再說，再加上學堂就在村子裡，來往都方便。

三氏族長湊在一起，商量著沈家族學建起來後教書先生和收學生的問題。

沈族長如今是人逢喜事精神爽，非常好說話。「這教書先生的問題，阿淮說了，回頭會去問問聞道書院的陸院長，請他幫忙留意留意祁縣有學問的秀才可有願意來我沈氏族學任教的。至於收學生……」沈族長看著另外兩位族長，笑道：「咱們三姓人家在一個村子裡也住了這麼些年了，俗話說得好，遠親不如近鄰，關係自然是不錯的，我也不跟你們亂開口，只要是咱村裡的孩子，入學的束脩都是五百文一年。」

堂中坐著的幾人明顯都有些不可置信，要知道，平田村那邊的學堂，就算是本村人，每年束脩也要一兩銀子呢，這沈家族學卻一下子就少了大半。

沈族長看著他們的表情，心中的得意再也壓制不住，忍不住翹了翹嘴角。「驚春丫頭不愧是京城侯府教出來的，目光就是長遠，這次她立了這樣的大功勞，朝廷的賞賜中就有一百畝免稅的官田，雖說比不上咱們自家的上等良田，可畢竟是免稅，她願意將這地無償免租給我們沈氏族人種，這地裡收成的六成，她願意拿出來供族學平日的開銷用度。」

這話一出，除了早就知道這個消息的沈家人外，其餘的人再次愣住了。

一百畝田地的收成啊！哪怕只是六成，對於他們這些農戶人家來說，也是一筆鉅額了，沈驚春竟然說拿出來就拿出來，還不是一年、兩年！

這下所有人不羨慕這個族學了，倒是羨慕起沈氏一族居然出了個這樣厲害的人物！

其餘兩族的族老只愣了一會兒，就反應了過來，當即就各種誇獎起了沈驚春。

三族人湊在一塊兒，很快就將事情給商量妥當了。

有另外兩家出手相幫，沈氏族人只需要顧好祠堂這邊就行。

族學那邊的一應事務，都由泥瓦匠帶著另外兩族的青壯年在忙活，只有一個沈延南在看著。

不過幾天，學堂那邊的房子就大致起來了。

按照沈驚春的意思，族學建成了小兩進。前面是學生們日常讀書學習的地方，不論是正房還是東西廂房，都全部打通成了一間，以後就分成三個班，分開教學，一年只收一次學生，這樣也方便先生教學；後院則是先生們日常起居的場所兼廚房，若是到時候有外村的想要過來這邊開蒙，路遠中午不方便回去吃飯的，也可交了伙食費，就在學堂裡吃。

過了四月二十，不論是祠堂還是族學，基本都建成了，只等最後的上梁蓋瓦。為了這個，沈族長還專門跑了趟廣教寺，在大師的指點下，將上梁的日子定在了四月二十三。

這是全村的大日子，這一天不管家裡有事沒事的，幾乎都來了人，圍在沈氏族學外幫忙，好不熱鬧。

沈家人相比起這些人來，就要淡定很多。

一大早，沈驚春就跟張大柱等人去了棉花地裡除草，一直忙到快中午的時候，才扛著鋤頭往家走，準備回去吃午飯。

若是平日裡，她這個樣子倒不顯眼，可今天這樣的大日子就顯出她的不同來。

一行人扛著鋤頭還沒進村，那邊沈志清就狂奔過來，氣喘吁吁地道——

「妳今天還有心情下地呢？趕快回家換身衣服吧，族學那邊還等著妳去揭幕呢！」

沈驚春是陳淮的媳婦，而陳淮是陸昀的關門弟子，這族學自從開始建造，陳淮在陸昀面前提了一嘴，陸昀便主動將題字的任務給攬了過去。

他的字很珍貴，外面更是瘋傳陸祁山的字千金難求，他到聞道書院教書育人十幾年，贈出去的字也不超過十幅。

沈家族學能得他親筆題字，平山村的人不覺得有什麼，反倒是祁縣這邊的學子們都沸騰了。

沈驚春被沈志清催促得一路小跑著回了家，又被方氏逼著換了身自從做好後根本沒穿過兩次的新衣，一家人才出門，往族學去了。

等到了族學周邊一瞧，頓時傻眼，這人也太多了吧？裡三層、外三層，都不知道圍了多少層，一眼看去，全是烏壓壓的腦袋！

人群中不知道誰喊了一句「驚春來了」，場面頓時安靜了一瞬，擠得滿滿當當的人群居然硬生生地分出了一條道來。

農村人要說多壞也不至於，平日裡雖有些磕磕碰碰的，但到了正事上面，多數人還是拎得清的。

沈氏族學能建起來，全仰仗沈驚春，且束脩這麼便宜，也是沈驚春願意用一百畝田地的出息供著族學換來的，若是各家能僥倖供出個讀書人，那這恩情就是再造之恩了，因此一時間，眾位鄉親們看向沈驚春的眼神要多火熱就多火熱。

這種場合人太多，怕出亂子，方氏就帶著沈明榆兄妹在家沒來，只有沈驚春夫妻和沈驚秋帶著大暑、小暑來了。

沈族長一見沈驚春來了，就笑道：「你們來了。」

三人點點頭，先喊了一聲「族長爺爺」，又朝周圍的三姓族老打了招呼。

陳淮自覺沈驚春才是今日的主角，打完招呼就拉著沈驚秋，同那幾個聞道書院來的同窗站在了一起。

沈族長滿臉欣慰地看了眼沈驚春，才面向大門口，抬起手往下壓了壓，說道：「大家靜一靜，揭幕前聽我說幾句。」

沈志輝兄弟幾人早就混在了人群之中，一聽沈族長發話，立刻開始安撫群眾控場，很快地，人群就安靜了下來。

沈族長對這個效率十分滿意，雖年老卻還算渾厚的聲音再度響起。「我們沈氏祠堂和族學能建起來，全仰仗祖宗保佑，保佑我們沈家的姑娘在被抱錯的十幾年後，還能重回沈家認祖歸宗。

「前些天縣衙發布的公告，大家想必都知道了，咱們驚春立下奇功，找到了可以防天花的辦法，這才有了後面朝廷的封賞。她雖從小不在平山村長大，可卻一心希望我們沈氏能夠蒸蒸日上，所以才出資翻修祠堂、新建族學，這是她一片苦心想要扶持族人、壯大沈氏，這一切都是基於她是沈氏的姑娘，這是情分，卻不是人家應盡的本分。

「前面她願意帶著全村人種玉米的事情，也是老生常談了，現在這個族學說是我們沈氏的，但說到底是方便了咱們整個平山村，因此我希望在場的各位以後能將這份大恩銘記於心，不要求你們回報多少，但起碼以後不要做出恩將仇報的事情來。」

沈族長話音一落，人群裡已經有人迫不及待地開了口——

「這是自然！咱鄉下人不懂什麼大道理，但也知道報恩啊！」

「就是！說不定咱們村裡還真有孩子有幾分讀書天分的，到時候讀出些名堂來，全仰仗驚春建了這個族學，這可是再造之恩呢！」

「就是就是！這樣的大恩面前，若還有那不知好歹、恩將仇報的人，別說除族趕出村子了，就是到時候一家子打死都是應當的！」

人群中你一句、我一句，不只沈氏族人，連兩個外姓人都在附和著沈族長的話。

「好好好！」沈族長連道三聲好。「那現在就請驚春也來說幾句。」

沈驚春事先雖然就被告知，要請她來為族學揭幕，但沈族長先前這一大段的即興演講，可是一點兒都沒與她商量過。

這段話一出來，除非以後她家做出什麼謀反叛逆、抄家滅族的事來，否則，她一家的地位在沈氏一族將無人可以撼動了。

一時間，她的心情難免有點複雜。

「既然族長叫我說幾句，那我就說幾句。」沈驚春快速地打了一遍腹稿。「家族對於各位來說意味著什麼，想必大家都很清楚，正如族長所說，我並非生長在平山村，可自從我踏入平山村認祖歸宗的那一刻起，我就是平山村沈氏一族的人，但凡沈氏族人天生就該揹負著振興家族的使命，我也不例外。

「一筆寫不出兩個沈字，我也沒什麼大本事，不過就是運氣好些。大家也知道我今年沒種玉米，而是改種其他的東西，不瞞大家說，我也是第一次種，摸著石頭過河，如同去年的玉米一般。若是今年這辣椒種得好，我也不藏私，明年還是大夥兒一起種。

「我一直認為，一個人富不算富，帶著大夥兒一起富才是真的富。我自己的小家少掙點錢不算什麼，能幫著大家一起富裕起來，這才是咱們沈氏一族乃至整個平山村最重要的大事，可這件事單靠我一家是無法實現的。所以，大家要團結一致，共同向上，大人們好好伺候田地，小孩們努力讀書學習，在未來十年、二十年裡，將咱們平山村打造成耕讀傳家的美好新農村。」

話音一落，人群中叫好聲、喝彩聲此起彼伏，不知誰帶頭拍了幾下掌，一眨眼間掌聲如雷動。

陳、徐兩族的族老們一邊羨慕嫉妒沈氏居然出了沈驚春這樣的奇才，一邊又暗恨自家家族的後輩們平庸無用，文不成、武不就不說，連農戶的本職種田，也被沈驚春這個從小金尊玉貴、從京城回來的小丫頭甩了不知道多少條街。

沈驚春等沸騰的人群安靜下來，才走到蓋著紅綢的匾額下，抓住垂下來的紅綢，揚聲道：「沈氏族學自今天開始，正式落成！」

說完，輕輕一拽，露出紅綢下的匾額來。

書生們第一時間抬頭望去。

這塊匾額跟御賜的那塊「積善之家」的匾額相比，只能用質樸來形容，整個匾額就是原色刷了清漆，上面用行楷書寫了「務本」兩個字，左下角不僅落了「陸祁山」三個字，還蓋了三個章。

幾名書生當即就看得如癡如狂，大讚道：「妙啊！」

這個妙不僅指的是陸昀寫得妙，這兩字運筆圓潤靈秀，飄逸中帶著幾分內斂，帶有很明顯的博取眾長後自成一家的氣勢和特色，更是指務本這兩個字本身妙。

務本二字出自《論語》——君子務本，本立而道生。孝弟也者，其為仁之本與。

本意是講孝悌，善待父母、善待兄長，可現在單拎這兩個字出來，想來更有告誡日後在沈氏族學上學的人，要從根本上下功夫，務本務實，君子修德更不忘本。

幾名書生看著看著，視線終於從這兩個字移到了匾額本身，有人不禁「咦」了一聲。

旁邊幾人被他這聲弄得一愣，問道：「怎麼了？」

那書生抿著嘴又看了一眼匾額，才不確定地道：「這塊匾額……好像是用降香黃檀做的呀！」他說完，見同窗們一臉懵，又解釋道：「這降香黃檀還有個別名你們肯定聽過，叫做黃花梨，這塊匾額看上去，應該是一整塊黃花梨雕刻而成，更為難得，只怕沒有這個數根本買不下來。」他伸出兩根手指晃了晃。

這兩指當然不可能是二十兩，而是二百兩。

不說這幾名書生了，就連站在匾額下的三姓族老們都愣了一下，不由自主地抬頭去看頭頂上的匾額。

沈族長心中更是掀起了一陣風浪。

別人不知道這匾額是哪兒來的，他卻是知道得一清二楚，這分明就是陳淮拿了陸祁山的墨寶回來，然後由沈驚春親手雕刻而成！

甚至於動工那天，他還是親眼看著沈驚春將一段近兩尺粗的木頭鋸開，製成了匾額。

那種木頭在沈家上鎖的房間裡還有不少，這麼一塊匾額就值二百兩了，那沈驚春鎖起來的那些木頭又值多少錢？

平山村沈氏一族沈驚春的名字，一時間響徹了整個祁縣，幾乎所有人都知道了她的事。

沈驚春這樣的奇女子，以一己之力帶動了整個沈氏一族未嫁姑娘的行情，連其他兩姓的姑娘們也變得炙手可熱。

沈驚春對此什麼也不想說，並且覺得很煩。

她是跟陳淮成親了，且因陳淮本身就很優秀，這群上門的媒婆沒法昧著良心替人上門挖牆角，可這些人不知道從哪裡聽說了她放了豆芽的賣身契，豆芽在沈家就跟二小姐一樣的事，一時間，上門替豆芽說親的媒婆是一撥接一撥。

豆芽這個小丫頭，那真的是一片丹心向小姐，為小姐癡、為小姐狂、為小姐一句話就能砰砰撞大牆！更何況剛穿越過來的時候，要不是豆芽拚死將她救了出來，她早就出師未捷身先死了，這可是實打實的救命之恩。

因此媒婆上門沒幾天，沈驚春就跟方氏商量了，將豆芽收為義女，又將自己的打算跟豆芽說了——

她翻過年來才十六，親事的事情根本不用著急，而且陳淮今年如果能中舉，他們一家肯定是要往京城去的，來年春闈若是能考中，不拘是入翰林院還是當個小官或是外放，等那時再給她說親也不遲。

豆芽本就盲目聽從沈驚春的話，又聽了她的解釋，更加沒意見了。

沈驚春這才叫方氏放出風聲，只說自家義女如今年紀還小，暫時不談婚論嫁，沈家這才清靜下來。

沒幾天到了五月，溫度上來了，再加上肥料跟得上，地裡的辣椒都長到小腿高了，這時候就要注意整枝打杈，根據辣椒的生長情況摘心、摘葉、疏花疏果。

沈驚春每天往辣椒地裡跑，看著嫩嫩的各色辣椒，口水都要流出來了，忍了又忍終於還是忍不住，偷偷用異能催生了一些辣椒，直接用衣襬兜著，扛著鋤頭回了家。

自從辣椒下種以來，沈驚春幾乎每天都在唸叨著這辣椒有多好吃、有多香，只要吃過的人絕對再也忘不掉這個味道，是以才一進門，家裡人的視線就都到了她衣兜裡那堆辣椒上，兩個小的更是亦步亦趨地跟在她屁股後面跑。

沈驚春丟開鋤頭，直接去井邊打水上來清洗。

水靈靈的螺絲椒在木盆裡浮浮沈沈，看著就讓人喜歡。

一兜辣椒很快洗完了，楊嬸本來等在一邊想接過去，但沈驚春現在眼裡只有辣椒，根本沒讓她沾手，到了廚房裡，拿著菜刀砰砰兩刀就拍碎一根辣椒，一連串不間斷的砰砰聲之後，一兜辣椒全部被拍碎了，後面又拍了兩瓣蒜。

楊嬸已經非常有眼色地將火生了起來。

「你們還是先出去吧，這個炒辣椒的味道有點衝，等會兒不要傷及無辜了。」

沈明榆猶豫了一會兒，就拖著沈蔓退出了廚房。

豆芽和白露幾個丫頭不信邪，非要在一邊旁觀，等到辣椒下鍋，大火煸炒出香味來，幾人終於被嗆得淚流滿面，退了出去。

這個味道何止有點衝？簡直衝到不能聞好嗎！

連坐在灶膛前燒火的楊嬸都受不了這個味道，加了把大火就飛奔出了廚房。

沈驚春本人非常能吃辣，但能吃辣跟能受得了這個味兒又是兩碼事。為了吃到心心念念的辣椒，她一邊流淚、一邊炒，好不容易一道乾煸辣椒出鍋，整個人也成了個淚人兒了。

幾個人從地裡回來前，楊嬸就已經算著時間燒好飯菜了，辣椒一端上桌，別人都還沒反應過來，沈驚春已經旋風一般地盛好了飯，挾了一筷子到嘴裡了。

熟悉的味道在口齒間瀰漫開來，她簡直都要感動得落淚了！

方氏等人看她一臉陶醉的樣子，忍不住問道：「真有那麼好吃嗎？」

沈驚春點點頭，辣椒這東西對她來說，已經不能單純的用好不好吃來形容了，就跟愛抽菸、愛喝酒的人一樣，她是無辣不歡，而她的空間裡面只有辣椒種和辣椒醬之類的，乾辣椒什麼的是沒有的，能忍這大半年，已經是極限了。

可哪怕沈驚春說得斬釘截鐵，把辣椒誇得天上有、地上無的，方氏等人也不敢伸筷子。

聞著味道都那麼嗆了，吃起來那還得了？

好半晌，等沈驚春一碗飯都快扒完了，沈驚秋才試探性地伸出了筷子，挾了一塊大拇指大小的辣椒放進了嘴裡。

方氏等人屏氣凝神，眼睛都不眨一下地盯著沈驚秋。

但見那一小塊辣椒入嘴，他渾身一激靈，飛快地扒了兩口飯不算，還一把衝到條案邊，倒了一杯溫水，咕嚕咕嚕地一口氣喝掉一半。

方氏的心一下子就提到了嗓子眼，擔憂的話還沒出口，就見沈驚秋又端著一杯水坐回了桌邊，挾了一筷子辣椒放到碗裡，開始扒飯。

所有人都傻了。

兄妹兩個人戰鬥力驚人，各自兩碗飯幹完，那一盤本來就沒有多少的辣椒也見了底。

沈驚秋還覺得不痛快，又盛了一碗飯倒進那裝辣椒的盤子裡。

自淨身出戶以來，除了特意吃麵條、喝粥，其他的時間基本上每天都是吃米飯，沈驚春每一頓都是雷打不動的一碗，這是來到這個朝代之後第一次幹掉兩碗飯。她懶洋洋地靠在椅子上，渾身上下就寫著兩個字——舒坦。

沈驚秋吃完了第三碗飯後，滿足地打了個飽嗝。「好好吃啊！晚上還吃這個嗎？」

這個情形，眾人哪還有不明白的？要是不好吃，沈驚秋能連吃三碗飯？

「晚上不吃這個，咱吃點其他的。」

沈驚春有點破罐子破摔了，催生辣椒這種事，有了第一次就會有第二次。平日吃不到就算了，一旦開了這個頭，後面就打不住了。

# 第十六章

吃過飯，沈驚春就蹓躂著出門去了族長家。

如今已經五月中旬，六月就要院試，這相當於全國會考了，家裡這些人裡，幾乎是大字不識幾個的，叫誰跟著去沈驚春都不太放心，只有自己跟著照顧陳淮才最放心，畢竟她本人好歹也是經歷過大考的。

從祁縣到慶陽府一來一回也要七、八天，再加上還要提前過去租房子、休整一下，免得到時候出現什麼水土不服之類亂七八糟的事情。

本朝科舉制度與前朝略有不同，院試一共分為兩場，一場正試、一場複試，兩場考試都要提前一天入場，第二天正式開考，第三天下午結束，然後後面還有幾天閱卷期。第一場的考試結果出來後，會剔除大部分考生，考過的才有參加第二場的資格。

沈驚春對於古代這些科舉、八股文、策論什麼的，完全沒有概念，也不知道陳淮如今到底是個什麼水準，但陸昀既然對他那麼有信心，想來這場院試是完全沒有問題的。

如此一來，路上來回的時間再加上考試和閱卷的時間，恐怕這一去就要大半個月，地裡的事情必須要提前交代好。

沈驚春到了族長家時，他們家正好吃完午飯，打算中午歇會兒，再去地裡幹活。

當初開始種辣椒的時候，大家就已經提前說好了，族長家的人多，要幫著沈驚春家一起幹活，是以這段時間在地裡也是低頭不見抬頭見的，看她專門大中午地跑一趟，必然是有事情要商量，沈族長便想開口叫大家都各自散了。

沈驚春笑咪咪地道：「不必不必，不是什麼大事，大家一起聽聽也好。」

她這麼一說，本來打算回房休息的人都不走了，各自找了個位子坐了下來。

沈驚春等他們都坐好了才道：「之前我跟大爺爺提過的，要建個工坊，專門加工辣椒，您沒忘記吧？」

沈族長點了點頭。

他家與沈驚春家不同，除了那種了辣椒的十畝地和五畝棉花，家裡還有其他的田地要忙活，如今開春了，地裡要幹的活很多，他家人雖然多，可這麼多事情湊在一起，也夠他們一家子忙的了。但即便如此，他還是每天都要去那辣椒地裡轉一圈看看。

那辣椒每一天的變化都被他看在眼中，眼見著辣椒已經掛了果，可沈驚春還沒提起要建工坊的事情，他心裡都有點急了，但想著沈驚春歷來是個有成算的，便又將心底的急躁按捺了下來，安心等著。

「今日我瞧著地裡的辣椒長得差不多了，咱們這工坊可以建起來了。六月初淮哥就要去慶陽府參加院試，我必定要跟著一起過去照顧他，這工坊的事情恐怕還要煩勞大爺爺多費心了。」

沈驚春說著，就將手裡捲著的幾張紙遞了過去。「這是我規劃的工坊平面圖紙，還有工坊建起來後咱們的運營計劃書以及你我兩家的分成書契，我各草擬了一份，你們都看看，有什麼意見現在就說出來，咱們再酌情添減。」

沈族長接過了紙，直接在桌上攤開，沈延東等人湊過去一看，最上面一張是工坊的平面圖，各類房子的用途標得清清楚楚的。

沈族長看了一眼就放在了一邊。

下面一張是計劃書，用簪花小楷洋洋灑灑地寫了一張紙，總結起來就是，由於現在辣椒種植得不多，到時候加工出來的量不大，所以暫時只供應一些酒樓，先將名氣打出去，等明年多種植一些之後，再考慮盤個門面，專門販賣工坊裡出產的辣椒產品。

「當然，以後的事情大家不用擔心，就算到時候辣椒種植的人多了，有別人也跟著種辣椒，加工半成品拿去賣，也不會影響到我們，我們工坊做出來的辣椒半成品一定會是最鮮、最美味的。」

這也是木系異能的優點之一。木系異能雖然只能用在植物上，可但凡是用異能滋養過的農作物，都比天然生長的農作物多一股鮮味。

來年如果陳淮春闈能夠考中，他們很有可能就留在京城那邊不回來了，而祁縣這邊的辣椒種植，她也會專門託鏢局將她用異能滋養過的種子送到沈族長手裡，至於賣給其他人的，則是用今年地裡出產的種子。

到時候兩者種出來的辣椒，就很容易被區分開了。沈驚春相信，那些今年買過他們家辣椒醬、辣椒粉的酒樓，只要試過別家的產品，以後肯定會堅定不移地繼續買自家的東西。

沈族長等人雖然不明白她哪來這樣的自信，可卻下意識地覺得她說的是真的。

將計劃書看了看後，幾人又繼續往下看書契。

上面寫得很明白，這家工坊由沈驚春出資修建，辣椒醬這些配方也由沈驚春搞定，包括初期販售的問題也全是沈驚春的事；而沈族長一家需要做的，就是出人力，負責工坊的運轉。至於地裡的辣椒則不包含在內，雙方各自地裡的辣椒，到時候得由工坊出錢購買。

股份分配是五五。

沈族長一看就說不妥。「這給得太多了。本來我們家什麼也不會，這種辣椒也是跟著妳種的，這年頭人力又能算得了幾個錢？外面雇人進來幫工也便宜得很。五成太多了，拿了晚上我也睡不著。」

沈驚春一聽，心中更加滿意幾分。

沈族長就是沈氏一族的定海神針，他如今不過六十出頭，身子骨兒瞧著還很健朗，活到七十歲不是什麼大問題，有他在，這沈家就翻不起什麼風浪來。而他的三個兒子，沈延東也是個穩妥人，到時候要是沈族長有個什麼萬一，沈延東也是能頂上去的。

這麼一想，沈驚春的語氣就又誠摯了幾分。「大爺爺也是知道的，淮哥要考科舉，今年鄉試一旦考過，我們一家子都要跟著他去京城準備春闈，到時候這工坊的事情全都要壓在延東大伯他們的身上。外面雇的人雖然便宜，可有的東西還是要自家人才放心，這麼一來倒是我占了便宜，這五成股您放心拿下吧。」

沈延南、沈延西兩兄弟本來聽自家老爹說五成給多了，就急得不行了，這年頭誰會跟錢過不去？後面沈驚春這麼說了，見他還猶豫，兩兄弟更是急得像熱鍋上的螞蟻一樣，不停地給沈族長使眼色。

沈族長將兩個兒子的神色看在眼中，心中嘆了口氣。

平日裡這兩兄弟看著比村裡大多數漢子要強些，現在看來還是不行，就這心性，只怕他一閉眼，三兄弟的差別就出來了。

「好吧，是我家欠了妳這個大人情。丫頭妳放心，以後家裡誰要是敢偷奸耍滑、吃裡扒外，我老頭子第一個饒不了他。」

這份契約簽得非常順利。

昨天從沈族長家出來後，沈驚春就開始想著賣辣椒的事，今天早上吃完早飯，便先到辣椒地裡選一些個頭比較大的辣椒摘了，打算帶到縣城去推銷。

既然是賣菜，當然就要有做法了。沈驚春自己做菜手藝不怎麼樣，因此出門就帶上了楊嬸。

大暑駕著騾車進了城門後，問道：「娘子，咱們先去哪兒？」

這祁縣要說酒樓，本地人第一個想到的肯定就是積香居和胡家酒肆。前者走的是高端路線，蔬菜水靈，肉類肥美，但價格不便宜且分量少，做的多是本地有錢人的生意；後者則是走平民路線，價格適中、分量足，便是鄉下人，偶爾也能去吃上一頓。

按大暑的想法，這辣椒如今只此一家，很是難得，自然是要賣高價的，積香居既然菜賣得貴，想必採買所花的錢也多，第一站當然要去積香居才是。

卻不想，沈驚春語氣平淡地道：「先去胡家酒肆。」

在她看來，這兩家酒樓她都沒去過，自然無從比較，正常情況下，肯定要先去積香居問問的，可偏偏這積香居有一點敗了它在沈驚春這裡的好感，那就是——積香居的東家姓李，正是去年那菊園的主人李老爺家的庶長子開的酒樓。

她一直覺得有些話是很有道理的，比如有個詞叫上行下效，若是下面的小廝狗眼看人低也就算了，偏偏管家也是這個狗樣子。李老爺貴人事忙，管不到底層僕人還有得說，可若是說他不知道那李管家是個什麼人，沈驚春是打死也不信的。

再說了，這辣椒賣誰不是賣？價格是早就定好的，又不是說賣給胡家酒肆的價格會比賣給積香居低些，更別說如果真的和胡家酒肆談妥了，能夠搶走積香居的生意，她還要開心得多吃一碗飯呢！

大暑雖然不解，但也沒有多問，老老實實地駕車往胡家酒肆去了。

這間酒肆開在城區中心往外一點的東大街中間的地段上，門口人來人往，人潮很大，但因時間還早，沒到飯點，酒肆裡倒是沒什麼人。

騾車剛在門口停下，裡面就有小二熱情地迎了出來。

「客官裡面請！」

沈驚春下了騾車，叫大暑將車趕到一邊去，她則帶著楊嬸，跟在小二身後進了大堂。

這胡家酒肆一共三層，一樓大廳裡只稀稀疏疏地坐了三桌人，見沈驚春等人進來，也只看了一眼就移開了目光。

小二見沈驚春一行只有兩人，就將她們往靠窗邊的桌子引，拿下肩上的抹布就要去擦凳子。

沈驚春等他擦完道了聲謝才道：「煩勞小二哥了，我們這次不是來吃飯的，而是有樣新鮮的菜想要賣給貴酒肆。」

她的衣著打扮並不華麗，看上去很素淨，頭髮也是簡單地挽了個同心髻，可她容貌出色，這樣穿反倒讓人覺得簡單大方。

那小二一聽她們是來賣菜的，也只是一頓，接著就笑道：「那娘子還請稍等一會兒，小的進去請掌櫃的出來與娘子詳談。」

態度不卑不亢，並沒有因為她們不是進來消費的就甩臉子，反倒還笑容滿面。

沈驚春說了一聲好。

大廳裡還有其他的小二在門口接客，那小二笑著轉身就往後廚那邊去了，沒一會兒就拎著一壺水出來了。「掌櫃的這會兒正在跟廚房的大師傅談事情，娘子先喝點茶水，略歇一歇。」客氣了幾句，就自覺地又到門口站著迎客去了。

沈驚春也不著急，叫了楊嬸坐下，兩人默默地等了會兒，那掌櫃的就出來了。

雙方打了個照面，胡掌櫃就喜道：「原來是沈娘子啊！」

沈驚春打量他一眼，這胡掌櫃三十出頭的樣子，個子很高，長得也很精壯，一張臉瞧著比跑堂的小二還要黑兩個色階，一笑起來露出一口大白牙，看著不像是做生意的大掌櫃，反倒像是常年在田裡風吹日曬的農家漢子。

而且最奇怪的是，對方能夠準確地叫出她姓沈。

胡掌櫃對上沈驚春略帶疑惑的眼神，解釋道：「沈娘子可能不認識胡某，但胡某去年在菊園裡卻是見過沈娘子的，那一手種花技藝實在令人嘆服。」

原來如此。沈驚春微微笑道：「我雖不認識胡掌櫃，但也是久仰胡家酒肆的大名，在祁縣那是出了名的乾淨美味，所以這次種了些新鮮玩意兒出來，第一個就想到了貴酒肆。」

誰都喜歡聽好話，胡掌櫃也不例外，一聽沈驚春這番稱讚的話，笑容是越發真誠了，伸手就將人往後院請。「外面人多口雜，我們去後院詳談。」

這個點正是後廚忙碌的時候，院子裡的大樹下圍坐著一圈洗菜、摘菜的人，廚房裡的切菜聲絡繹不絕的傳來，還有一些需要提前燒的菜現在也已經在鍋裡了，整個院子裡瀰漫著陣陣香氣。

胡掌櫃領著沈驚春二人到了後面的院子裡，也沒進屋，就在院中一套藤編的桌椅處坐了下來，然後外面就有人另上了茶水和幾樣小點心。

「沈娘子可用過早飯了沒有？要不要我叫廚房炒兩個菜再吃點？」

沈驚春實在受不了這樣的熱情，因此立刻就拒絕道：「謝過掌櫃的好意，我們吃了飯才出來的。」說著就叫楊嬸將手上拎著的一只菜籃子放到了桌上，又將上面蓋著的布給揭開，露出下面的辣椒來。

小米辣還沒紅，這次就沒摘，主要是帶了些螺絲椒和二荊條來。

祁縣這邊沒有人種辣椒來觀賞，胡掌櫃自然是沒見過辣椒。

此刻看到菜籃子裡水靈靈的青椒，胡掌櫃眼睛就亮了，伸手拿過一根聞了聞後，在衣服上一擦就想入嘴。

沈驚春看得滿臉黑線，連忙阻止。「胡掌櫃且慢，這個辣椒不是這麼吃的。」

胡掌櫃一聽，也不覺得尷尬，反倒是有些失望地將辣椒又放了回去。

沈驚春鬆了口氣，胡掌櫃拿的是螺絲椒，這種辣椒的辣度對於常年吃辣的人來說只能算還好，可對於從不吃辣的人來說，可能只要一口就能上天，胡掌櫃這一口下去，只怕能把他辣瘋了。

做生意什麼的，第一印象還是很重要的。

「時間不早了，一會兒到了飯點，估計店裡也要忙起來了，不如趁著現在讓楊嬸用這辣椒燒幾個菜出來，掌櫃的嚐過之後，我們再接著談後面的事？」

「行，聽沈娘子的。」

三人又回到前面一進院子，胡掌櫃吩咐那幾個正在洗菜、摘菜的婆子先將沈驚春帶來的辣椒洗乾淨。

楊嬸忙說不用，兩三步到了井邊，尋了個沒人用的木盆將辣椒倒進去，又打了一桶水進去，沒一會兒就將辣椒洗乾淨了。

這辣椒原先看著就水靈，洗過之後更是青翠欲滴，看著就讓人心生歡喜。

胡掌櫃引著兩人進了廚房，叫切菜幫廚的小子讓了個位置出來，楊嬸直接湊了上去，拿著刀開始切辣椒。

乾煸辣椒的威力太大，沈驚春不敢一開始就上威力這麼大的菜，所以今天只準備讓楊嬸做兩道菜，一個青椒炒雞蛋，一個青椒鑲肉。

楊嬸一邊切著青椒，一邊不客氣地按照沈驚春事先交代的，讓酒肆的廚子幫忙準備肉餡。

這酒肆的廚子都是從業十來年的老廚子了，楊嬸只說了一遍，那個被叫過來幫忙的廚子就懂了，按照楊嬸說的開始攪拌肉餡。

這邊楊嬸已經切好了青椒、打勻了蛋液，開始炒菜。

怕酒肆這些人第一次，聞不慣辣椒的味道，她還特意少切了點辣椒。

辣椒進鍋之後，廚房裡的人很快就分成了三派，一派覺得這個在可承受的範圍之內，並且覺得很香、很好聞；一派覺得這個辣椒雖然很香，但是有點衝，可還能忍受；一派覺得再待下去就要死了，直接出了門。

胡掌櫃就屬於第二類，覺得味道衝、想退出去，可又覺得這個味道很香，有一種能夠吸引人多吃兩碗飯的魅力，因此也留了下來。

等一盤青椒炒蛋出鍋，胡掌櫃已經聞習慣了這個味道，也不覺得味道衝了，反倒覺得香，恨不得立刻就著這個菜幹掉兩碗飯。

他伸手就要端，沈驚春卻往前一步攔住了他。

「耽擱了這麼會兒，也快要到飯點了，這盤菜不如直接端出去，請來吃飯的客人們嚐一嚐？這樣一來，好不好吃，胡掌櫃心裡也有數了。」

胡掌櫃一想，還真是這樣，當即樂呵呵地端起盤子就往前頭酒肆大廳去了。

沈驚春囑咐了楊嬸一聲，叫她接著將那道青椒鑲肉做出來，就跟著胡掌櫃往外走。

原先她們來時，這酒肆裡有三桌人，在後院耽擱了這麼會兒，現在外面大廳裡面已經差不多要坐滿了。

早先那三桌人因為聽見沈驚春說有新鮮的菜，便沒走，還坐在原桌等著，想看看這新菜是個什麼樣，現下一看到胡掌櫃端著盤菜出來，有那腦子靈光的立刻就想到了，這恐怕就是那新菜了，要不然堂堂一個掌櫃，哪用得著他親自端菜出來？當即便笑道：「掌櫃的，這就是那新菜吧？」

胡掌櫃笑咪咪地點頭。「不錯，這就是沈娘子送來的新菜，也是整個祁縣的頭一份。大家都是老主顧了，我老胡就拿出來讓大夥兒一起嚐個鮮！」

他找了張沒人的桌子，將那盤辣椒炒雞蛋放了上去。

周圍等著吃飯的人圍過去一瞧，嗯……金黃的雞蛋裹著翠綠的青椒，上面還撒了些香蔥，一股從未聞過的香味撲鼻而來，令人食指大動。
胡掌櫃想著之前在廚房的那個味道，到底還是不敢直接叫客人嚐，環視一圈，見有幾個熟人正在吃飯，忙喊道：「老陳、老許、老蔣，你們來嚐嚐！」
那被點到名的也沒客氣，端著飯碗就來了。
旁邊先來的卻是有點不服氣了。「我說掌櫃的，可不興這樣啊！咱怎麼說也得有個先來後到吧？還是說，咱們兄弟幾個不配試這個新菜？」
「就是！胡掌櫃這樣可不行啊！」
胡掌櫃也不慌，仍舊笑咪咪地道：「我老胡是什麼樣的人你們還不知道？之所以叫老陳他們過來，那是因為他們手上捧著飯呢！不瞞諸位說，這新菜叫做辣椒，我也不知道諸位能不能吃辣，老陳他們要是一口下去，覺得受不了，還能用米飯壓一壓呢！況且這盤辣椒炒雞蛋有不少，三位老哥也不能一下子吃完啊！」
那叫老陳的一聽，就打趣道：「好你個老胡啊，原來是要我們兄弟給你打頭陣呢！」話雖這麼說，卻還是伸手挾了一筷子送進嘴裡。
這盤炒雞蛋，楊嬸刻意少放了辣椒、多放了蛋，可螺絲椒本來就辣，哪怕少放，對於這群常年到頭不吃辣的人來說，還是過於辣了。
一筷子菜入口，老陳額頭上立刻沁出了一層薄汗，滿嘴的辣味用一口飯都壓不下去。可等嘴裡那口飯吞嚥下去之後，整個人都感覺有精神了，神清氣爽的。

他雙眼一亮，又挾了一筷子送入口中，再飛快地扒了一口飯。

旁邊的人看得心癢癢，問說到底怎麼樣，老陳也不回答。

老許、老蔣乾脆也各自挾了些青椒炒雞蛋到自己碗裡，眨眼間，桌上那盤菜就少了小半。

眼看著這三人還要再挾，周圍人急了，最開始就留到現在還沒走的那三桌人伸手就搶過了盤子，讓老陳三人的筷子挾了個空。

老陳急道：「幹啥啊？這幾筷子能吃出什麼味來？咱既然是試菜，這不得多吃一點，才能說出個名堂來嗎？」

他已經被辣得滿頭是汗了，說著話還不斷地吸著氣，可還是想繼續吃，這盤青椒炒雞蛋可太下飯了！

那端著盤子的漢子冷笑道：「哼！就你們這樣，當誰看不出來呢？不就是這盤菜好吃，想自己都吃完嘛！小二！小二呢？先給老子上碗飯，我倒要看看這盤菜多好吃！」

小二為難地看向胡掌櫃。

「去，多盛點飯來！」胡掌櫃大手一揮。

小二跑得飛快，很快就盛了一盆飯過來。

來吃飯的客人們迫不及待地盛了飯就去挾辣椒，一盤辣椒炒雞蛋一下子就被挾光了。緊接著，大廳裡立刻響起了「嘶嘶」聲，有的人更是一邊「嘶」、一邊說著「好吃」、「痛快」。

反倒是胡掌櫃本人拿著雙小二遞過來的筷子，卻一塊都沒吃到。好半晌，胡掌櫃才反應過來，轉頭去看沈驚春，見她一臉笑容，心中更是明瞭。這沈娘子了不得啊，知道這個辣椒是個好吃的，端出來給大家品嚐，一旦大家吃了之後都說好，那這個辣椒的價格就上去了，後面再談起來可不好還價。

正懊惱間，後廚傳菜的小哥又端著一盤青椒鑲肉出來了。

螺絲椒總體來說屬於細長的，肚子不大，還有些扭曲，肉餡不好鑲進去，所以楊嬸用的是將青椒去頭去尾後，在中間豎著一刀將整個青椒劃開的辦法。

肉餡鑲進去後，先在油鍋裡將有肉的一面朝下，將露出來的肉餡煎至金黃之後再翻面，直至把整個青椒都煎熟透了，再倒入勾芡好的湯汁進去，大火開煮，中火收汁。

沈驚春今天帶來的這一批螺絲椒很是鮮嫩，個頭不算很大，去頭去尾之後也沒剩下多少，出鍋之後被楊嬸在盤子裡擺成了兩堆，褐色的湯汁淋在上面，最上層撒了幾粒蔥花。

那傳菜的小哥剛端出來，眾人就聞到了一股霸道的香味，瞬間蓋過了大廳裡其他的菜飯香。

眾人不由得吞了口口水，可到底是胡家酒肆的常客，勉強還是按捺住了激動的心情，一個個都伸長了脖子眼巴巴地看著那傳菜小哥端著盤子走過來，然後在胡掌櫃的示意下放在了桌上。

胡掌櫃這次學了乖，盤子一放下，他立刻就伸筷子挾了一塊青椒鑲肉，略吹了吹就迫不及待地送進了嘴裡。

這螺絲椒裡面的籽已經被全部去掉了，辣味減弱不少，鮮嫩可口的青椒和肥瘦相間的肉餡完美融合，一口下去汁香味濃、唇齒留香，那味道簡直絕了！咀嚼數下盡數吞嚥下去之後，還有種意猶未盡的感覺。

胡掌櫃瞇著眼吃完了這一塊青椒鑲肉，正待再挾一塊，結果一睜眼，看到的就是空空如也的菜盤，連盤子裡剩下的醬汁都被老陳盡數倒到自己碗裡拌飯去了！

手快僥倖搶到一塊的人一臉的滿足，手慢沒搶到的人看到別人滿足的神色和空氣中還沒散去的香味，簡直要流下口水了。

老陳風捲殘雲般幹完了小半碗醬汁拌飯後，放下飯碗，語重心長地拍了拍胡掌櫃的肩膀。「老胡啊，這可是難得的好機會啊！」

「對啊，這麼好吃的菜，老胡你可別捨不得花錢，一定要買啊！」

「明天能不能行？我明天一定要吃到這個菜。」

「就是就是！辣椒這樣的好東西，為什麼以前都沒人種啊？以前吃的都是啥啊！」

胡掌櫃滿臉複雜地朝一眾食客們拱了拱手，伸手請沈驚春回後院。

二人到了後面一進院子，各自落坐。

胡掌櫃親手奉上了一盞茶。「我老胡是個直腸子，也不跟沈娘子妳多客套了。這個青椒怎麼賣，還請沈娘子直接給個價。」

沈驚春自己就不是個心眼特別多的，更喜歡和這種辦事俐落的人打交道，因此也直接道：「這種螺絲椒，售價五十文一斤。」

這個價格，在祁縣這個地方可以算得上是天價了。要知道，這祁縣菜市裡面賣的蔬菜，平日裡便宜的一、兩文一斤，貴的八、九文至十幾文也有，五十文一斤的菜，哪怕在冬天也少見。

沈驚春以為這個價格報出來，胡掌櫃多少會還點價，卻不想他立刻就道——

「物以稀為貴，這個價格很公道了。」

沈驚春不由得笑了笑。

胡掌櫃問道：「就是不知道，這個辣椒每日能供應多少？」

「這是最早一批的辣椒。」沈驚春端著手裡的茶盞晃了晃。「這個時節長成的辣椒還不算多，每日可採摘的有限，因此若是胡掌櫃買得多的話，說不定出了胡家酒肆的門，我就直接回家了。」

這一番話都不叫暗示了，再直白一點就差直接說：你只要買得多，就能抓住這個千載難逢的機會把李家那個積香居給打趴下了！

胡掌櫃又不是傻子，短短一段話聽得那叫一個熱血沸騰。

胡、李兩家經營路線不同，明面上看著毫不相干，各做各的生意，可實際上雞毛蒜皮的摩擦，那真的是一言難盡。李家從上到下的人，一天到晚用鼻孔看人，好像整個祁縣就他積香居的飯菜能上得了檯面，別家的飯菜都是餵豬的一樣，胡掌櫃早看他們家不爽了。

現在有沈驚春這番明晃晃的話，以後怎麼樣暫且不提，起碼現在要將積香居踩在腳下易如反掌！別說那辣椒本來就不多，就算是有多的，他寧願花錢買下剁碎了餵雞，也不叫李家買到！

「買買買，當然要買！不瞞沈娘子妳說，我家因為兄弟多，我爹怕我們兄弟幾個為了家產打起來，所以早早分了家，給幾個兄弟都開了店。這胡家酒肆，並非只有祁縣一家，附近幾個縣城，近一點的春穀縣、饒縣、和豐縣，都有我家分店。多的不說，一天百十來斤還是能吃得下的！」

沈驚春聽得一陣尷尬。

這個螺絲椒當初在市場收集種子的時候，人家外包裝上寫的是畝產一萬兩千斤，但那是基於有大棚種植，螺絲椒順著牽引的繩子長到兩公尺高左右的前提下，且因大棚裡面可以控制溫度，水肥條件足夠，螺絲椒可以一直源源不斷的成熟，延長成熟期。

而現在，她家只種了五畝螺絲椒不說，還既沒大棚又沒牽引，露天種植不用異能的情況下，能畝產兩千斤那都是祖墳冒青煙，她都笑不活了，一萬兩千斤，那是想也不敢想啊！

就這五畝地的辣椒還要留種和做醬呢，一天百十來斤？等到豐收期還可以想想，現在辣椒才剛上市，胡掌櫃實在是想多了。

「那就這樣說定了。」沈驚春站起身來道：「這個辣椒我們不負責送貨，明日早上胡掌櫃派人到我家去取就是了。錢的話，一日一結或者記帳簽字月結都可以。」她說完一拍腦袋，叫楊嬸把她們帶來的菜籃子拿了過來，拿出裡面一個成人拳頭大小的小陶罐。「這是我自家做的燒椒醬，不論是吃麵條還是做菜，放一點都能提味增鮮，再好吃不過。如今辣椒還沒完全長起來，這一罐就送給胡掌櫃嚐嚐鮮。」

胡掌櫃也不客套，接過小陶罐就揭了蓋子，一股霸道的、說不出的香味立即直衝腦門，差點把胡掌櫃的腦子都給香昏了！

等他回過神來，沈驚春已經帶著楊嬸走了。

二人出了門，在一邊看著騾車的大暑就忙趕著車過來了。

大暑滿臉期待地問道：「娘子，那辣椒賣出去了嗎？」

「自然。」沈驚春點點頭，單手撐著車轅就翻上了車。

大暑嘿嘿傻笑，憨憨地撓了撓頭。

等楊嬸也上車喊了他一聲，大暑才回過神來問：「娘子，接下來還去其他的酒樓賣辣椒嗎？」

「不賣了，去豬肉鋪買點肉就回家吧。」

辣椒生意是肯定要做起來的，但是這辣椒卻要分三六九等，這種用異能滋養過、種出來的辣椒，以後將是沈家的鎮店之寶，限量販售才能跟日後的那些辣椒區分開來。

胡家酒肆走平民路線，這也是沈驚春看中的一點，只要胡家推出了用辣椒做的新菜，辣椒這個名字便能以最快的速度傳遍整個祁縣。

沈家的辣椒說到底也只有這麼多，因此到時候很容易就能造成一種供不應求的效果來。

大暑不懂這些，沈驚春也沒打算跟他解釋什麼。

一行人駕著車到豬肉鋪買了肉，就直接出城回家了。

沈族長那邊，從沈驚春早上帶著辣椒直奔縣城，就叫了一個孫子蹲在村口注意著情況。

這個辣椒他們全家人都上心伺候著，連家裡十幾畝良田裡的莊稼都沒這麼上心，畢竟辣椒能不能賣出去、能賣多少錢，這關乎著他們家以後的日子能過成什麼樣啊！

那被派去看情況的孩子遠遠地看見沈家的騾車往村裡來，就撒了歡地往家跑，到了家裡就高喊著「驚春姊姊家的馬車回村了」。

沈族長忙出了家門就往沈驚春家跑，兩方人馬正好在院門口碰了頭。

「先進去再說。」

沈驚春下了騾車，看到沈族長也沒意外。

雙方走到堂屋，各自落坐，等大雪上了茶，沈驚春才道：「螺絲椒賣出去了，五十文一斤。」

沈族長還繃得住，但其他人聽了這個價格都不由得倒抽一口氣。

老天爺啊，這可真是天價了！要知道，豬肉最貴的時候也不過三十多文一斤罷了，這螺絲椒的價格一下就翻了一倍，居然還賣出去了！

沈延東平日裡再穩得住，此刻也忍不住了。「那二荊條呢？」

螺絲椒只有沈驚春家種了五畝，沈族長家只有十畝地挨著沈驚春家的地，這次按照沈驚春的安排，也只拿了五畝地出來種二荊條，剩下的五畝地要到第二波才能種。

「大伯莫慌，如今辣椒還沒完全成熟。今日我將二荊條製成的燒椒醬送了一小瓶給胡家酒肆的掌櫃，只要他們用這醬燒菜，就一定會忍不住上門來問的。這段時間大家加把勁，把作坊先建出來，到時候才是二荊條的主場。」

沈延東聽了沈驚春的話，不由得點點頭。「那到時候這價格？」

一斤螺絲椒都要五十文了，那這二荊條做成醬，售價不得幾百上千文？

沈延東想想都覺得頭皮發麻。

沈驚春道：「我先前就與幾位叔伯長輩說過了，不論以後有多少人種辣椒，但咱們這辣椒，肯定是比別人的鮮香好吃。一個產品種的人多了，就會貶價，咱們這辣椒作坊，就是要走中高端路線，要限量供應，如此等明年或者以後種的人多了，也不會妨礙到我們的市場。」沈驚春拿過條案上擺著的一只小陶罐。「諸位請看，這樣一只小罐子，大約可以裝一斤醬，別人從我們作坊買走後倒手賣多少錢，這我們管不著，但這樣的一罐醬，我打算定價一百五十文。」

一百五十文？

還只有一斤?!

這回，連沈族長都有點繃不住了！

方氏在旁邊聽得更是目瞪口呆，喃喃道：「這個醬吃了是要成仙啊……」

這句話可謂是說到在場眾人的心裡去了。

一百五十文一斤醬，吃了可不就是要成仙嗎？這誰能買得起啊！

陳淮一直陪坐在一邊沒說話，見眾人都吃驚得說不出話來，不免出聲給自家媳婦幫腔。

「一百五十文對我們這樣的農戶人家而言，確實是鉅額，可對於城裡有錢人家來說實在算不得什麼。縣城裡那些大戶人家的小姐、公子打賞下人恐怕都不止這個數了，人家手指縫裡露出一點來，都夠買一年的醬了。」想到連同丈母娘在內，都在質疑自家媳婦的定價，陳淮就越發的不悅起來。「再說了，這一斤醬也不單單是辣椒，還有其他的配料呢！油、鹽這些都需要錢，還有這陶罐也需要買吧？熬醬難道不用人手？」今天拿去送胡掌櫃的那點醬，是沈驚春昨夜連夜指導楊嬸熬出來的，他雖沒有全程參與，可多少知道些。別的不說，單單說油都放了不少。「而且，這個醬既然要跟以後那些便宜的區分開，不賣貴點，只怕那些有錢人還不買，覺得過於便宜的東西配不上他們的身分吧！就如同去年的玉米一般，我們賣給正德叔十五文一支，可他倒手出去就翻了一倍以上，不還是供不應求？與其擔心價格貴了賣不出去，倒不如擔心一下，家裡這些地種出來的辣椒，能不能撐到明年？」

他說完就借著大袖的遮擋，握著沈驚春的手輕拍了兩下，給予無聲的支持。

沈族長本來就是個有智慧的老頭，現在被陳淮這一連串的話一說，也反應過來了。

那這六十畝的辣椒，還不一定能撐到明年這個時候新一批的辣椒上市呢！

這麼一想，他一時間又焦躁了起來。

沈驚春可不管沈族長焦不焦躁，她跟陳淮對視一眼後，就轉了話題。「之前咱們兩家簽書契的時候就說了，兩家地裡的辣椒不包含在內，如今我想著作坊都要建起來了，那這個辣椒價格也還是商量一下吧。」

沈延東等人說不出話了。

簽書契的時候，上面就寫明了，建作坊和第一筆資金的錢由沈驚春來掏，一共三百兩，而地裡的辣椒另算。他們家不過就十畝地種了辣椒，沈驚春家卻有五十多畝，辣椒的價格另算，但到了作坊裡製成半成品後賣出去的錢卻是兩家對分，按照五十文一斤算的話，五十畝的辣椒那就是個天價啊！

沈默間，還是沈志清先開了口。「妹子，妳這個辣椒賣出去五十文，咱們作坊收的話，應該沒有那麼貴吧？且按照妳說的，辣椒的種類不同，辣度也不同，作用更不同，那這個價格應該也有區分才是吧？」

沈驚春看了他一眼。「沒錯。」

沈志清嬉皮笑臉地道：「咱們親兄妹也要明算帳，是怎麼樣就怎麼樣，這個收購的價格自然是不能跟零散賣出的價格一樣。妹子妳之前也說了，不論是做燒椒醬還是紅油的辣醬，二荊條都是最主要的，不如這二荊條就定價三十文一斤，其他兩樣則是二十五文一斤如何？」

沈志清一開口就砍掉了一半的價格，沈族長剛要出言喝斥，就聽沈驚春笑道——

「好呀，四哥說的這個價格，我覺得可行，不如就這麼定吧！」

沈延東等人都有點傻住了，這也行？

「那我們再說說其他的問題，比如商標之類的。到時候如果咱們要開店鋪的話，就叫『沈記』，簡單又明瞭。還有裝辣醬的瓷瓶，賣這麼貴的話，包裝總得對得起它的價格，我跟淮哥商量著畫了幾個圖樣，到時候直接去燒瓷的地方訂製，將這商標印在瓷瓶上面……」

說是商量，其實就是單方面的宣布。

從開始種植辣椒到現在第一批辣椒的銷售，沈驚春也算是看出來了，這族長家根本就沒幾個明白人。

沈延東這一房還好，他本人能辦事，很穩妥；再加上沈志輝腦子雖然沒有沈志清轉得快，卻比較服從長輩的安排，不會跳出來突顯自己；而沈志清更是有經商的頭腦。

先前那段價格的言論，看上去是直接砍掉了一半的價，實際上沈志清說的確實是有理有據，而且坦坦蕩蕩，並不像其他人一樣，既擔心價格說低了得罪她，又擔心按照五十文一斤來收購，她家像占了大便宜一樣。

沈延南、沈延西兩兄弟就不用說了，小事上還能穩得住，一旦涉及到大額金錢就不行了。

她與族長家的合作，也就止於這辣椒作坊了。

授人以魚，不如授人以漁，自己沒本事就要去學，而不是一味的靠別人提拔。

沈驚春說話的語速很快，可口齒很清楚，後面基本上都是她在說，其他人在聽，很快就將事情全部安排妥當了。

由沈延東帶著沈志清拿著畫好的圖紙去聯繫燒瓷的，燒製第一批燒椒醬要用到的瓷瓶；沈延南則聯繫楊工匠盡快將作坊建起來；而沈延西則帶著餘下的人專心伺候第二波的辣椒苗。

等族長家的人一走，方氏就板著一張臉，不高興地道：「這延南和延西也太不像話了，我看他們那個臉色，像是巴不得咱們家這個辣椒不要錢，直接送給作坊才好呢！還有志清，枉妳平時對他那麼好，有什麼好吃的、好玩的，有妳哥的就有他的一份，結果他倒好，直接就把價格往下壓了一半！」

方氏性情溫和，若非是真的生了氣，斷然不會用這種語氣說話。

沈驚春有些哭笑不得。「兩位堂叔做事確實不太行，但是四哥是沒問題的，他這樣直接地說出來，倒比現在不說，後面又覺得自己吃虧的人好得多。」

沈驚春白日耐心地跟方氏解釋了半天，可等晚間回房睡覺時，又忍不住對著陳淮吐心事。

她現在有什麼事，都喜歡在睡覺前找陳淮說，心情不好的時候，陳淮就是個樹洞，她有再多的抱怨，陳淮都會默默地聽著，適時地給出安慰，有事情需要商量和決斷，他也能提出自己的意見，往往這些意見都能讓沈驚春眼睛一亮。

「我現在倒是有點後悔建這個辣椒作坊了。」現在已經五月中，氣溫早就回暖，甚至有點熱了，可兩人還是習慣蓋一床被子挨著睡。沈驚春一邊捏著陳淮修長的手指把玩，一邊不停的吐槽。「原先我就知道兩位堂叔各有各的小心思，但有族長在上面壓著，也翻不起什麼風浪來。」

「我看倒是未必。」陳淮閉著眼，任由沈驚春玩弄著自己的手指，低聲道：「這三房如今已經能看出差距了，堂伯、堂叔不用多說，志字輩的，如今也就志輝、志清兩個看著不錯，偏這兩人都是大房的，其餘的幾個兄弟都有各種各樣的毛病。

「大堂兄性格沈穩，如今族長健在還顯不出他來，一旦族長不在了，他便是第二個大堂伯，不說光耀門楣，起碼守成有餘。但是偏偏這大房還有個沈志清，他性格活潑、不死板，腦筋轉得快，兄弟二人一動一靜，相輔相成，即便沒有妳拉他們，這一房人未來必定也不會差。

「而另外兩房，兩位堂叔的言行已經能看出端倪，這次妳帶著他們建作坊，該他們得的錢分到三房之後，只怕他們也守不住。族長以前未必沒有發現這些問題，只是以前家裡不過這些田地，沒什麼好擔心的，但現在作坊建起來後，錢財動人心，恐怕他的心多少也會偏向弱勢的兩房。如今妳還在祁縣，他們顧忌妳，不敢有動作，只怕一旦我們去京城，後面就會亂起來。」

這些道理沈驚春不是不懂，只是她不是什麼走一步、想三步的人，以前哪怕想到過這些問題，也從未深入去想。

她長長地嘆了口氣。「現在怎麼辦？別到時候靠著這個作坊發了家，兩位堂叔胡來還要怪到我頭上來呢！」

陳淮忍不住一笑，反手握住沈驚春的手捏了捏。「那就真是不識好歹了。沈氏一族又不是他家的一言堂，沒了他們自然還有別人，妳怕什麼？還能被他們拿捏住了不成？」

說得也對。

夫妻二人聊了會兒天，就熄燈睡覺了。

接下來一直到六月，兩家人都忙得熱火朝天，為了忙作坊和辣椒地裡的活，沈族長甚至直接雇了人到自家良田裡幹活。

沈驚春自從那天晚上跟陳淮聊了之後，便不怎麼管這邊的事了，一切事情都全權交給族長家的人去辦，自家辣椒地裡的事，也由張大柱帶著人忙活，沈驚春自己則跟楊嬸在家研究改良燒椒醬的配方。

等到六月初，她跟陳淮收拾好了行李，準備出發去慶陽府時，楊嬸已經按照這個時代擁有的材料，將那燒椒醬的配方改得差不多了。

臨出門前，其他人倒是沒什麼，知道陳淮考完了，小夫妻倆就回來了，只有沈蔓抱著沈驚春的腿，哭得直喘氣。

「算了，要不就帶著她吧？」眼淚真是個大殺器，沈驚春在沈蔓的淚水攻擊下，很快就敗下陣來。

方氏立即強硬地將沈蔓抱起。「你們去慶陽府又不是去玩的，帶個孩子多少不方便。不用理她，等你們走了，哭會兒就好了。」

沈驚春看著沈蔓哭得紅紅的眼睛，到底還是抱著她到一邊哄了會兒，又許諾很快就會回來，才勉強將小女孩哄好。

臨出門時看著沈族長等人，她免不了多交代了幾句。「之前交代的事情，還望各位叔伯長輩們記在心裡，做醬的辣椒可以用品相不好的，但萬不能用爛掉的。其餘有什麼事，等我回來再說。」

沈延東道：「放心吧驚春，我們知道的。」

沈驚春的視線在沈延東三兄弟的臉上掃過，尤其在沈延南、沈延西兩人臉上略微停頓了兩秒，見他們臉上隱隱露出的興奮，還真是不怎麼放心。

可再不放心也要走，這次她跟著一起去慶陽府，照顧陳淮考院試只是其中一個原因，還有個原因就是想去推銷自家的燒椒醬。

祁縣相對來說，總歸只是個小地方罷了，幾十畝的辣椒，在目前只供應祁縣酒樓飯館的情況下很難賣完，最好的辦法還是打開銷路。

跟一院子的人揮手道別後，夫妻倆就上了租來的馬車。這次去慶陽府，他們只帶了一個大暑趕車，其他人一個都沒帶。

祁縣因聞道書院的存在，也算是科舉重縣，這次光是聞道書院要去參加院試的就有幾十人，陳淮也與一些同窗約好了一同出發去府城。

他們到祁縣東門時，其餘約好一同趕路的學子們也到了七七八八。

東門外人來人往，聞道書院的學生們包了個茶攤在等人，說話聲並不大，離得稍遠些就聽不太清了，但沈驚春耳目過人，書生們的談話聲斷斷續續的傳來。

什麼「真羨慕季淵兄，就連趕考嫂子都不放心，要親自跟著照顧」啦、「他們這些學子都已約好了一起租房，只有季淵兄不跟他們一起」啦，反正總結下來就一個字——酸。

陳淮的聲音在這群書生裡很有辨識度，偶爾響起，大多數時間他都沈默以對。

好在沒多久人就來齊了，陳淮也回到了馬車上，一行人進了東門，直接往西門跟談好的商隊會合，同他們一起走。

進了城，周圍熙熙攘攘的，比城門外還要熱鬧，沈驚春也不擔心說的話會被其他車上的人聽到，見陳淮神色淡淡，不由得笑道：「我還當你跟這些同窗都是好兄弟。」

「哪有。」陳淮嘆了口氣。「先前不過是與趙景林他們幾人約好一同趕考，餘下的都是自己聽到消息後硬要湊上來的，都是一個書院的同窗，這點小事不好拒絕。」

「這麼說來，你倒是要謝謝我了，若不是我跟著一起來，你只怕就要跟他們住在一起了。」

陳淮瞧著沈驚春滿臉的笑容，也跟著笑了起來，朝她一拱手，端端正正行了一禮道：「那是自然。夫人大恩，為夫這次院試只怕非得考個案首回來才能報答一二了。」

沈驚春被他哄得心裡美滋滋的，可一聽到他說要考案首的事情，不由得斂了笑容，正色道：「盡力就好，心態一定要放平，不要給自己太多的壓力，只要努力了、奮鬥了，不管結果如何都不會留有遺憾。院試只是你人生中的一個檢驗，絕不是一槌定音的評斷，孩……咳……淮哥，我相信你一定可以的，要坦然地面對人生的每一次考試。」

想著父母在她大考前的考前喊話，沈驚春說著說著差點就說成孩子了，還好立刻反應過來。

陳淮聽得心中十分熨貼。所有人都覺得他少年英才，這次院試手到擒來，卻根本沒想過他心中是否緊張，只有驚春對他說盡力而為，不留遺憾。

他心中一片火熱，忍不住將沈驚春摟進懷中，聞著她身上淡淡的馨香，心雖然漸漸平靜下來，卻也下定決心，不只院試，後面的鄉試、會試乃至殿試，都要盡自己所能考出一個好成績，要給自己的妻子掙出一片天！

因都是參加院試的學子，這群商隊對他們的態度很好，細心地說著這一路的行程安排。往常他們商隊走商，都是走到哪兒算哪兒，並不會為了居住環境特意停下來，但現在既然帶著學子們，商隊就將住宿也考慮了進去。說不定這群書生裡日後有人能混出名堂來，也算結個善緣。

沈驚春一路上除了上廁所、吃飯，其餘的時間都待在馬車上不下去，有什麼需求也全都交給陳淮去跟商隊說。

本來正常情況下，最多五、六天就能走到的路程，因為帶著這些矜貴的書生們，硬生生拖到了八天，沈驚春整個人都快被馬車顛散架了，那滋味著實不太好受。

到了慶陽府城門外與商隊分開的時候，她已經一臉菜色，同行的大部分書生也大多如此。唯有陳淮與少數幾人看著還很有精神，站在一堆面如菜色的書生中間猶如鶴立雞群，十分醒目。

沈驚春有氣無力地靠在車壁上，掀著車簾子一邊呼吸著新鮮空氣，一邊看著陳淮在不遠處與那些書生攀談。

也不知他說了什麼，有幾個書生隱隱露出一絲嫉妒的神色，陳淮只做不知，朝他們一揖就轉身走了回來，上了馬車就吩咐大暑趕車進城。

沈驚春無精打采，也懶得問，陳淮一上來她就由靠著車壁改成了靠著他，還特意喬了個舒服的姿勢等著進城。

院試對於慶陽府來說，也是難得的大事，城門口的守衛都比平日裡嚴了不少，十來名配著刀的門吏仔細檢查著每一位往來的行人客商。

很快就輪到了他們，車一停，大暑就緊張得滿頭是汗地將手裡的路引遞了出去。

那查驗的門吏一瞧是來參加院試的讀書人，倒沒有過多盤問，只掀開車簾子看了一眼就放了行。

馬車緩緩駛進了城中。

祁縣已經算是整個慶陽府下轄的縣裡數一數二的大縣了，可與這慶陽府一比，就如同小鎮子和縣城的區別。

來往行人穿著打扮也華麗不少，走在城中的人，基本上看不到身上有打著補丁的。

走過最前面一段擁擠的地段之後，寬闊的街道兩邊店鋪林立，客似雲來。

大暑只恨自己只長了一雙眼睛，又要駕車、又要看周圍的熱鬧。不過好在他很快反應過來，自己不過是個下人，現在最重要的任務就是趕車。
沈驚春聽陳淮一路上時不時地給大暑指路，很快地馬車就駛出了熱鬧繁華的主幹道，往居民區去了。
直到馬車進了一條安靜的巷子，停在一座小宅院前，沈驚春才反應過來。「這是？」
陳淮下了車，又將沈驚春抱了下來，隨口道：「之前我與妳說的，在慶陽府住過的院子。」
一路顛簸過來，她的腦子都轉得慢了些，好一會兒才想起來，之前陳淮交代自己身世的時候，提過陳瑩在慶陽府買過一座小院子，帶著他住了幾年。
這院子大門緊閉，上面掛著一把大鎖，幾年沒有動過，鎖眼已經生了鏽，陳淮摸了鑰匙出來，好一會兒才將門打開。
這番動靜有點大，不等他推門進去，旁邊的院子裡就有人走了出來，看著他們三人道——
「是阿淮啊！你回來啦？」
這是個看上去五十多歲的老婦人。
陳淮朝她微微一笑，應了聲「是」，又問她。「幾年不見，陶阿婆看著倒比以前還要硬朗幾分。」

「硬朗硬朗！你瞧著倒是真的長大、長開了，比幾年前更俊了！」陶阿婆說著，視線就落在了後面的女子身上。「這是你媳婦啊？可真俊啊，看著就是個好姑娘！」

沈驚春再難受，聽人問到自己，也不得不打起精神，說了句「陶阿婆好」。

陳淮一聽她誇獎自家媳婦，笑得越發真心了，介紹道：「是，我媳婦姓沈，叫驚春。阿婆，我們一路過來風塵僕僕的，家裡幾年不住人也要收拾，回頭等忙完了再去您家拜訪。」

「行，你們先收拾吧！晚上也不要忙活了，就到家裡來吃。」

陳淮忙道不用，又說還有一起來的同窗晚上約好了的，才讓陶阿婆歇了叫他們去吃飯的心思。

雙方道別，各自回家。

# 第十七章

沈驚春跟在陳淮後面進了院子，放眼望去，這院子不大，一眼就能看到頭，只有三間正房和一間廚房、一間雜物間。

靠牆的地方看得出來原來是一片菜圃，但多年沒人打理，已經荒草叢生；牆角處種了一棵桂花樹；院中則種了一棵很是高大的桃樹，此時正值盛夏，繁茂的枝葉間隱約還能看見一顆顆拳頭大小的桃子，地上鋪了厚厚的一層樹葉，卻不見桃核。

整個院子小小的，不算大，但難得的是有一口水井，不用出去外面公共的水井打水。

陳淮又摸了鑰匙，開了正房的門。一推門，灰塵撲面而來，嗆得他捂著嘴猛咳了幾聲，趕緊一手拉著沈驚春往後退開了些。

屋內幾年沒住過人，各色家具都落滿了灰塵，大門洞開，裡面黑漆漆的，感覺溫度都比外面低了幾度。

陳淮招呼了大暑一聲，將帶來的行李往下搬，由於屋內還沒收拾，暫時就放在了院中。等卸完行李，陳淮又準備帶著大暑去還馬車。

這租車的車馬行是個連鎖企業，慶陽府各大縣城都有他家分店，退車時只須將收據和馬車交還，車馬行確認馬車完好無損就會將押金退還，很是方便。

「妳先休息一會兒，屋子等我回來再收拾。晚上想吃什麼，我一併與酒樓說了，到時候叫他們送過來。」

沈驚春一屁股坐在箱子上喘了口氣。「隨便來點清淡的吧，今天是真沒什麼胃口。」

「好。」陳淮應了一聲就往外走，到了院門處不忘又叮囑一遍。「歇著就是了，等我們回來再慢慢收拾。」

沈驚春嘴上答應得好聽，等人一走，關上院門，打了水洗了把臉後，就從屋裡找了盆和抹布出來，開始打掃環境。

好在只是堂屋裡灰塵多些，兩邊屋子裡的家具都用粗布蓋著，只須將地面清掃乾淨，再把粗布洗淨就是。

陳淮領著大暑還了馬車，並置辦了一些生活用品後，兩人拎著滿滿的東西回來了。

大暑一推門，見大門紋絲不動，張嘴就要喊。

陳淮忙拉了他一把，低聲道：「別喊。」

以沈驚春的實力，幾個壯漢也不是她的對手，現在竟拴著門，大概是因為她真的累了，怕自己要是睡著了，別人摸進院子偷東西，這才將院門拴了起來。

他踩著外面不知道誰家靠牆擺著的長凳，攀上牆頭一瞧，果然，人在桃樹的樹蔭下睡得正香。

陳淮放下手裡的東西，手腳麻利地翻牆進了院子，一點聲音都沒發出就從裡面打開了院門。

大暑看得目瞪口呆。

自從他們一家人賣身到了沈家後，知道這姑爺是沈家的上門女婿，家裡大大小小的事情都是沈娘子在操心，而這個贅婿只需要在家好好讀書就行了。

但今天，這個除了一張好看的臉和會讀書外就一無是處的姑爺，卻一而再地打破了他原來給人的印象，先是在慶陽府這樣的大城裡竟有座宅子，再是翻牆的動作居然比他們這些常年爬高爬低、上樹下河的農家小子還要麻利！

大暑一臉懵地拎著東西進了院子，又一臉懵地看著陳淮拿著笤帚開始打掃院子，最後又一臉懵地看著陳淮手法熟練地開始和麵，準備做晚飯。

沈驚春一覺睡醒，太陽已經西斜。

橘色的陽光斜斜地照射進院中，白天過來時安安靜靜的巷子裡，也變得熱鬧起來。

躺在躺椅上，透過開著的窗戶往外望去，還能看到不遠處的陣陣炊煙，小孩們的嬉鬧聲隔著院牆傳來，一切都透著股歲月靜好的生活氣息。

沈驚春愣了一下，才反應過來現在身在慶陽府，而她稍早前將正房打掃完，帶來的行李也歸置妥當後，就在桃樹下的躺椅上睡著了，此時身下的躺椅不知什麼時候從院中被移到了房中來。

她起身出了門，院子裡的落葉已經清掃乾淨了，靠著院牆的竹竿上掛著些清洗乾淨的抹布，廚房裡傳來的聲響很小，偶爾才會聽到噼啪一聲柴火在灶膛裡燒烈的響聲。

沈驚春走到廚房外往裡一瞧，陳淮已經換了身居家的舊衣裳，正在灶前忙活，大暑則坐在灶膛後面安安靜靜地燒著火。

「今晚吃麵呀？」沈驚春問道。

自從去年玉米收完、兩人成婚後，方氏無事可忙，陳淮就再也沒有機會下廚燒飯了。如今看到他挽著袖子在灶前忙活，倒叫沈驚春想起很久以前開的一個玩笑。

那時她還說家庭煮夫需要件好圍裙，沒想到現在他還真成了她的煮夫。

陳淮回頭細細地看她一眼，見她睡醒之後就恢復了精神，放下心來，笑道：「想著外面的飯菜也不知道合不合妳的口味，就乾脆買了些麵粉回來揉麵了。妳坐著等一會兒，桌上有溫水，先喝口水潤潤嗓子，麵馬上就好了。」

沈驚春到了桌邊，見桌椅都是乾淨的，就放心坐下了。

沒一會兒麵就好了，不等沈驚春去盛，陳淮就先給她盛了一碗，直接端了過來。

麵條並不像這個時代常見的切得很寬，而是按照她的喜好切得細細的，裡面切了瘦肉、放了一把青菜，最上面還撒了一小撮翠綠的蔥花，碗邊是一勺燒椒醬。

大暑此刻只恨不得自己不存在，兩三下撈了碗麵條後，連桌上的小菜都不敢去挾，麻溜地端著碗就出了廚房，到院子裡去了。

陳淮恍若未覺，慢條斯理地端著麵碗，在沈驚春對面坐了下來。

沈驚春不由得笑了。「這下你讀書人的面子可都沒有了，大暑說不定還在心裡以為，你是迫於我的淫威，這才不得不出賣色相當個贅婿，委曲求全的。」

「面子能值幾個錢？他要真這麼想，起碼還證明我有色相可賣，若是沒有這張臉，別說當個上門女婿了，就是倒貼錢給妳，只怕妳也是不要的。」他說著，手裡的動作就頓了一下，灼灼的目光落在沈驚春臉上，遲疑地開口問道：「妳不是真的只是看上我這張臉了吧？」

沈驚春動作一僵。這可是道送命題啊！

古人不像現代人那麼開放，能經常約會、吃飯、看電影，在這個年代，男女雙方增進感情的機會少之又少，甚至於很多人都是盲婚啞嫁，頂多也就相親的時候見過一面，之後再見面就是成親的那天了。

她與陳淮好歹也在一個屋簷下住了幾個月，覺得他不論長相還是人品都是上上之選，再加上他同意入贅，她才點頭的。

想到這兒，她「啪」的一下放下筷子，眼神直直地盯著陳淮道：「你這麼說我倒是想起來了，既然你根本不像表現出來得那麼窮，你幹麼要當贅婿？可別說是一見鍾情啊！」

「沒錯。」陳淮無辜地眨了眨眼，表情要多乖就多乖。「就是一見鍾情。」接著，他想到了什麼，神色漸漸從柔和轉成了冷厲。「當初在妳把我從山上揹下去的前兩天，我收到了京城傳過來的消息，周桐似乎有意將我認回去。」他的拳頭緊握，臉上神色悲憤。

沈驚春不由得抓著他的手，給予安慰和支持。

陳淮長出了口氣，情緒慢慢恢復平靜。「我當時知道消息後，一時悲憤難當，有點想不開，就上山去了我娘墳前。那時淋了雨、發了高燒，迷迷糊糊間看見妳，還以為看到了仙女下凡呢！」

前面的氣氛渲染得再到位，也架不住後面「仙女」兩個字一出現就將氣氛破壞掉了。

沈驚春忍不住抿著嘴笑了起來。「少油嘴滑舌了！好好準備院試才是當務之急，要知道，三十年河東、三十年河西，君子報仇，十年不晚。」話是這麼說，可到底心裡還是很受用，覺得甜絲絲的。

吃過晚飯，後面的活就由大暑來幹了，燒了一鍋水。

沈驚春將浴桶收拾出來泡了個澡，陳淮與大暑兩個男人就隨便用個盆裝了水沖澡。收拾妥當，在院裡納了會兒涼後，就各自回房睡了。

第二日一早，留了大暑看家，夫妻兩個出了門。

陸昀的家就在慶陽府，如今他本人雖然去了祁縣教書，可他大兒子陸池卻是在家的。古代有句話，叫做一日為師，終身為父。在這個年代，師徒之間便如父子一般，陳淮作為陸昀的關門小弟子，就跟他小兒子沒什麼區別，來了府城不去拜會陸池這個大師兄，於情於理都不太合適。

要帶的禮物陳淮前一天跟大暑出去採買生活用品的時候就一併買回來了，考慮到陸池家中還有晚輩，又去銀樓裡換了些小巧的金銀錁子，用荷包裝了。

慶陽府這個地方，區域劃分等級森嚴，以中間的知府衙門為界，東窮、西貴、南平、北富，意思就是東城區住的都是貧民，西城區住的都是清貴，南城區則是一般的平頭百姓，北城區是富紳。

陳淮的這座小宅院在南城的平民區，而陸家雖然現在沒有在朝為官的人，府邸卻坐落在西城。

「老師自從辭官回家後，朝廷幾次要起復，他都拒了。大師兄當年也是正經科舉出身二甲傳臚，師娘去世後他回家丁憂，老師也不許他再入朝為官了；二師兄在老師辭官前也已經中舉，這麼多年來未再參加過會試；三師兄倒是沒有什麼讀書天分，如今正在經商。底下的幾個姪兒們也都是從小進學，但不許科舉。」

二人坐在大暑一早叫來的馬車上，陳淮小聲地給沈驚春說著陸家的情況。

「當初妳說起茶葉的事情，其實我就想過跟三師兄合夥，可本朝茶、鹽、酒都是重稅商品，要跟朝廷打交道。以三師兄的性格，若我真跟他提起，只怕他是很願意的，只是老師不許家裡再跟官場有什麼牽扯，這才作罷。」

沈驚春點了點頭，心中雖然很好奇陸昀為什麼會這樣，可到底還是忍住了沒有多問。

說罷這兄弟三人的情況，陳淮又介紹了一些陸家的其他人。

等到馬車在陸府門口停下，沈驚春已經將陸家的大致情況瞭解得七七八八了。

下了車，付了車錢，抬頭一瞧，大門很是樸素無華，並沒有什麼誇張的石獅子之類的東西。想來這宅子大概很有些年頭了，朱漆的大門顏色已經有點深，上面懸掛著一塊黑底金邊的匾額，上書「陸宅」二字。

如今青天白日的，陸家的大門洞開，正對著外面的是一座福字石雕照壁，周圍一圈雕刻著精緻的花紋。

馬車一停，守在門口的小廝就迎了上來，等陳淮拎著禮物轉過身，那小廝看到他的正臉後，先是一怔，再是一喜。

「陳公子可算來了，我們大老爺已經唸了好幾天了！這位便是夫人了吧？二位快裡面請！」說著又殷勤地接過了陳淮手裡的東西。

這小廝正是陸池身邊隨身伺候的雙福，陳淮與他打過幾次交道，還算相熟，因此隨口便道：「大師兄今天在家？」

「是呀！」雙福一邊領著兩人往裡走，一邊道：「月初的時候老太爺叫人捎了信回來，說是陳公子要來府城參加院試，叫幾位老爺多照顧一些。大老爺算著日子，想著您與夫人也快到了，因此這幾日外面的宴請什麼的，能推的都推了，日日等在家中呢！」

沈驚春在一邊聽著都覺得臉紅，瞧瞧這話說的，能推的都推了，就等著陳淮上門，將他這個小師弟看得多重呢！

再看陳淮，卻是連神色都沒變，只大步往裡走。

雙福沒等到他的回答，也意識到自己話多了，當即便不再說話。

三人繞過照壁後，接著往裡走。

這陸家原先是個五進的大宅子，後來家裡人多了，又將周圍的院落買下打通，大院子套小院子，中軸線這一排過去，住的是陸家大房，東西兩邊住的則是二房和三房。

三人到了中堂外，就見裡面有個蓄著短鬚的中年男人正在見幾個管事，想必就是陸池。

對方瞧見陳淮等人也不避諱，直接就朝他們招了招手，示意三人進去。

雙福只略遲疑了一下就帶頭走了進去，沈默地站在了一邊。

陳淮拉著沈驚春朝陸池行了一禮，就在陸池的示意下，在兩邊的椅子上坐了下來。

沈驚春一坐下，就開始不動聲色地打量四周。陸家也算是慶陽府有名的讀書人家，如今雖然無人為官，可這中堂卻布置得相當清貴。

家具、楹聯、匾額、書畫都成對稱布置。中堂掛著幅潑墨山水畫，左右兩邊是「詩書執禮，孝弟力田」的楹聯，再往上是一塊白底黑字的匾額，龍飛鳳舞地寫著三個字，以沈驚春這半吊子的水準，也只勉強能夠猜出第三個是個「堂」字，前面兩個字她是不認識的。

打量完四周後，陸池這邊的事情也說到了尾聲，幾位管事行禮告辭。

等人一走，陸池就疲倦地揉了揉太陽穴，方才抬頭朝陳淮笑道：「我接到老爺子的信也有幾天了，想著你們差不多前後腳就能到，怎麼拖到今天？可是路上出了什麼事？」

坐了這麼會兒，外面已經有丫鬟上了熱茶和點心。

陳淮略帶歉意地笑了笑，解釋道：「這次書院裡來參加院試的有幾十人，大家各自租了馬車跟著一個商隊走，想必是覺得讀書人矜貴，一路上走走停停，常常是天沒黑就已經紮營了，天亮了還不出發，這才拖到今日。」他說著又介紹陸池跟沈驚春認識。

陸池早在他夫妻二人進門時就在暗中打量陳淮的這個妻子，見她長相上佳，言行舉止也頗為得體，原先對於陳淮入贅的偏見就去了兩分。

此刻聽到陳淮的介紹，陸池歉意一笑道：「本來弟媳上門，該讓我夫人出來陪著說說話，只是不巧，今次院試犬子也要下場，夫人不知從哪裡聽來的風言風語，說是誠心齋戒半月就能保證犬子榜上有名，月初的時候就帶著人去了城外的福雲寺了，實在是抱歉得很。」

二房的陸渝攜妻帶兒都在外地；三房陸演年少喪妻，後來也沒再娶，總不好叫他的妾室出來招待客人。

沈驚春自然說沒事，陸公子的事情更為要緊。

陳淮聽了陸池的話，卻驚訝地道：「文翰要參加院試？老師知道嗎？」

陸池苦笑道：「年前皇上震怒，罷免了不少官，文翰他大舅舅補了吏部郎中的缺，知道皇上想召老爺子回京任國子監祭酒一事，便來信問你嫂子，你嫂子被娘家來的人說得動了心，過年的時候鬧了一場，老爺子傷了心，只說兒孫自有兒孫福，以後家裡的事情他不管了。」

陳淮皺了皺眉，不太贊同地看了陸池一眼。

陸家是典型的男主外、女主內，家裡的婦人們很少會過問讀書、進學、當官的事情。

這大師嫂又不是不知道陸家的規矩，憑她自己怎麼敢在年節的時候鬧？說不定還是陸池本人不甘心，默許了大師嫂的行為，而老爺子正是因為看透了這一點，傷心之下才說出以後家裡的事情他不管的話來。

陸池被陳淮那雙清亮的眼睛一看，知道自己那點小心思被他看穿，心中升起一陣羞愧，但想想如今家裡有老爺子的看顧，別人還會賣陸家幾分面子，可若是什麼時候老爺子不在了，陸家沒個當官的撐著門面，誰又會把他們家當回事呢？

想到這裡，他不由得更加挺直了背脊，想要解釋一二。

卻不想陳淮直接轉了話題。「我先前聽管事的話，可是書局那邊出了問題？」他正是看出了陸池的打算才轉變話題。

要說他跟陸家有多深的感情，那真沒有，他不過是跟陸昀這個老師感情深罷了。

在陸家這幾個便宜師兄和老師之間，他肯定想也不想就選擇老師。

老師不許陸家子孫參加科舉到底有什麼原因，他從來不說，陳淮也從不打聽。

可以陳淮對老師的瞭解，老師做事自然有他的道理，若真的是不想陸家子孫參加科舉，那直接不讓他們讀書就是了，可現在他不僅讓家中子弟讀書，甚至於陸文翰這幾個孫兒，還是他親自給啟蒙帶在身邊教過幾年的。

在陳淮看來，老師這麼做的用意很可能是在準備，等待一個陸家子孫參加科舉的機會。

他都能想到這點，他不信以陸池的心性會想不到這一點，可陸池還是縱容大師嫂鬧事。

陸池被陳淮忽然轉變的話題弄得愣怔了一下，這才道：「原先家裡養著的刻版大師，最近紛紛出了問題，不是手受了傷，就是家裡有事不能繼續上工，印刷跟不上，書局那邊有點供不應求。」

「慶陽府最近新開了別的書局吧？」沈驚春在一邊坐了半天，總算是第二次開口說了話。

陸池點點頭。「不錯，的確是新開了一家書局，有問題嗎？」

看著陸池臉上的疑問，沈驚春皺眉問道：「大師兄就沒想過是這新開的書局在搞鬼嗎？而且，書局現在用的還是雕版印刷嗎？」

她原先一直很好奇陳淮為什麼靠抄書就能賺到很多銀子，現在知道這個年代用的還是雕版印刷，她就什麼都明白了。

陸池的注意力都在前面一句話，後面一句他根本沒怎麼注意，沈默了一下才搖了搖頭。「徐家與我們陸家是世代交好的，雖然他家這些年的重心都放在經商上，可到底也是詩書傳家的人家，沒理由這麼做。」

沈驚春硬生生地忍住了翻白眼的衝動。

連陳淮聽了都忍不住道：「若是真的世代交好，明知道大師兄經營書局，他家又何必橫插一腳進來？這慶陽府的書局也有幾家，往年大家和平相處都沒問題，怎麼他家一開了書局，陸家就接二連三出事？再者，他家既然這些年重在經商，手裡多少生意做不得？」

沈驚春都忍不住要給自家夫君鼓掌了！

陳淮本來還有話要勸陸池，看到他臉上的神色，又將話給嚥了回去，站起身朝他行了一禮道：「大師兄既然還有事情要處理，我夫妻二人也不便久留，若是二師兄和三師兄回來，讓人給我帶個信，我再來拜訪。」

陸池還在想剛才陳淮的那段話，卻不想他這麼突然的就提出告辭，不由得皺眉道：「來都來了，不如就在家裡用過午膳再走吧？」

「謝過師兄好意，只是我們才來，宅中許多物件還沒置辦齊全，趁著今日有空，得抓緊時間辦了，明日還得與同窗們聚一聚，後天要備考也就沒時間了。」

話說成這樣，陸池也不好再留，只得應了。

陳淮夫婦一走，陸池很快就反應過來，剛剛沈驚春前一段話說的是這個新開的書局的問題，後一段話說的卻是雕版印刷的問題。

這世上難道不都是雕版印刷嗎？

還是說，在別的地方出現了新的印刷方法？

陸池在中堂來回走了幾步，還是忍不住追出門去，想找沈驚春問個明白。

可他夫婦二人都是身高腿長的，耽擱了這麼一會兒，早就走得不見人影了。

陸池不再遲疑，當即就叫府中下人套了車，往陳淮那座小宅子去了。

陳淮夫妻兩個從陸家出來後，並沒有立刻回家去。

家中一應家具都是齊的，日常要用到的東西昨日陳淮已經跟大暑都買了回來，剛剛跟陸池說的話當然只是為了脫身。

現在他們要去牙行雇一名燒菜的婆子。

陳淮這次是為了院試才來的，昨日才剛到，沒有辦法，這才親自下廚做了頓晚飯，但不可能以後都是他做飯，至於沈驚春的廚藝也只能說是燒熟了能吃罷了，而大暑更是連她都比不上，因此到牙行找個短期燒飯的婆子還是很有必要的。

兩人走在街上，沒有急著去牙行。

沈驚春逛過很多次祁縣，但祁縣跟慶陽府比起來就是小城鎮跟大都市的差別。

女人大多喜歡逛街，沈驚春這樣的性格也同樣不例外。

但考慮到兜裡銀子的問題，到底還是到了南城區才開始放開手腳逛了起來。

地方大了，相應的物價也會變高，在祁縣那邊一碗素麵只要六、七文，但慶陽府這邊直接漲到了十文不說，連分量都沒有祁縣多。

饒是這樣，路邊的麵攤到了飯點也是坐得滿滿當當的，夫妻二人等了一會兒，才等到兩個沿街的空位。

攤主聽到她的小聲嘀咕，沒有因為他們是鄉下人進城而看不起，反倒和善地笑道：「價格高也是沒辦法的事，我們這沿街的攤位費比縣城裡要貴得多，若是麵不漲價，只怕這生意做起來也是要賠本的。」

同桌一起吃麵的大娘也笑道：「何止是吃食貴呢，連人力也貴了不少呢！在我們老家找人幹活，一天三十文包吃住，那可是擠破頭的，但在這慶陽府，哪怕一天六十文，人家也嫌少，更有那有手藝的就不要說了，恐怕一天上百文都是常事。」

沈驚春見她言語頗為爽利，加上也像是從鄉下來的，便朝她一笑道：「我看大娘似乎對這城裡的事頗為熟悉的樣子，想請教大娘，若是雇一個做飯的婆子，一天得花多少錢？」

「這就要看具體要求了。」那大娘將他們二人上下打量一番，夫妻倆長相都是不俗，雖穿得素淨，但衣裳看上去很新，尤其是男人，大夏天的還穿了兩件，外面那件鴉青色暗紋襴衫一看就是個讀書人。「我瞧這位公子應該是這次進城趕考的吧？燒飯婆子若是短期的話，要比長期貴得多，只做兩餐大約要一百文一天，三餐更貴些，恐怕要兩百才夠了。」

沈驚春奇道：「這是為何？」

那大娘道：「短期肯定是不住家了，若是只做兩餐，早上還有時間收拾家裡，三餐的話得早早往妳家去，只怕一天都要耗在妳家，自然貴些。」

沈驚春聽得連連點頭，表示受教，又乘機問了些其他的問題，雙方聊得很愉快。

沒多大會兒，沈驚春就知道了這大娘姓蔣，原來是慶陽府附近南豐縣人士，老伴去世後，兒子將她接到了府城來，平日裡就幫著帶帶孩子，如今大孫子跟小孫子都去了學堂，她閒來無事便出來到處逛逛，就住在沈驚春他們家前面一條叫做蓮花巷的地方。

陳淮很快就將一碗麵吃完，看媳婦跟人聊得熱火朝天，那蔣大娘被她哄得差點要將祖宗十八代都翻出來說給她聽了，便忍著笑意起身去將三人的麵錢都給付了。

一碗麵再磨蹭也總有吃完的時候，兩人都有點意猶未盡。

蔣大娘起身要付錢。

麵攤的老闆娘這才道：「這位公子替妳付過啦！」

蔣大娘一聽，這可了不得，忙掏了錢就要給沈驚春。

陳淮道：「煩勞大娘陪著我媳婦說了這麼會兒話，請一碗麵還是很應當的，大娘不必客氣。」

蔣大娘見他語氣真誠，不似作偽，便也沒有扭捏，直接將錢收了回去，笑咪咪道：「那大娘我可就真不客氣了！你們要是還有什麼不知道的，直接來我家找我問便是！」說著就將自家的住處又給報了一遍。

沈驚春便笑道：「我家就在蓮花巷後面的柳樹巷裡，院子裡種著一棵桃樹的便是。」

「呀……那是你們家啊？」蔣大娘驚道：「那院子都鎖了幾年了！」

「我夫君在祁縣讀書，等閒也不往這邊來，又怕租出去，自家人進城沒個落腳處，這才一直鎖著。」

「原來是這樣。」三人出了麵攤後，往一邊站了站，蔣大娘又道：「咱們兩家住得近，以後可要常來往。若是沈娘子放心，這燒飯婆子我幫妳尋一個如何？妳不知道，這城裡的牙行都是獅子大開口的，尤其妳男人還是個讀書人，若是你倆一同去，只怕少不得要多出些錢了。」

「自然放心。」沈驚春笑咪咪地道：「我家就一天兩餐好了，大娘若是幫我尋到好的，我再謝妳。」

「那敢情好，我也不要妳其他的謝，就妳家樹上那桃子，能給我幾顆便好。」

兩人又說了會兒，定好下午帶人過去，就各自散了。

等那蔣婆子一走，陳淮就忍不住笑道：「我倒是頭一回知道妳哄起人來原來這麼厲害，只怕就是要天上的月亮，那蔣大娘也要被妳哄得去摘。」

沈驚春忍不住噗哧一聲笑出來，得意道：「這才哪兒到哪兒，我才使了三分勁呢！公子你驚才絕豔、世無其二，我可要使出十分勁，把你哄得逃不出我的手掌心才行！」

陳淮心道：這哪要哄？只怕妳勾勾手，我命都能給妳了。

吃罷午飯，不用再去牙行，兩人便又沿街逛了起來，進了間成衣店。

沈驚春讀大學的時候，每次跟室友逛街，她們都喜歡給自己的男朋友買東西，她以前有點不能理解，直到現在她自己結了婚，跟陳淮一起出來逛街，才能體會當初室友的一、兩分心情。

尤其陳淮簡直是個行走的衣架子，古代的衣服都不小，任何衣服穿在他身上，卻都像是量身訂製的一般，加上他平時穿得都很素淨，且多是竹青、鴉青、黛藍、天水碧這些顏色，因此一旦換上豔色的衣服，更是整個人都變得不一樣了。

一個字，就是絕。

從成衣店出來，她自己沒買兩件衣服，反倒是前前後後給陳淮買了七、八件。好在古代的店鋪買得多，一般都有送貨上門的服務，兩人留下送貨地址，到時候自會有人將衣服送到家裡去。

見沈驚春逛街的興致不減，陳淮的太陽穴就開始突突直跳了，愛逛街且有錢的女人實在是太可怕了！

到底還記著蔣大娘要帶做飯婆子去家裡的事，沈驚春逛了會兒就很自覺地提起了回家的事情。

二人提著大包小包進了巷子，陳淮看見門口停著的馬車就皺了皺眉。

本朝馬車一般都有標記，尤其是大戶人家，眼前這輛馬車陳淮一眼就認出來是陸家的，再走近了些，便見大暑正在大門前來來回回不停的走動。

瞧見沈驚春與陳淮的身影，大暑就像是看到了救星一般，飛奔著就衝了過來。「娘子、姑爺，先前家裡來了個大老爺，說是姑爺的什麼師兄。」

陸池不說話、板著一張臉的時候，確實還挺能唬人的。

陳淮皺眉問：「人在院裡？」

「先前倒是等了好一會兒，不久前忽然來了個人，說了幾句，他就走了，留了個人在家裡等你們回來。」

這邊正說著話呢，院子裡雙福聽到動靜就走了出來，看到陳淮兩人，也是雙眼一亮，行了個禮就道：「公子和夫人回來啦！我們老爺說有點事情想問問二位，不知道現在有沒有時間再去我們府上走一趟？」

陳淮想也不想就直接道：「現在不太方便，等會兒家裡還有點事。」

雙福直接傻住。在他看來，陳公子對自家三位老爺一向恭敬有加，尤其是大老爺，所以他是真沒想到，陳公子居然也有拒絕大老爺的一天。他張了張嘴，好一會兒才道：「可我家老爺那邊還等著……」

「怎麼？」陳淮目光冷冷地看著雙福，唇角往上揚起一個嘲諷的笑來。「我夫妻二人莫非是賣給陸家為奴了不成？但凡主家召見，連個說『不』的權利都沒有？」

這話可就嚴重了！要是被家裡主子知道了，無論他們心裡怎麼想，恐怕為了安撫陳公子，他一頓打都是逃不掉的！雙福頓時臉色煞白。

沈驚春笑道：「好啦，這位小哥不過是聽令辦事罷了，你為難他做什麼？你叫雙福是吧？你直接回去與大師兄實話實說，我家裡下午確實還有事，等什麼時候忙完了再登門拜訪，想必師兄大人大量，不會因為你沒請到人而遷怒你的。」

雙福滿心苦澀，卻又無可奈何。

這夫妻二人一個笑臉、一個冷臉，是打定了主意不跟他去陸家，雙福只能告辭，駕車回家。

等人一走，陳淮就忍不住冷哼一聲。「這雙福仗著他爹是個大管事，行事是越發張狂了！」

沈驚春安撫道：「你與他計較什麼？他再張狂也是陸家的下人。」

大暑跟在後面拎東西，聽著這話，越發地夾緊了尾巴，提醒自己小心行事。

三人進了院子，大暑提著東西進屋。

陳淮在桃樹下的石凳上坐了下來。「才從陸家出來，大師兄就追了過來，想必是想到了妳之前提了一嘴的印刷問題。莫非真有其他的印刷方法不成？」

之前沈驚春問起的時候，他其實注意到了，可到底是自家媳婦，且陸池的注意力不在這裡，他也就沒問。

現在想起來，沈驚春當時那個語氣，分明就是知道其他印刷方法的。

沈驚春點點頭。「我知道有一個叫畢昇的奇人，發明了一種泥活字，是用一種膠泥刻字的方法，就如同印章一樣，每一個字就是一個印，後用火燒硬了就變成了泥活字。常用的字通常會燒製許多出來，按韻分類放好，用的時候則按照書面排序，將這些單獨的字撿出來，一個個排進框內印刷。他有配置一種藥劑，排版好了之後用火一烤，等藥劑融化，用平板將字壓平，藥劑凝固後就可以刷墨印刷；用完之後再用火烤，藥劑融化，這些字模就可以輕鬆取出，再按韻收好，以備下次再用。」

陳淮聽得驚嘆連連，大讚這方法實在是妙。

乍聽之下，這樣的辦法可能費時費力，可像陸家的書局，印書一印就是很多本，用這種活字印刷就很省時省力了。

「那這畢昇……」他問道。

沈驚春只說知道有個叫畢昇的奇人，卻沒提及其他的消息。若是此人還活著，這活字印刷多半已經風靡全國，代替雕版印刷了。

沈驚春道：「那我就不知道了，只是聽說，我沒見過真人。」

那可是北宋的發明家，沈驚春穿越一回，金手指開得再大也不可能跨越歷史洪流，把畢昇從另一個世界請過來。

陳淮聽了這話也不失望，看著沈驚春的眼神簡直就像在看一塊絕世瑰寶。

沈家以前那個養女，他是見過的，相貌、才情比不上自家媳婦不說，連人品也被自家媳婦甩出不知道多少條街去，兩相比較之下，宣平侯府的人得有多眼瞎，才會將他媳婦這麼好的養女趕出家門？

沈驚春被他這灼熱的目光看得有點受不住，伸手擋在了他眼前。「你別這樣看我，這個方法不是我發明的。你若想告訴你師兄，只管去好了，只是到時候別將人家畢昇的功勞占為己有就是。」

「即便這個方法不是妳想出來的，可若是沒有妳，只怕不知道要多少年才能有人想出來，不論如何，這個功勞都少不了妳的。」陳淮說著頓了頓又道：「老師這些年來教我良多，雖是師徒卻更勝父子，我與大師兄他們不怎麼來往，可到底還有幾分香火情在，沒有辦法便也罷了，現在有妳這句話，我不能眼睜睜地看著他將家業敗了。而且若是我猜得不錯，他所說的那個重在經商的徐家，恐怕就是妳表妹家。」

沈驚春愣了一下，眨巴了兩下眼睛，才後知後覺地反應過來，這個表妹說的是去年到平山村投奔他們家的徐歡意姊妹。

做生意嘛，本來就是八仙過海，各顯神通的事情，大家良性競爭無可厚非，也有利於促進社會的進步與發展。

可按照陸池說的，徐家這樣不擇手段想要搞垮本是世代相交的競爭對手，其行為就不可謂不卑劣了，這比惡意競價打壓還要令人厭惡三分。

沈驚春本來就對徐家姊妹的父親徐雍沒甚好感，現在一聽搞陸家的也是他們家，更覺得像是吃了蒼蠅一樣噁心。

「別說是我表妹了，就是我親妹家幹出這樣下作的事情來，我也不齒與她相交。徐家現在這樣不擇手段排除異己，我倒要看看他們家最後又能落到一個什麼樣的下場。要知道，古往今來，但凡幹這種損人利己的事情，最後都會變成損人又損己。」

兩人坐在樹下說著話，沒多大會兒，蔣大娘就領著做飯的婆子上門了。

大門雖是虛掩著的，可蔣大娘倒是很懂禮節，沒有直接推門就進，反倒是在門外扯著嗓子喊道：「沈娘子在家嗎？」

沈驚春這邊收了話頭，看陳淮回了屋才應聲道：「在呢、在呢！」大步到了門邊將門拉開，就把人往裡請。

來的並非只有兩人，還有個瞧著八、九歲的小子，瞧著虎頭虎腦的，很是可愛，一見沈驚春也不怵，張口就道——

「漂亮姊姊好！」

女人嘛，誰不愛聽好話？沈驚春被他這句漂亮姊姊哄得心花怒放，到了石桌前抓了把下午逛街買的蜜餞果子就往他手裡塞。

蔣大娘老臉一紅。「這是我家小孫子，小名叫二虎，散了學聽到我說要到妳家來串門子，死活都要跟著一起來！還不把菜籃子拿上來？」說著就在二虎腦袋上拍了一把。「都是自家後院裡種的時令蔬菜，不值當幾個錢，沈娘子別嫌棄。」

二虎笑嘻嘻地將胳膊上掛著的菜籃子往桌上放。

沈驚春仔細一瞧，裡面放了一把長豇豆、幾條小茄子和兩條絲瓜，瞧著都水靈靈的，顯見是才從地裡摘回來的。她沒有拒絕，笑呵呵地朝蔣大娘道了謝。

蔣大娘見她收了，心裡也鬆了一口氣。

她之所以帶著小孫子來，還特意將自家菜園子裡種的菜帶了些過來，就是看在這家男人是個要參加院試的書生的分上。對他們這些平頭老百姓而言，能考上秀才已經很了不得了，若等這書生考過院試，隨便指點二虎幾句，只怕也很受用了。

這麼想著，又指著一邊默不作聲的婦人道：「這就是我給沈娘子找的燒飯婆子，姓方。燒飯的手藝與酒樓的大師傅自然是比不得，可在這坊間也算是排得上號的。沈娘子要不今天晚飯先試試她的手藝？工錢什麼的都好說。」

沈驚春聞言，打量了一下這方大娘。

先前逛街的時候，她還說這慶陽府就是不一樣，都看不到人穿打補丁的衣服，誰承想這麼快就見著了。

方大娘身上的衣服不僅打了補丁，還打了好幾個，衣服也是洗得發白，好在乾乾淨淨的，不論是領口還是袖口都看不見油污，交握在腹部的一雙手看著也很乾淨，指甲修剪得很齊整，沒有一絲泥垢。

這麼一瞧，已然滿意了幾分。

蔣大娘見她露出滿意的神色，又道：「沈娘子可否借一步說話？」

「自然可以。」說著就領著蔣大娘去了廚房。

「我說這方家妹子手藝好，那是一點都不作假。這借一步說話是想問問沈娘子，可否將兩餐改為三餐？」

沈驚春一聽就似笑非笑地看著她，不說話。

蔣大娘被這眼神看得頭皮一麻，硬著頭皮道：「這方家妹子做三餐只要一百五十文，還將妳家裡的其他家務也全包了，很划算的。我之前說的別人做三餐要二百文也是真的，你們要是去牙行找人，還要出一筆中人費給牙子。」

之前的聊天讓沈驚春感覺這蔣大娘是個挺和善的人，剛才進門的時候也知道先在外面問問，而不是直接就推門進來，對她更添了幾分好感，現在聽她這麼說，到底還是將神色緩和了幾分，問道：「這方大娘家中可是有什麼難處？」

蔣大娘鬆了口氣，解釋道：「她本是跟著大兒子一家生活，但是她閨女死了，那後娘要將她外孫賣了，她就咬著牙將孩子接了過來，可是多張嘴吃飯也要費錢，一天、兩天的還好，時間一長她兒媳婦就不樂意了，話裡話外地擠兌他們祖孫。方家妹子沒法，只得帶著外孫從兒子家搬了出來，如今在城東那邊租了間屋子過活。」

這麼說，沈驚春就更不明白了。「既然給人燒飯的工錢這麼多，哪怕只是一天兩頓，也有一百文吧？房子又租在城東，省一些的話，應該也夠生活了，怎麼這方大娘看著卻貧窮得很？」

「這不是還要供她外孫讀書嘛！而且短期的活也不是天天都有的。」蔣大娘說著，看了外面從進來後就沒變過姿勢的方大娘一眼。「說起來她家小子也是有天分的，才十二歲就考過了縣試，那個後娘也是看他這麼有天分，才心腸惡毒地要斷他前程。」

這還真是……嘆為觀止啊！

世間後媽千千萬，每一個後媽都能刷新她對後媽這個角色的理解下限。

一百五十文還包了全部的家務，倒是不貴，因此沈驚春便道：「行吧，先看看她的手藝，可以的話我這邊沒問題。」

二人從廚房出來後，就由蔣大娘將商量的結果對方大娘說了。

方大娘一抬頭，臉上是止不住的驚喜，忙蹲身行禮。「多謝娘子。」

沈驚春道：「別忙著謝，我要先試試妳的手藝。」

「那是自然！」方大娘滿臉的感激。「如今天色也不早了，娘子您看什麼時候開始燒飯？還有燒些什麼菜比較好？」

沈驚春想也不想就道：「我家就三個人，大娘妳看著辦吧。」

方大娘看了一眼桌上蔣大娘帶來的菜，商量道：「蔣大姊帶來的菜看著很水靈，不如再買點肉或是魚？」

「行。一事不煩二主，我們才來，對附近也不熟，這買菜的事還要煩勞大娘一起辦了。」說著就解下腰間的荷包，數了五十文出來。「夠嗎？」

「夠了夠了，用不著這許多！」方大娘數出三十文來，又將另外二十文退了回去，便到廚房拿了只菜籃子去買菜了。

等她一走，蔣大娘就道：「沈娘子倒是信她，還沒決定用不用就給錢了。」

沈驚春淡淡道：「也不是信不信的事，不過三十文罷了，她要是還想掙後面的錢，就不可能拿著這三十文跑了。下午的時候大娘說想要我家的桃子，我忙了一下午，才剛回來，還沒來得及摘呢，大娘稍等一會兒。」說著就朝屋裡喊了聲大暑。

等人出來了，又指使他上樹去摘桃子。

大暑自小長在鄉間，這些爬高爬低的活不在話下，攀著粗粗的樹幹，兩三下就上了樹。

二虎在一邊看得驚嘆不已。

這時節桃子還未完全成熟，加上這棵桃樹枝繁葉茂，擋住了太陽，紅的果還不多，大暑挑挑揀揀地摘了八、九個，蔣大娘帶來的那個小籃子就差不多裝滿了。他又摘了幾個自家吃的，這才下了樹。

二虎眼巴巴地看著那籃桃子。

沈驚春覺得他再看下去可能都要流口水下來了，乾脆到井邊洗了一個遞給他。「吃吧。」

蔣大娘看著是個知禮的，二虎的教養也很不錯，先看了一眼他奶奶，得到同意後朝沈驚春道了謝，這才接過桃子咬了一口。

事情都辦完了，蔣大娘就帶著二虎準備告辭。

沈驚春也不多留，只道吃完了再來。

蔣大娘想了想便拉著沈驚春道：「你們晚上睡覺時不要睡得太死，以防別人翻進院子來偷桃子。」

沈驚春家院子裡這棵桃樹，在附近也是有名的，熟得比別家早，個頭又大、水分又足，一口咬下去能甜到人心裡去，這一籃桃子現在拿出去賣，也能賣不少錢。

往年他們家沒人，這桃子都被附近遊手好閒的二流子翻牆進來摘走賣錢了。便是到了後面桃子都盛產了，沈驚春家這桃子也因為甜而比別的人家貴些，即便如此，那也是供不應求的。

「我家裡有人，還有人敢來偷嗎？」

昨天到的時候看到滿地樹葉卻沒桃核她就知道，桃子肯定是被人偷走了。可現在這院子已經住人了還會來？沈驚春有點不可置信。

蔣大娘「嘖」了一聲，表情有點一言難盡。「在城裡住著又豈是那麼容易？到處都要花錢。往年妳家這些桃子全都被人摘走了賣錢，這幾年下來，人都成慣偷了，習慣是個很可怕的東西，就怕這些人忍不住，趁你們睡著了又來偷。」

沈驚春表情複雜，謝過蔣大娘的提醒，就將他們祖孫倆往外送。

出了門就見巷子裡不知什麼時候聚了三、四個小孩，都同二虎一般的年紀，門一開，這些小孩的眼睛就盯著二虎手裡那顆吃了一半的桃子移不開了。

大家都是鄰居，他們還要在這邊住一段時間，低頭不見抬頭見的，沈驚春也不是小氣的人，見這些小孩饞得很，便打算回院子叫大暑再摘些桃子下來，給附近幾戶的鄰居挨家送幾個。

可不等她轉身，對面院子的門就開了，一個約莫三十出頭的婦人帶著個十來歲的少年出來，瞧見沈驚春就滿臉的笑意。

「哎呀，昨天就聽說對門住了人進去，可等我們家回來的時候，妳家也關門了，時間太晚，我們家沒好意思過去打擾。」

伸手不打笑臉人，哪怕對面這婦人笑得實在有幾分虛假。沈驚春揚起標準的笑容道：「昨日才來，趕了一天的路有些累，收拾完屋子也就早早的睡了。我姓沈，夫家姓陳，以後低頭不見抬頭見的，還請嫂子多多關照。」

「那是，都說遠親不如近鄰，我們又是住對門，以後可得常來常往才是！我姓余……」

那余娘子張嘴就嘰嘰喳喳地說個不停。

說來也是奇怪，蔣大娘的話也不少，沈驚春就能聽得下去，可這余娘子說得口水飛濺，她卻只覺得厭煩。正有些不耐時，就聽見院子裡陳淮喊了她一聲。

沈驚春鬆了口氣，心道總算是解脫了！「我夫君喊我了，余娘子，改天再聊。」

「哎，沈娘子別走啊！」

沈驚春剛轉身準備關上院門，那余娘子就幾步躥了過來，一把拽住了她。沈驚春低頭一看，不由得一陣噁心。

這余娘子剛才不知道在家弄了什麼，手上一手的油，看著油膩又黏糊，一碰著她的衣服就是一個印子，偏這余娘子也不知是不知道，還是故意的，還笑咪咪地抓著她不放。

沈驚春閉了閉眼，將火氣往下壓了壓，一把將手腕從她手裡抽了出來，儘量讓自己的語氣聽起來心平氣和。「余娘子還有什麼事嗎？」

「也沒啥，往年這個時候妳家桃子也可以吃了，這不是瞧見那蔣婆子拿了些走，我家小子有點饞嘴，就想問問沈娘子能不能也給我家小子拿幾個甜甜嘴？」

站得近了，她一開口說話，就有一股口臭味撲面而來，沈驚春差點沒被這股味道原地送走，往後退了兩步才憋著氣飛快地道：「這桃子熟得不多，方才都摘給蔣大娘了，過幾日吧，等過幾日再有熟的，我再給妳家送幾個。」

「那上面不還有紅的嗎？妳家摘不著沒關係，我叫我家小子上樹去摘！妳放心，他往常也是爬樹慣了的，不會摔著。」

她一揮手，後面那早已經躍躍欲試的少年就將沈驚春撞得往旁邊退了半步，自己飛快地躥進院子裡，到了桃樹下，往手心「呸呸」地吐了兩口口水，攀著樹幹就打算往上爬。

才剛躥上去，底下大暑就抓著他的腳往下一拉，猝不及防之下，那少年就摔了個屁股墩，賴在地上捂著屁股號了起來。

正房門口，陳淮冷著一張臉看著那少年號哭。

大暑會這麼幹，顯然是他指使的。

余娘子傻住了，顯然沒想到這家人這麼不講情面，不就是摘幾個桃子嗎？

她一把推開沈驚春就衝了過去，將兒子拉了起來，上上下下地摸了一遍，嘴裡還不停地問著。「兒啊，沒事吧？可有摔到哪裡啊？」她越問越生氣，大聲質問道：「不就是摘妳家幾個桃子，值當什麼？孩子都爬上去了，居然還把人往下拽！我家三代單傳，摔壞了我兒，妳賠得起嗎？妳婆婆以前在的時候也不像妳這樣，我們都是想吃就自己進院子裡摘！大家都是鄰居，至於把事情鬧得這麼難看嗎？」

她一聲叫號，附近幾戶人家聽到聲音都跑了出來。

沈驚春見外面人越來越多，幾乎被氣笑。

她是那種「我的東西我可以給你，但你要是想搶那就是不行」的人。

這余娘子沒出聲之前，她就已經打算叫大暑再挑紅的摘些下來送給周圍鄰居們嚐嚐鮮，可被這余娘子一攪和，那心思就歇了。

本來自家也就是為了科舉才在這邊住幾天，又不是長住，鄰里關係搞不搞好並不重要，是錦上添花卻非雪中送炭的事情。

現在這余娘子這麼一號，她也沒必要再給人留臉面了，當即冷笑道：「余娘子也知道這桃子是我家的啊？我的東西我想給就給，我不想給哪怕扔掉了妳都管不著！三代單傳妳還不趕緊帶回去好好供起來，怎麼還叫他爬高爬低的？這要是摔了碰了的，妳怎麼對得起妳男人？還想吃就自己進來摘呢，那我現在想吃妳院子裡種的菜，我是不是也能自己進妳家院子去摘？」沈驚春本來還想說這余娘子要是想自家婆婆了，不妨下去找她敘敘舊，婆婆地下孤單，肯定非常歡迎余娘子。可想到陳淮還站在門口，到底還是將這話嚥了下去。

余娘子氣得繼續叫罵。

見那母子兩個還在叫號，沈驚春心裡厭煩至極。頭一偏，看到昨天收拾出來的一根碗口粗細的乾枯樹枝還擺在牆角，乾脆走過去砰的一腳就將那樹枝踩斷，拎在手裡掂了掂。「想來這位小郎君是摔著了，來，我幫你看看！」

余娘子母子早被那一腳嚇得魂飛魄散，哪還敢讓沈驚春幫忙看看。自家兒子的手臂還沒那樹枝粗，要是給這母夜叉來上一腳，那骨頭不得當場折得接都接不起來！

少年也不敢哭了，一骨碌地就從地上爬了起來，大叫一聲「娘呀」，就衝出了陳家的院子。

余娘子緊隨其後，一邊喊著「兒啊，慢點跑」，一邊跟在後面衝了出去。

那些聽到吵鬧聲出來，原本打算勸上幾句的鄰里也愣住了。

這余娘子撒潑耍賴的本事在這柳樹巷向來都是沒有敵手、從無敗績的，原本有幾個好心人還打算勸沈驚春忍忍算了，摘幾個桃子給她家，當是行善積德了，但是現在……

余娘子的兒子能夠好手好腳地走出這院子，恐怕才真的是上輩子積德了！

沈驚春看了看門外目瞪口呆的鄰居們，不由得對剛才的那一腳格外的滿意，朝大家施了一禮才道：「我夫君來府城參加院試，還要在這邊住上一段時間，這段時間多有打擾，還請各位鄰里們多多包涵。我們才來，東西還沒收拾好，也沒什麼拿得出手的，只有這院子裡的桃子還算可以，等會兒送一些給大家甜甜嘴，還請大家不要嫌棄才是。」

別說附近的人本來就知道這桃子好吃，就算不好吃，也沒人敢當著這母夜叉的面嫌棄啊！

更何況，沒聽人家說嗎？家裡男人是來府城參加院試的，一旦院試考過了，人家可就是秀才老爺了，跟他們這些平民可不一樣，等閒得罪不起。

因此大家連忙統一口徑，說「不嫌棄」，又紛紛找了藉口溜了。

等人一走，沈驚春才斂了笑容，虛掩上門，叫大暑又上了樹，勉強湊了三十個外皮有些紅的桃子往周圍幾戶人家一家送了六顆，獨獨對門余娘子家沒給。

# 第十八章

余娘子跟在兒子後面回到自家院子後就注意著對門的情況，看到周圍人家都有，只有她家沒有，自然又是一陣雞飛狗跳。仗著在自家院子裡關著門，罵罵咧咧的聲音整條巷子都聽得清清楚楚，只是到底顧忌陳淮是讀書人，而沈驚春又力大無窮，不敢指名帶姓的罵。

陳家院子裡，連大暑都聽不下去了，沈驚春與陳淮卻還老神在在，神色如常。

沒一會兒，那方大娘買菜回來，注意到院中氣氛不對勁，就有點緊張，別是又不要她來做飯了吧？她不敢直接去問沈驚春，只得拉著大暑到一邊問。

大暑一臉氣憤地將剛才發生的事情給說了一遍，說完了又朝對面余娘子家的方向吐了一口唾沫罵道：「呸，還是城裡人呢！我們鄉下都沒有這麼不講道理的人，大娘妳是沒看見，對門那母子兩個看到咱們家這桃子就跟聞到了腥味的貓一樣，那醜惡的嘴臉看了都想吐，居然還有臉罵罵咧咧的！」

方大娘鬆了口氣，只要不是叫她走人就好。

剛才從外面進來的時候，她也將那余娘子罵人的話給聽了個七七八八，因此勸道：「你也別氣了，沒聽見她就算罵也不敢指名道姓嗎？這就是認了慫了。這種人就是欺軟怕硬，一旦你狠起來，她就沒法了，因此只能過過嘴癮。為了這種慫蛋生氣，氣壞了身體豈不是得不償失？」

沈鷩春本來就不氣，聽到方大娘的話也是笑了笑，走了過去，故意大聲道：「是呀，就是有這種慫蛋，連罵人都不敢罵個痛快！不過話又說回來，哪個鱉孫要是敢指名道姓地罵老娘，打斷一條腿那都是輕的，老娘會讓她全家都躺在床上好好享享福！」

對門的罵聲戛然而止，就如同被人一下子掐住了脖子。

大暑不由得對沈鷩春豎起了大拇指。「還是娘子厲害！」

沈鷩春謙虛地擺擺手。「面對的人不同，就要有不同的應對辦法。比如對面這個余娘子，對付這種無賴，要麼你比她更無賴，要麼就要讓她不敢耍無賴。咱們家有讀書人，可做不出那等沒皮沒臉、有辱斯文的事來。」沈鷩春說著，就往方大娘那小菜籃子裡看了一眼，見裡面除了一條肥肉少、瘦肉多的豬肉，還有一捧小指長短的小魚，就有些驚訝。「三十文能買這麼多東西？」

面對沈鷩春，方大娘就不像面對大暑那麼自然，顯得有幾分拘束。「這都下半晌了，賣魚的也要回家了，這種小魚費油且肉少，城裡人也很少買，這一捧其實不過七、八個大錢，但是吃起來卻要比大魚還鮮美。娘子若是不喜歡，下回我就不買了。」

沈鷩春抓起一條看了看，這魚還是活的，泥腥味也不太重，顯見是河裡捕撈上來的魚，這種魚在現代，也是很貴的。「我不是這個意思，而且妳也不是我家下人，妳我雙方是正常的雇傭關係，不必這麼拘束。灶臺上有我們從老家帶來的燒椒醬，這魚煎好了，煮的時候放點，我們家人都挺愛吃辣的。」

話說完了，見方大娘還是一副拘謹的樣子，沈驚春也沒了繼續說下去的慾望，乾脆喊了大暑將家裡的鐵鍬翻了出來，又從隔壁陶阿婆家借了把鐵鍬過來，開始挖坑。

原先蔣大娘走的時候叮囑的幾句話，她沒怎麼放在心裡，可經過對面余娘子這個事情之後，她就意識到不要臉的人實在是太多了，真的是讓人防不勝防。

要說她有多在乎這一樹的桃子，倒也不是，主要就是覺得這些人的嘴臉過於噁心。再想想，晚上自家人在屋裡睡著了，那些二流子卻翻牆進來偷桃子，她就有點受不了。

這院子不算大，左右兩邊都挨著人家，院牆有一人多高，沈驚春這樣一六八的個子站直了都沒有院牆高。那些二流子如果想要進院子，必然會從連著院門的那堵院牆翻進來。

「你從那邊離院牆一尺的地方開始往院子裡挖，挖個三尺左右的寬度，儘量挖深一些。」沈驚春指揮著大暑，自己也在院門的另一邊開始動工。

好在需要挖的地方不大，連起來不過五、六公尺的長度。

等方娘子將晚飯做好，兩人已經將這五、六公尺的地方挖下去了半公尺深，挖出來的土就堆在靠陶阿婆家這邊的牆角下。

飯就擺在桃樹下的石桌上，三菜一湯，一個炒豇豆、一個炒茄子、一個紅燒小魚，還有一個絲瓜瘦肉湯，看上去清清爽爽的。

飯已經盛好了擺在桌上，沈驚春打了井水洗了把臉，帶著一身汗味就上了桌。往常在平山村，家裡都是主僕分開兩桌吃飯，到了這邊雖未分桌，但大暑很自覺地挾了菜就到廚房去了。

沈驚春先盛湯嚐了一口，味道咸淡適宜，十分可口，的確如蔣大娘說的一般，這方大娘做菜的手藝很不錯，甚至比家裡楊嬸的手藝還要好兩分。

見她還在一邊拘謹的站著，便隨口招呼道：「方大娘也一起吃吧。」

「不用了，這做飯的規矩一般都是主家吃完了，我們再隨便吃點。」

沈驚春聽她這麼說，也沒再勸。幹了這麼會兒的活，她早就餓了，這菜又做得非常合口味，她很快就幹掉了兩小碗米飯及一碗湯。

吃完了飯，在院子裡略轉了轉消食後，沈驚春就又拿了鐵鍬準備開始幹活。

陳淮卻將她拉到一邊悄聲道：「晚上還剩了些菜，那做飯的大娘必然是捨不得倒的，在廚房裡這麼久不出來，只怕是想將這菜帶回去，卻不知道怎麼同妳開口，妳去看看吧。」

沈驚春雖很好奇陳淮怎麼觀察得這麼仔細，卻還是走到廚房外往裡看了看，那方大娘果然如陳淮說的，正望著剩菜發呆。

若是那種無底線地慣著兒女，結果到頭來落到老無所依的老人，她未必會覺得可憐，可方大娘這樣的，她倒真有幾分憐惜。

「大娘妳收拾完了就趕快回家吧！還有這個剩的菜，若是不嫌棄，也一併帶回去。」

方大娘一回頭，臉上有幾分隱隱的喜色，可還是有些猶豫。

沈驚春乾脆道：「現在天氣這麼熱，這剩菜留著放一晚，明天也餿了，倒了也是浪費。我聽說妳家裡還有個孩子在讀書，這麼晚回去還要開伙也沒必要，明日等孩子散學，妳叫他來家裡一起吃點，也省得回去再麻煩。妳不必拒絕，本來妳這工錢只要一百五十文一天，還包了其他的家務，我們家已經占了大便宜了，多個人也就是多雙筷子的事情而已。」說完不等方大娘說話，又笑道：「還有妳這做飯的手藝，我們都挺滿意的，不出意外，我們家還要在這兒住十來天，咱們雙方沒經過牙行，到時候若是有其他高工錢的活，妳可不能撂攤子說走就走啊！」

方大娘活了這麼大的歲數，哪看不出來這沈娘子是可憐自己，為了讓自己安心，才故意說的這些話？

她鼻子一酸，有些渾濁的雙眼中有淚光閃現，忙搖頭道：「不會的！娘子放心吧，我們這樣的人最重要的就是一個誠信，我要是半路撂攤子跑了，以後也沒人敢雇我幹活了。什麼時候娘子不需要我做飯了，我再找其他的活計。」

沈驚春點點頭。「妳的手藝我放心，明天開始，每一餐要做什麼，妳自己拿主意就好，只一點，我們家不吃茼蒿、芹菜和芫荽。啊對了，還有菜錢的事，妳身上有錢的話就先墊付一下菜錢，等晚上的時候，我再把菜錢和工錢一起結給妳，妳看這樣可行？」

「可以的。」

「行，那妳快收拾吧，早點回去，免得家裡的孩子擔心。」交代完，沈驚春就直接回了院牆邊。

吃了晚飯後，陳淮也不溫書了，直接拿了白日裡沈驚春用的那把鐵鍬開始繼續挖坑。

沈驚春見他挖得起勁，乾脆就讓他挖去了，自己拿了個簸箕，將兩人挖上來的土往牆邊運。

三個人幹起活來就是比兩個人要快得多，又是剛吃得飽飽的，還沒怎麼消化，三人都幹勁十足，從天還亮著一直挖到天黑了，月上中天才停了手。

附近的鄰居們大多都已經熄燈睡覺了，沈驚春看著近一百五十公分的深坑，表示十分的滿意。三人又將院子裡的枯枝搭在了坑上，上面再蓋些枯枝、爛葉、雜草什麼的，大晚上的不仔細看還真看不出來這下面是個大坑。

實打實的體力勞動幹下來，三人都累了，匆匆燒了水、洗了澡，就各自回房睡覺去了。

沈驚春幾乎是倒頭就睡，香甜的一覺睡到後半夜，院子裡突然傳來一聲慘叫。

這聲慘叫不僅喚醒了屋子裡的三人，連附近幾戶鄰居也被吵醒了。

半夜兩點左右本來就是睏意最濃、睡得最沈的時間，沈驚春的起床氣一向又很大，被這聲慘叫聲吵醒，幾乎是咬著牙從床上爬了起來。

外面那聲慘叫過後，呼痛聲、叫罵聲一聲接一聲地傳來，隨之而來的是「砰砰砰」的捶門聲。

陳淮已經摸著黑點亮了蠟燭，見沈驚春穿好衣服沈著臉就要往外走，忙一把拉住她道：「媳婦，下手可千萬要注意，打斷手腳給個教訓就行了，可不能一拳頭直接把人給打死啊！」

沈驚春不耐煩地擺擺手，大踏步出了門。

外面的人敲了幾下門，見沒人應，已經開始大喊大叫了。

等到大暑穿好衣服從另一邊屋子裡出來時，沈驚春已經到了院門邊，一把拉開了門栓。

外面敲門的男子一時不察，捶出去的手沒有著力點，一個趔趄，往前幾步就進了院子。

沈驚春反身就是一腳，把人給踹得往前撲去，撲通一聲就撲倒在地，長腿緊跟而上，一腳踩在了他背上，惡狠狠地罵道：「吵吵吵！不知道姑奶奶在睡覺嗎？」

現在不是冬天，本來一下子撲倒在地還沒那麼疼，但沈驚春後面踩上來的這一腳，簡直像把大鐵錘一般，躺在地上的人都覺得自己的脊柱似乎已經被捶斷了！

身邊幾戶人家的燈也都亮了起來，有那手腳麻利的已經端著油燈、蠟燭到了陳家院門外。

初十的月亮已經挺亮了，不點燈都能將院子裡的情況看個大概，鄰居們探頭一看，見那沈娘子將一個人踩在腳下，不僅被踩的人在哀號，另外還有個聲音在慘叫，都嚇了一跳。

這下還有什麼不明白的？這樣子多半是有人半夜摸進院子裡偷東西，被當場逮住了！

當即就有人勸道：「沈娘子消消氣，這樣也不是個辦法啊！不如先將人捆起來，明日報官吧？」

「是呀，這大半夜的，大家都要睡覺呢，這樣一直叫下去確實不是個辦法。」

「裡面還有個人怎麼了？怎麼叫得這麼淒慘？」

鑒於沈驚春白天那一腳的威力，鄰居們都圍在門外你一言、我一語地說著話，卻沒有一個人敢進門。

說了幾句後，還是姍姍來遲的陶阿婆率先進了院子。她手裡的油燈一探，不由得嚇了一跳，那牆角下面月光照不到的地方，竟然冒出了一個黑咕籠咚的洞來。

眼看她就要踩到坑裡，陳淮不得不出手拉了她一把。「阿婆小心。」

陶阿婆一腳已經伸出去踩在了枯枝上，若不是陳淮拉得及時就要直接掉下去了！被拉回來後她嚇得夠嗆，一陣後怕，不停地拍著胸脯，喘著氣問：「這是？」

陳淮淡淡地道：「吃過晚飯後，我媳婦說要在院子裡挖兩個坑養點荷花，正好我們也沒事幹，就隨便挖了幾鍬。」

他說得風輕雲淡，但周圍的鄰居卻聽得後背的汗毛都倒豎起來。

眾人心思各異，白日裡看到這夫妻兩個男的俊、女的俏，沒想到是個面善心狠的，也不知道那掉進坑裡的人怎麼樣了？

似乎是猜到了眾人的想法，朦朧的月光下，長身玉立的陳淮再次緩緩地開了口。「雖說是坑但不深，也就五尺，但不注意的情況下，還是很可能摔斷腿的。大暑，快下去看看這位不小心從牆頭摔下去的兄弟有沒有事。」

嘶！眾人不自覺地倒抽一口氣。

五尺?!這院牆都已經七、八尺高了，再加上這坑有五尺深，十二、三尺的高度，沒個準備地跳下去，斷手斷腳都是輕的！

「是，姑爺，我這就去！」大暑應了一聲。

眾人聽在耳中，只覺得這大暑的語氣裡透著股莫名其妙的興奮。

很快地，眾人就知道這興奮從何而來了。

隨著一陣窸窸窣窣的聲音傳來，蓋在坑上面的枯枝、爛葉被扒開，大暑直接沿著坑邊滑了下去，在微弱的光線下，摸著黑在那掉進坑裡的人身上摸索，嘴裡還不停地唸叨著。

「我來看看啊……這手應該沒問題……肋骨也好好的沒斷……哎呀，這腳好像摔斷了呀！」

一陣殺豬般的慘叫頓時傳到了每個人的耳中，偏大暑還在繼續檢查。

「這位兄弟你別動啊，我給你看看另外一隻腳有沒有斷。」

又是一陣撕心裂肺、鬼哭狼嚎的聲音傳出來。

這也太嚇人了！明明是大夏天，眾人卻覺得渾身涼颼颼的。

沈驚春這會兒起床氣已經散得差不多了，一腳就將腳下那人往邊上踢了踢，不耐煩地道：「行了大暑，你又不是大夫，你懂啥？趕快把他扶起來，我把他弄上來。」

大暑「欸」了一聲，也不顧那人到底傷得怎麼樣，直接就架著那人的胳膊往上托。

沈驚春站在坑邊，兩腳分開、身體微微蹲低，氣沈丹田，抓著那人的手往上一拉，人就被拽了上來，躺在地上蜷縮著身體繼續哀號。

這樣下去也不是個辦法，一直這麼叫著，大家都不用睡覺了，明天可還要上工呢！

門外有那膽大的，到底還是端著油燈走了進來，扒開地上兩人的頭髮一看——

「好傢伙！這不是余老大和余大郎嗎？」

「啥？」

眾人一聽，還有點不敢相信，於是又有幾人端著燈火走進了院中，裡面的視線變得亮堂起來，地上兩人的面容立即暴露在眾人的視線之中。

「老嚴，還真是你大舅哥和大姪子啊！」

「你快來看看吧，我看你大舅子的腿似乎真的摔斷了！」

「不對啊，你婆娘平日裡不是最喜歡湊熱鬧的嗎？按理說這種場合少了誰也不會少了她啊！她人呢？」

「這還有什麼不明白的？說不定這余老大就是那余娘子叫來的呢！可別忘了，余娘子白日裡可是為了桃子差點跟沈娘子打起來了呢！」

「什麼情況？還有這種事？我怎不知道？」

「妳知道個啥啊？人家都打完了，你們還沒回來呢！」

你一言、我一語的，不僅很快就將晚上的事情拼湊得七七八八，還把白天的事情往一個莫名其妙的方向帶。

明明白日裡只是吵了幾句，余娘子就在沈驚春的武力脅迫下認了慫，可現在到了這群七大姑、八大婆嘴裡，就變成打了一架！

等到明天這事情再這麼一傳，只怕就要變成「沈驚春打了余娘子一頓，她大哥找上門替余娘子出頭，結果被打斷了腿」吧？

一時間，沈驚春的心情變得複雜起來。

人群中被稱作老嚴的男人還沒從小偷是自家大舅哥和大姪兒的爆炸性消息中緩過神來，就又被自家婆娘跟對面這剛住進來的沈娘子幹架的消息給砸暈了，還在發愣中，就被人推搡著進了陳家的院子。

他定睛一瞧，果然是自家大舅哥和大姪子！再結合剛才大家的話，還有什麼不明白的？多半是自家婆娘的老毛病又犯了，向沈娘子要桃子不成，乾脆就叫她娘家大哥半夜來偷！

眾人的視線都落在他身上，老嚴羞愧難當，一張臉脹得通紅。幸虧是夜裡，他又是一張黑臉，才沒叫人看出來。

「對不住二位，真是我婆娘和大舅哥鬼迷了心竅，才做出這等下作的事情來……」老嚴想起自家兒子被婆娘慣得四六不知、人嫌狗厭的，不禁就悲從中來，說著說著，聲音都哽咽了。

旁邊的鄰居勸道：「趕快帶你大舅子去醫館瞧瞧吧，別真摔出個好歹來。」

老嚴沈默地上前，踹了余大郎一腳，罵道：「還要裝死到什麼時候？還不起來跟我一起把你爹送到醫館去！」

余大郎被人拆穿了身分，忍著痛也不敢哀號了，磨磨蹭蹭地從地上爬了起來，跟老嚴一人一邊，架著余老大就往外走。

二人才剛動一步，就聽見沈驚春冷冰冰的聲音響起——

「這就想走了？」

人都變成這樣了，還不得趕快送醫？

鄰居們聽她開口，都有些不贊同地看了過去。

沈驚春冷笑一聲。「我男人是個讀書人，心軟好講話，但我不一樣，我是個婦道人家，最是睚眥必報小心眼。不給個交代就想走？想得未免也太美了些吧？」

「人都傷成這樣了，妳還想怎麼樣？」鬧了這麼久，余娘子終於出了聲。

圍觀的群眾讓開一條道來，將她的身形暴露在眾人的視線之中。

沈驚春看著她滿臉的怨恨陰毒，不由得怒極反笑。

「我想怎麼樣？我還想問問余娘子妳想怎麼樣呢！」她繞過前面的人，一步步地逼近余娘子。「人傷成什麼樣跟我有一文錢的關係嗎？是我叫他們父子往我家坑裡跳的嗎？我在自家院子裡挖坑，院門也緊閉著，沒礙著誰吧？怎麼我聽妳這個口氣，倒像是我的不對一樣？難道說妳弱妳就有理了？我倒想問問余娘子妳呢，大半夜叫妳大哥和姪子翻進我家院牆，是為了什麼？哦～～」沈驚春的尾音拖得很長。「我知道了，定然是白天的時候妳沒在我家占到便宜，所以懷恨在心，正所謂月黑風高殺人夜，於是便叫妳大哥趁著天黑時摸進來把我們一家子都殺了洩憤吧？我的老天爺啊，就鄰里間的一點矛盾罷了，用得著這麼惡毒地殺人洩憤嗎？」

「啥？」

別說圍觀的眾人了，連大暑都被這個劇情走向給驚呆了。

不就是想趁著天黑來偷幾個桃子嗎？怎麼就變成了殺人洩憤啦？

就為了白天時一點婦人間的口角，至於嗎？

所有人都有點轉不過彎來，那余老大也不哀號了，現場死一般的一片寂靜。

這時，唯有陳淮清冷的聲音緩緩響起。「哦，原來是要殺人洩憤啊，那這個事情就大了。還好媳婦妳英明，否則我都差點被他們騙過去了，如此一來，是不能放人走的，這得報官啊！讓我想想，根據本朝刑律規定，蓄謀殺人者徒三年；已傷者，絞；已殺者，斬。」

余家父子嚇得腿都軟了，周圍人也被這一通刑律給震得說不出話來。

余娘子氣得差點一口老血噴出。「你放屁！不就是偷你家幾個桃子嗎？怎麼就殺人了？還徒三年呢！殺誰了？你倒是說啊！凶器呢？」

「哦，原來是偷竊啊！」陳淮微微一笑，清冷的聲線中帶著絲令人膽寒的愉悅。「那是不用徒三年，按照本朝盜賊律，謀劃偷竊而未得逞的，只需要杖六十即可。」

杖六十?!余老大這回不覺得腿痛，而是覺得渾身都痛了！他再也堅持不住，眼一翻就暈了過去。

余娘子聽到杖六十，嘴一張就要再說話。

老嚴迅速鬆開了大舅子，兩步上前，趕在她還沒開口之前，劈頭蓋臉兩巴掌就打了過去。

兩聲清脆的巴掌聲響起。

余娘子尖叫一聲，作勢欲撲，手剛伸出來，老嚴又是兩巴掌，將她打得身子一歪。

老嚴揪著她的頭髮，把人拽回了自家院子裡，用力一推搡，就將人推倒在地，惡狠狠地道：「妳給老子好好在家待著！再敢鬧出什麼么蛾子來，明天就給老子捲鋪蓋拿上休書滾回妳余家去！我們老嚴家要不起妳這樣的蠢婆娘！」說完，又走回陳家的院子，彎著背脊道：「沈娘子、陳公子，我知道現在說什麼都沒有用，但我大舅哥這個樣子，確實得趕快送醫。要不我姪兒就先留在這兒吧，明天我們一定給你們一個交代，你們看這樣行不行？」

陳淮笑道：「咱們兩家就住對門，俗話說遠親不如近鄰，嚴兄弟的人品我們還是信得過的，哪用得著這樣？余家父子你都領走吧。我媳婦平日裡是最和善不過的人了，只不過她晚飯後挖坑挖得有點累，又被人擾了美夢，心情不好，說話才這樣。嚴兄弟還是趕快把你大舅哥送去醫館吧，腿斷了可不是小事，別耽擱的時間長了，到時候落下病根變成瘸子，反倒不美了。」

眾人便聽那沈娘子在一邊冷哼了一聲，倒是沒有再開口說什麼。

老嚴如獲大赦，連著說了好幾聲對不住，才跟余大郎一左一右地架著余老大走了。

等他們一走，沈驚春就冷著一張臉，拍拍手直接回房。

陳淮抬手朝周圍鄰里們施了一禮，滿懷歉意地道：「真是對不住各位，大半夜的擾了大家的清夢，失禮之處還望海涵。」

「哈哈哈，這又不是你們家的錯，誰都不想發生這樣的事情嘛！」

「就是，真要道歉也應該是余家人來道歉才是。」

「哎呀，都鬧了半夜了，後天就要院試了，可別影響到陳公子考試才是呢！」

「對呀對呀，陳公子還是趕快去睡吧！到時候考個秀才回來，我們柳樹巷也有光不是？」

有那腦筋轉得快的，已經開始捧起了陳淮。

「那就借大夥兒的吉言了，若是真的僥倖考中秀才，到時候再請大家吃個便飯熱鬧熱鬧。時間也不早了，明日想必都還有事，大家趕快回去睡吧。」

圍觀的人群很快就散了，走之前嘴裡說的話已經從今晚的事變成了院試的事。

陳淮順手拴了門，招呼了一聲大暑就回了屋。

經過這一場鬧劇，沈驚春已經睡意全無，躺在鋪了涼蓆的床上翻來覆去睡不著，瞧見陳淮關門進來，乾脆坐直了身體。「明天怎麼辦？真把他們送官嗎？」

外面那一通忙活，讓沈驚春出了身汗，回到房裡就把外面穿著的衣服給脫了，只穿了中褲和一件海棠色抹胸。

她臉上的膚色因為經常在地裡忙活，不是那種大家閨秀很常見的膚若凝脂的白，而是呈現一種白裡透紅、很健康的蜜色。可脖子以下的部位，因為被衣物遮擋，仍然是白的，此刻在略顯昏暗的燭光下，更是白得驚人。

陳淮站在床前，視線先落在她臉上，然後不自覺地往下移到了精緻的鎖骨上，再往下是……

他只覺鼻子一熱，一道溫熱的鼻血就流了下來。他一低頭，鼻血「吧嗒」一聲落在地板上，發出一聲微不可覺的響聲來。

夏天啊……可真是令人躁熱不安的季節呢！

第二日一早，等沈驚春睡醒起床，方大娘已經將衣服洗好、早飯做好，甚至連院子都打掃好了。

甚至於看到她出門，連洗臉水都打了過來。

沈驚春一陣尷尬。「委實不必這樣。」

方大娘笑道：「順手的事。飯在鍋裡溫著，娘子是在廚房吃，還是在外面的石桌上吃？」

沈驚春道：「在外面吧。大清早的不太熱，在外面樹下坐著還能吹吹風，比屋裡還舒服一些。」

大約是昨日那些剩菜的緣故，今日方大娘雖然多少還有些拘束，但是相比起昨日，已經自然很多。

等沈驚春漱洗完，早飯已經擺了出來。

一只小碟子裡擺著五、六顆小巧可愛的小籠包，還有一碗濃稠香甜的白粥，兩碟子看起來很爽口的鹹菜，都切得細細的擺在盤中。

沈驚春看得口齒生津。這多出來的五十文花得十分值當啊！不僅所有家務都包了，還有如此美味可口的早飯可以吃。

「做包子要提前發麵吧？大娘是不是起得很早？以後不必這樣，早上吃點容易做的就行了。」一百五十文雖然是你情我願，但到底還是他們家占了便宜，這方大娘看著年紀也挺大了，這麼折騰老人家，沈驚春實在有點過意不去。

「一點都不麻煩。」方大娘一句話就帶了過去。「早上對面的老嚴上門，說是要去衙門給娘子你們一個交代，陳公子帶著大暑一同去了，叫娘子不要擔心，說是從衙門辦完事出來後，還要去陸府一趟。」

沈驚春可一點都不擔心。

說起這慶陽府，陳淮比她熟悉多了，他那麼大個人，有什麼可擔心的？

兩三下吃完了早飯，她拍拍手在院子裡轉了幾圈消食後，就又開始動手將昨天挖上來的土給埋回去。

昨夜陳淮流了鼻血，沈驚春簡直比自己流鼻血還要慌張，手忙腳亂地給他止了血，又開始擔心起他的身體來。

年輕人熱血沸騰有朝氣，沒嚐過男歡女愛的滋味，一味的靠忍，終究不是個事。

沈驚春真的很怕忍著忍著，給他憋出什麼毛病來，有心想要把事給辦了，但陳淮就是不願意，非要等她滿十八。

瓜不甜還能強扭，但這種事情，陳淮不配合，沈驚春還真沒法來強的，乾脆懶得管他了。

等他到外面沖了個澡回來，夫妻倆才商量起後面的事。

原本在牆角下挖坑只是防患於未然，結果沒想到坑才挖好，就有人掉了進去。

這樣也好，只抓著這一個不放，就能起到殺雞儆猴的效果。他們也不是說要把余家父子和余娘子全送進縣衙挨板子，但三個人中總有一個人要挨這一頓吧？

只有樹立起原則，才能震懾住附近那些賊心不死的混混們。

忙碌了一上午，等到陳淮和大暑回來，沈驚春已經將兩個挖出來的坑原樣填了回去並且踩實。

見二人頭上冒著汗，方大娘便倒了溫水出來。

陳淮一口氣喝完一杯才道：「對門這老嚴，倒真是個聰明人，我說這事總要有個人出來擔責，他毫不猶豫地就把他媳婦推出來了。」

沈驚春奇道：「以余娘子那脾氣，恐怕沒這麼簡單就願意承認罪責吧？畢竟昨晚當場抓住的是她大哥和姪兒。」

「所以老嚴也沒跟她廢話，直接給出了兩個選擇，一個是老老實實去衙門挨這六十板子，一個是拿著休書滾回余家去。」

如今和離對於平頭百姓來說，不算是多稀奇的事情，能夠和離成功的，即便女方要揹上烈性子的名聲，但男方也絕不無辜；可要是被休回家，那就完全沒有臉面了。

更何況，若非余娘子慫恿她大哥和姪兒來偷桃，余老大也不會摔斷腿。

都說傷筋動骨一百天，夏天這個季節和溫度，躺在床上靜養可不好受。

余娘子若真的在這個時候被休回家，別說余老大了，便是她親生爹娘和嫂子那一關她就過不去。

如果她選擇去挨這六十板子，余家人也不會多感激她，因為這本來就是她搞出來的事情，且經過偷桃子這事之後，余老大的腿會不會落下什麼暗傷暫且不說，便是他養好了腿，也不可能像以前那樣對余娘子這個妹妹了。

算來算去，這老嚴居然也算是因禍得福，所以陳淮才說他是個聰明人。

這下好了，在衙門打板子，事情傳出去，只怕短時間內都沒人再敢打她家桃子的主意，畢竟前車之鑑還在這兒擺著呢！

聊完這事，夫妻兩個又簡單地說了一下陸家的事情。

陸池雖然有些遺憾這個泥活字沒有具體的配方，可有了研究方向，就已經足夠讓人喜出望外了，並且承諾，只等這個泥活字研製出來，以後印出來的書賣出去，就分沈驚春一成股。

「我不用這一成股，我既沒有參與研製，也沒有付出什麼，只不過就是提了一句話罷了。大師兄若有心，就把這一成股能夠分得的銀錢，以畢昇的名義拿去捐助給慈幼局吧。」

錢是個好東西，這個世上大概沒有人不愛錢，沈驚春也不例外。但陸家這個錢可不是那麼好拿的，她就不說什麼君子愛財、取之有道的話了，多的不說，單說陸家那個大師嫂那裡，恐怕就過不去。

任誰辛辛苦苦地把東西做出來了，一個只動動嘴皮子、全家都沒有任何參與的人就要來分走錢，只要是個人心裡估計都會不爽。

而把這錢捐給慈幼局就不一樣了，雖然打的是畢昇的名義，可若是有心人一查，還是能查到是陸家捐助的這筆善款。

要知道，像陸家這樣的書香世家，最看重的就是所謂的名聲。

這樣一來，只怕那大師嫂也說不出什麼話來。

而沈驚春自己，有空間和木系異能兩樣金手指傍身，想要多少錢她都能自己掙來，何必非要死咬著這點賣書的錢不放？

「好，回頭我與大師兄說一聲。」陳淮沒有任何遲疑。

吃過午飯就沒什麼事了，沈驚春也沒出門，而是拿了本話本看，陪著陳淮溫書。

至於到慶陽府的另一個原因，推銷自家的燒椒醬這事如今倒也不急，畢竟陳淮明天就要去考試了，等他進了考場，她再忙其他的事情也不遲。

二人就在桃樹下看了一下午的書。

到了下午三、四點的時候，方大娘的外孫果真來了。

少年看著十三、四歲，中等個子，皮膚偏白，長得還算是眉清目秀，揹著個小書箱，看起來一副乖乖少年的樣子。

進了院子先是問了一聲好，才進廚房與方大娘打了招呼，隨即就遲疑地拿出了筆墨，準備抄書。

眼見著他在廚房拿出了文房四寶要開始抄書，沈驚春便湊過去朝他道：「廚房光線昏暗，你去院子吧。」

韓克儉忙起身，躬身行了一禮，也未拒絕，收拾東西到了院中。

「你這是在抄書？」

少年坐得端正，身形筆挺猶如一棵勁松，普通的相貌和洗得發白的衣服也不能掩蓋住他身上那種出眾的氣質。

「是。」韓克儉執筆的手只頓了頓，就又開始寫了起來。

沈驚春仔細一看，那毛筆都已經開叉了，可少年卻還能將字寫得端正。「慶陽府這麼多書局，竟還用抄書嗎？」

韓克儉道：「用的，很多偏門的書籍或是筆記之類的，書局沒有，就需要手抄。我的字不怎麼樣，找我抄書的人少。」

在沈驚春看來，韓克儉這一筆字已經寫得很不錯了，至少比她那一筆狗爬字好得多。

見她還想再問，坐在一邊的陳淮就出了聲。「妳不要打擾別人抄書，抄錯一個字，這一整頁都要重來。」

「好的。」沈驚春做了個封嘴的動作，忍著心裡對韓克儉的好奇。

方大娘的手腳索利得很，天還沒黑，飯已經做好了。

樹下看書、抄書的三人各自將自己的東西收了，飯依舊擺在外面這張石桌上。

眼看著方大娘又要帶著韓克儉退回廚房，等他們吃完了再吃剩菜，沈驚春乾脆道：「我也不強迫你們上桌了，要麼你們跟大暑一樣，盛飯挾了菜去廚房吃；要麼我撥一些菜出來，你們到廚房吃。」話一說完，就見方大娘皺著眉頭。

沈驚春就知道會是這樣，所以乾脆將目光移到了韓克儉的身上。

小夥子果然沒有讓她失望，鄭重地朝他們行了一禮，就拉著方大娘去廚房盛了飯出來挾菜了。

今天這頓飯吃得比昨天快多了。

吃完晚飯，等方大娘收拾好了廚房要離開時，陳淮才將自己抄錄的幾份院試的試卷拿給韓克儉，道：「一筆好字，能夠讓閱卷的考官先入為主對你有個好印象；字寫得欠佳者，即便滿腹經綸，也會名落孫山。工欲善其事，必先利其器。王僧虔在《又論書》裡說：『子邑之紙，研染輝光；仲將之墨，一點如漆；伯英之筆，窮神靜思。』若你已經掌握了筆法，卻依舊苦苦掙扎，不能再有寸進，或許是天賦如此；可你若是缺少一枝好筆，書寫起來又如何能夠得心應手呢？當然，我說的好筆，無關價格高低，而是讓你用起來能夠如臂使指的筆，你現在用的顯然不算。

「不要信那些善書者不擇筆的言論，都是誤人子弟。善書者不是不擇筆，而是善擇筆，正是因為能夠分辨每一枝筆，才能成為一代大家，譬如前朝四大家之首的蘇大家，就是一位十分善擇筆的書法家。」

韓克儉抿著嘴，一張臉很快就紅得能滴血了，朝著陳淮鄭重地施了一禮道：「多謝陳先生指點。」

陳淮擺擺手。「我也就是隨口說兩句，當不得你一句先生。給你的東西自己看，不要外傳。」

「好的，先生。」韓克儉抿著嘴，靦覥一笑。

第二日，余娘子慫恿娘家大哥及姪子偷桃子不成，反被自家男人送進衙門挨了板子的事，以迅雷不及掩耳之勢在柳樹巷附近的圈子裡傳開了。

短短一天，沈驚春對外的形象，就由嬌俏可人的書生娘子，變成了一個睚眥必報、心狠手辣的毒婦。

經過一晚的發酵，隔天沈驚春送陳淮去考場時，她的形象又從毒婦變成了一個面目可憎的母夜叉。

兩人出來時，她還隱隱聽見附近專門趕來、準備趁著送考的時候一睹她真容的吃瓜群眾發出驚呼，大抵都是什麼「長得這麼好看的娘子，怎麼心腸那麼壞」之類的。

沈驚春聽在耳中，可是一點都不生氣，畢竟是誇她好看呢，不是嗎？

巷子被吃瓜群眾圍了個水洩不通，前日定好的馬車根本進不來，兩人如同雜耍的猴一般，在無數道目光的注視下，拎著東西往外走。

沈驚春的拳頭在周圍的高談闊論中逐漸握緊，殺心漸起。

呸，不生氣才怪！

她不斷的深呼吸，默唸清心咒。

快出柳樹巷的時候，她實在沒忍住，衝牆頭上一個少年露出了一個如沐春風的笑。

那少年感受到她那藏在笑容裡的刀子，當即就從牆頭摔了下去，嘴裡還唸叨著。「娘啊，這也太嚇人了！母夜叉看我一眼，我半條命都要沒了……」

周圍原本「嗡嗡嗡」的討論聲，一下子就消失不見了。

沈驚春無語。「……」

好在沒幾步路就到了馬車處，上了馬車，車簾子一放下，馬車開始走動，後面的聲音就漸漸被甩開了。

馬車一路暢通無阻地到了考場前面的街道上，走到這兒，車很快就走不動了。

慶陽府所在的淮南路向來是科舉強路，這次院試的應考人數，據說是國朝立朝以來最多的一次，單就一個路的考生，就已經超過了兩千人。

而最終錄取的人數，卻只有三百多人。

兩個人下了馬車，付清了車費，拎著東西艱難地往前走，越走沈驚春就越覺得心驚。

這人也太多了！

兩千多個學霸，都是淮南十一個州府精挑細選出來的。

沈驚春以前對陳淮的才學可以說得上是堅信不疑，但現在也不禁產生了一絲動搖。要跟這麼多人搶那三百個名額，還要考案首，豈是那麼簡單的？

陳淮一手拎著考籃，一手牽著沈驚春，艱難地在人群中穿行，感受到她掌心的汗意，也只是微微收緊了手掌，卻什麼都沒說。

到了這個時候，再多的安慰都是沒用的。赴考的人尚且不論，外面等著的人才最是煎熬。

兩人穿過外層，到了考場外面，就見一隊隊的衙役、衛兵正在維持秩序。裡面那一塊排隊的地方，就只允許考生自己進去了，送考的人到這邊就必須止步。

來之前，話已經說了一籮筐，沈驚春覺得自己要說的話都在那一籮筐裡了，可真等陳淮自己去排隊進場的時候，她又覺得她還能再說出一籮筐來。

可最後，也只是化為短短的三個字——平常心。

陳淮點了點頭，拎著考籃去排隊了。

院試比之前的兩試還要嚴格許多，先要經過嚴格的搜身、搜考籃，再要唱保，然後還要由本縣教諭前來指認學子，以免有人冒名替考，之後再抽取號牌入場。

陳淮來得不算晚，但也絕對不早，排在中間的位置。

光搜身這一項就進行得很慢，輪到他時，太陽已經升得老高了，考場前這一塊又沒個遮擋，許多考生都熱得發暈。陳淮入場時又回頭看了一眼，一眼就瞧見人群中的沈驚春。

她彷彿自帶光芒一般，無論多少人在場，她永遠都是最亮眼的一個。

夫妻二人隔著長長的一段距離，四目相對。

陳淮微微一笑，轉身進了考場。

等搜完了身和考籃，又是唱保，最後是抽取考號。

陳淮沒有任何遲疑，直接伸手進去一個暗箱就抽，拿出來一看，是丁字六十七號。

祁縣教諭袁成吉與陸昀也有來往，見過陳淮數次，對陸昀收的這個才學、人品、相貌俱佳的關門弟子很有印象，一看這考號，神色就有點複雜了，最後看著他道：「是個說好不好，說壞不壞的位置。」

陳淮微微一笑，朝他行了個學生禮，就拎著考籃進場去找位置了。

等找到自己的位置，他就知道袁成吉說的話是什麼意思了。

丁字六十七號的位置光線充足，這樣的地方在夏天來說，本來不是什麼好位置，可因為旁邊有棵很高的大樹遮天蔽日地擋住了烈日，反而還要比別處陰涼一些。

可壞就壞在，廁所就在那棵樹附近。

陳淮剛在自己的位置坐下，就隱隱能聞到那股令人噁心的味道了。

考場外。

隨著陳淮的進場，沈驚春先前那種考前的緊張便不見了。

等陳淮的身形消失在門後，她就直接揹著自己的小背簍轉身離開。

天這麼熱，人又這麼多，汗臭味、腳臭味還有狐臭味等各種奇奇怪怪的味道混合在一起，那威力簡直堪比核彈，多聞一下都噁心。

好不容易擠出考場所在的那條街道，剛站穩，便聽身邊有人喊了聲「表姊」。

這聲音有些熟悉，但街上這麼多人，沈驚春沒覺得是在喊自己，且轉頭看了看也沒看見認識的人，因此抬腳就要繼續走。

恰在此時，街邊一輛馬車往她身前一停，擋住了她的去路，隨即車簾子被人掀起，一張嬌嫩如花的小臉出現在她面前，小姑娘張嘴就對著她喊道——

「表姊！」

沈驚春盯著這張臉看了半天，都沒確定這人到底是不是徐歡喜？

單看五官輪廓和骨相，毫無疑問，是她。

可不過大半年不見，這人的變化也太大了吧？

去年她們姊妹倆到平山村的時候，這個便宜表妹還是個骨瘦如柴的樣子，還是在她家待了段時間，才養回來一些肉，當時那樣子，說是個乞丐恐怕都沒人懷疑。

而現在整個人的氣色好了，皮膚白了，臉上也有肉了，原本枯燥的頭髮如今雖然還算不上多黑，但已經開始有了光澤，梳了一個垂鬟分髾髻，鬢間插著幾支小巧精緻的珠花做點綴，除此並未佩戴其他頭飾，顯得溫婉中帶著幾分嬌俏。

但沈驚春只一眼就看出，她頭上那幾朵珠花的做工材質都很不錯。

再看她身上穿的是一件繡著綠梅的長褙子，顯得整個人淡雅又清新，掀起車簾子的姿勢讓她露出了一小截手腕，上面套著一只成色極好的藍田玉手鐲。

見沈驚春不說話，徐歡喜俏皮地眨了眨眼，笑道：「表姊不認識我了？」

連說話的語氣都變了很多。在沈驚春的記憶裡，徐歡喜可是個很沈默、很內斂的小姑娘。

如今變成這樣，到底是這具身體裡跟她一樣，已經換了個芯子；還是說以前的表現都是假象，現在出現在她眼前的這個徐歡喜才是真正的徐歡喜？

但不論是哪一種，似乎都挺嚇人的。

「怎麼會？只是表妹的變化實在太大，我有些不敢認罷了。」姊妹相遇的戲碼，徐歡喜表現得是熱情中帶著三分驚喜；相比之下沈驚春就說不上多高興了，語氣只能算平平。

徐歡喜渾然不覺，仍舊笑道：「表姊是來送姊夫趕考的吧？哪天來的慶陽府？怎麼也不到我家去玩？如今住在何處？」

這怕是個查戶口的吧？徐歡喜表現得越熱情，沈驚春心裡的疑惑就越多，防備就越重，因此一個問題都沒回答，反而故意道：「表妹，我還有點事，改天有空再聊。」

徐歡喜聞言，臉上的笑容一下子就淡了下來。

她小姨已經不跟娘家人來往了，又被沈家老宅給淨身出戶，沈驚春、沈驚秋這對兄妹如今除了沈家隔了房的族長家還有來往，其他根本就沒什麼親戚，而她們姊妹兩個幾乎算得上是沈家如今唯一的至親血親了，她怎麼也沒想到沈驚春居然會是這樣一個反應。

沈驚春可不管她怎麼想，她剛要繞過馬車繼續走，再試探一下徐歡喜的態度，就聽見車廂裡傳來了另外一道聲音——

「沈娘子且留步。」

沈驚春只當沒聽到，繼續走。

她早知道馬車裡面有兩個人了。從她那個角度往車窗裡面看進去，雖然看不到說話的人，卻能看到她的衣服。

馬車邊站著的婢女卻一把攔在了她身前。「沈娘子可能沒聽到，我家夫人請娘子留步呢！」

這婢女長得不錯，臉上表情溫和，笑容和煦，但沈驚春不知怎麼的，忽然就想到了去年在祁縣菊園裡遇到的那個李管家。二人分明沒有任何相似之處，可給人的感覺卻又那麼相似。

沈驚春忽然很想笑，她也確實低笑出聲了，笑意盈盈地伸出手握住了那婢女露出來的纖細手腕，問她。「妳覺得我是聾子嗎？」

「什麼？」

沈驚春笑容不變，握著婢女手腕的手卻在漸漸收緊，依舊問她。「妳覺得我是聾子嗎？」

纖細的手腕怎麼能跟碗口粗的木頭相比？沈驚春才開始用力，那婢女已經覺得痛不可耐，手腕都要斷掉了一般，下意識地回道：「當然不是！」

「既然不是，那妳覺得我為什麼沒有聽到妳們夫人喊我呢？」

那當然是因為妳不想搭理我們夫人啊！婢女心中這麼想，卻不敢這麼說。

她用另外空著的手去掰沈驚春捏著她手腕的手，卻不能讓對方鬆開分毫。

比沈驚春的手還要白皙細嫩的手背上很快青筋突起，手也慢慢充血變紅。

「沈娘子還請手下留情。」車上的徐夫人終於坐不住了。她從徐歡喜的嘴裡聽過這位沈娘子的事，知道她是個不按常理出牌、特立獨行的人，但沒想到會不按常理到這個地步。

徐歡喜先下了車，然後恭敬地扶著徐夫人下車，嫡母和庶女之間相處起來有種詭異的和諧。

雙方正式打了個照面，徐夫人臉上依舊掛著極為端莊的笑容，似乎一點也沒有因為方才被沈驚春無視而有任何不悅。

「沈娘子不要誤會，我剛才喊妳留步，只是想感謝你們一家當時收留照顧歡喜她們姊妹倆而已，並沒有其他的意思。」

「哦，是嗎？」沈驚春放開了那婢女的手，慢條斯理地看向徐夫人。「那不知道徐家會怎麼感謝我？不會只是一句口頭感謝吧？」

「當然不是。這裡不是說話的地方，不如請沈娘子移步天上居，我們再細說？」

沈驚春似笑非笑地看著她，好半晌才道：「好呀！」

這徐夫人的姿態放得越低，越證明她心裡有鬼。

畢竟徐歡喜不僅是個庶女，在回到徐家前還是個讓徐夫人顏面盡失的外室女，為了一個庶女這樣低姿態，說出去鬼都不信。

除非……這人打著其他的鬼主意。

明知道對方打著鬼主意卻還坐以待斃，實在不是沈驚春的風格，她更喜歡主動出擊。

之前所有的話和動作，不過是想試探試探這些人到底想幹麼罷了。

現在既然徐夫人出招了，她自然要接招，有來有往地過幾招，才能探知對方的深淺啊！

# 第十九章

沈驚春上了車，馬車開始行駛，邊上隨行的婢女、奴僕也跟著車在走。

她掀開簾子看了看，光是她這邊跟著的就有十來人，幾個年輕美婢不算，餘下的不是腰肥膀子粗的婆子，要不就是一聲腱子肉的護院。

這陣仗可不多見。

徐夫人又不是什麼厲害的人物，出個門而已，用得著這麼多人團團把她護住？怕不是打著一言不合，直接武力制服她的打算吧？

徐家這是要找死啊！

沈驚春看著外面這些人，不由得笑了笑。

徐夫人溫聲道：「沈娘子笑得如此開心，莫非是看到了什麼好玩的？」

沈驚春放下簾子，收回了目光。「只是想著這慶陽府還真是鍾靈毓秀，我瞧著這街上走的，不論是少男、少女還是大叔、大嬸，都要比我們祁縣的有精氣神呢！遠的不說，單是夫人身邊這幾個伺候的婆子，那身板在我們祁縣也是不多見的。」

徐夫人笑容一僵。總覺得這沈娘子似乎意有所指，可剛要細看，就見她已經閉上了眼睛，靠在車壁上假寐了。

後面不管自己與徐歡喜再問什麼，她都只作簡單的回答，不是一個「嗯」，就是一個「哦」，要不就是「還好」、「還行」、「還可以」。

拒絕交談的意思明明白白，就差把「我不想說話」幾個大字寫在臉上了！

徐夫人接二連三的碰壁，心中怒火熊熊，可想到自己的打算，到底還是不能當場發作出來，只得暫時先忍下這口氣。

等到了天上居，她總不能還用假寐來拒絕交談吧？

一路搖搖晃晃，晃得沈驚春快要睡著的時候，徐夫人的聲音響了起來——

「天上居到了。」

沈驚春就坐在最外面，聽到徐夫人說話，便微微一笑，率先下了車。

他們人多，車還未停，便有酒樓負責迎賓的夥計早早地迎了上來，等在一邊。

沈驚春剛從車廂出來，那夥計便伸手來扶，她一瞧，竟然是個女夥計，相貌不算出眾，但圓圓的一張小臉看著就讓人很有好感。

徐家作為慶陽府裡數得上名的富商，這天上居的夥計們自然都認得他們家的馬車標記，見第一個出來的娘子衣著打扮很是普通，也沒有任何輕視。

女夥計臉上帶著十分得體的笑容。「娘子小心腳下。」
徐府的下人卻只站在一邊看著。
沈驚春下了車後，朝那女夥計道了聲謝，抬頭往天上居看去。
三層的酒樓裝修得富麗堂皇，屋簷下掛著一排製作精巧的宮燈，雕梁畫棟的，一看就不是平常老百姓消費得起的地方。
後面徐歡喜第二個下車，卻只有那群婢女裡面穿得最普通的一個上去扶她。
等徐歡喜下了車，又親自扶著徐夫人下車，那模樣、態度真的是要多恭敬就有多恭敬。
沈驚春不由得撇撇嘴。
這麼看來，這個便宜表妹在徐家的日子，也沒有她想像得那樣好過嘛！
三人在車前站定，整理好衣裙，便直接進了店。
這樓在外面看著便已很大，但到了裡面抬頭一瞧，只覺得比外面看著還大，整棟樓呈回字形，一樓中間是個很大的舞臺，此時舞臺中央有一名樂師在撫琴；二樓跟三樓中間的部位是空的，四條長廊相連，站在廊上向下俯視能夠清晰地看到舞臺，長廊後是一間間的包廂。
進到店裡，便又有另外的跑堂、夥計迎上來，先朝眾人問了好，然後問也不問，就準備將人往上帶。
徐夫人卻道：「今日宴請貴客，不去衡蘭廳，可有其他更好的廳還空著的？」

「自然有的，徐大公子常用的壹竹廳還空著。」女夥計說著，不動聲色地打量了沈驚春一眼。能讓徐夫人稱作貴客的，穿得再普通恐怕也不普通。

幾名身強體健的護衛全都留在樓下，只有婆子、丫鬟跟在後面一起上了樓。

一行人徑直上到三樓，徐歡喜才柔聲介紹道：「三樓的房間以梅蘭竹菊四君子為名，這竹字的幾個廳雖然只排到第三，可實際上卻是整個三樓風景最好的廳。像我大哥常用的壹竹廳，一年的花費少說也有五千兩。」

沈驚春看了她一眼，總覺得徐歡喜是在炫耀。

很快到了壹竹廳門口。

這一路走過來，有人的廳都房門緊閉，沒人的廳則門戶大開。

壹竹廳的門開著，站在門口就能看清裡面的景象。

正對著這邊大門的是通往外面陽臺的門，此刻也是開著的，外面陽臺不大，從門口看過去就能看到遠處的風景。

不遠處是一片很大的湖泊，柔和的風從外面吹進來，帶著一股湖邊特有的水氣。

進到廳裡一瞧，這廳並不算很大，但在擺設上顯然是花了心思的，一律的櫸木家具。這批家具有些年頭了，可保養得當，看上去顯得非常清貴，與整個廳裡的布置相得益彰。

角落裡還用春夏秋冬的竹子為主題的四扇屏隔了一個供人換衣的小隔間出來。

最中間是一張八仙桌，周圍擺著一套椅子，上方掛著一盞很大的八角宮燈，燈面上畫的依舊是各式各樣的竹子。

女夥計請了幾人進門後，就動作熟練地將三張椅子拖了出來。

徐夫人身邊的婢女扶著她往上座走，剛走一步，便聽徐夫人喝斥道——

「沒眼色的東西！還不快請貴客上座。」

被罵的正是之前被沈驚春捏住手腕的婢女。一路走過來，她手腕上被捏過的地方早就瘀青了，紫一塊、青一塊的，在白皙細嫩的手腕上，看著十分顯眼。

此刻又被徐夫人當眾喝斥，眼淚都差點掉了下來，深深吸了一口氣，才走到沈驚春身邊，蹲身道：「請沈娘子上座。」

沈驚春笑咪咪地看了她一眼，也沒推辭，直接在左邊的上座坐了下來，才道：「我在家裡幹慣了農活，下手沒個輕重，這位姊姊的手沒事吧？等會兒吃完飯，我去買幾瓶藥給妳抹抹吧？」

那婢女忙道不用，多的話一句都不敢說就匆匆退到了後面，見沈驚春沒有繼續追問的意思，才鬆了口氣。

天上居的女夥計眼觀鼻、鼻觀心，只做不知。等徐夫人和徐歡喜坐下，才遞上了一本菜單。

這女夥計倒比那婢女有眼色得多，直接將菜單遞到了沈驚春面前。

她接過一瞧，菜單是用粉蠟箋製作而成，單這一本菜單的價格已然很昂貴了，翻開一看，裡面的每一道菜都有配圖，畫得栩栩如生，旁邊還有一行行的小字介紹，最重要的是，每一道菜的價格都明確地標了出來。

沈驚春連著翻了幾頁，發現一道菜的價格多在五、六兩左右，越往後翻，價格越貴，到最後幾頁，價格已經飆升至幾十兩。

這哪是吃菜？吃的分明是銀子啊！

夥計見她只翻不點，便走近了兩步，低聲問道：「客人可有什麼忌口的？口味可有什麼偏好？小人或可為客人推薦一二。」

沈驚春從頭翻到尾，又從尾翻到頭，最後一合菜單，問道：「你們這裡沒有辣菜嗎？我在鄉下吃辣吃習慣了，無辣不歡。」

不說這天上居的夥計，就連見多識廣的徐夫人都被她這話給問愣住了。

「辣」這個字她們都知道，生薑、茱萸、大蒜這些東西都是辣的，平日燒菜多少會放些。

女夥計試著理解了一下沈驚春這話，但「無辣不歡」又是個什麼意思呢？總不能一道菜裡面放一半生薑或是一半大蒜吧？這樣的菜能吃嗎？

沈驚春見女夥計被問住了，索性道：「方便帶我去見一下酒樓的大廚吧？」

無辣不歡當然是真的，想推銷自家的燒椒醬也是真的。

本來嘛，她自己單獨來，這天上居的大門她都未必能進得來，因此她自己也從沒想過要將辣椒賣到天上居這種高檔酒樓，但徐夫人既然自己把機會送到了她面前，不用白不用啊！順口問一句又不會掉塊肉。

「此事小人作不得主，還請客人稍等一會兒，小人請掌櫃的上來。」她出了門，搖響了門口掛著的鈴鐺，就又重新回到了廳裡。

徐夫人有心想問問沈驚春在玩什麼把戲，可天上居的夥計還在，她就有點問不出口。

沒一會兒，店裡的女掌櫃就進了門。

女夥計將沈驚春的要求一說，女掌櫃的眼睛就亮了，言笑晏晏地上前朝沈驚春行了一禮，道：「我姓謝，是這天上居的掌櫃，這位娘子可是祁縣來的沈驚春沈娘子？」

沈驚春愣了一下。「妳認識我？」

謝掌櫃笑道：「沈娘子真是愛開玩笑，我雖是第一次見到娘子本人，現如今慶陽府但凡有幾分名氣的酒樓，誰沒聽過沈娘子的名號呢？辣椒和燒椒醬在慶陽府的飲食圈子裡早已聞名遐邇。」

沈驚春忍不住深吸了一口氣。

「知府大人的內姪就在祁縣的聞道書院讀書，適逢院試，他祖籍又在慶陽府，張公子從祁縣回到府城考試，就提到了這辣椒的事情，就是前幾天。說起來也巧，那天也是在這壹竹廳呢！他姑父是本地知府，自家又是京城勛貴，那天在這裡設宴，來的大多都是家在本地有權有勢的少年郎，經此一傳，名聲就傳出去了。不瞞沈娘子妳說，就是我們天上居，前幾日也派了人去祁縣採買這燒椒醬呢！」

謝掌櫃說得滿臉笑意，徐夫人卻聽得差點冷了臉。

知府的內姪請客吃飯，他們徐家卻沒有接到邀請，這便是為什麼她千方百計地想要兒子徐斌考取功名的最大原因。

平時但凡這慶陽府有點大事小事需要出錢的，總少不了他們徐府，當官的話裡話外都捧著他們這些商賈，可實際上呢？知府內姪請客就是個活生生的例子！

這麼想著，徐夫人看向沈驚春的眼神就帶了些志在必得。

謝掌櫃長相清秀，看著很順眼，說話也爽快，沈驚春對她的第一印象不錯。

當即便起身將放在一邊的小背簍拿了過來，從裡面拿出兩瓶燒椒醬遞給她道：「初次見面，這兩瓶便送給謝掌櫃嚐個鮮吧！」

謝掌櫃也不推辭，笑咪咪地接了過去。「多謝沈娘子了！娘子這樣大方，我也不能小氣了，今日壹竹廳的消費就掛在我帳上如何？」

按照當初的定價，這樣一瓶燒椒醬是一百五十文，這天上居隨便一道菜都夠買幾十瓶燒椒醬了。

換做一般的人恐怕沒法心安理得的接受，但沈驚春可不是一般的人。

沈驚春當即便將整個小背簍往謝掌櫃身前一遞。「我這次來慶陽府主要是陪我夫君趕考，帶的燒椒醬不多，除了自家留了兩瓶吃，其餘的都在這兒了。」

聰明人跟聰明人說話就是省力氣。

聽沈驚春這麼一說，謝掌櫃就是一喜。

張齡棠公子回慶陽府不過三、四日，他們這些聽到消息的酒樓派人去祁縣，一來一回怎麼也要七、八天。

沈驚春這背簍裡加上拿出來的兩瓶，一共是八瓶，省著點用，也能用到去祁縣採買的人回來了，在這幾天裡，別的酒樓卻是沒有這燒椒醬的！天上居本來就因為地理位置的原因占了優勢，現在又提前拿到了這醬，簡直如虎添翼！

興沖沖地問過沈驚春有無忌口，又順便問了聲徐夫人和徐歡喜，謝掌櫃就腳步匆匆的走了。

徐歡喜還好，她一共也沒來過這天上居幾次，並沒有覺得謝掌櫃這樣有什麼怠慢的，反而好奇地問道：「這辣椒和燒椒醬是什麼？表姊可真是厲害啊，總是能種出這些稀罕的東西呢！」

可徐夫人的臉色就不好看了。哪怕商人再沒有地位，他們徐家和她娘家也是這天上居的大顧客，每年光是在天上居的宴請花費，林林總總地加起來就不止萬兩，這還是她第一次被謝掌櫃這樣忽視，笑容都差點掛不住了！

還是徐歡喜開口，她才勉強穩住了，調整了一番心情，臉上才又重新掛上了笑容。

「是啊，去年那玉米到慶陽府的時候，我們徐家也買了些，吃起來確實甜香軟糯，極為可口，後來等歡喜她們姊妹從祁縣回來，才知道這玉米竟然是她們的表姊種出來的！聽聞沈娘子種花也很是厲害，技藝高超。」

沈驚春擺擺手，謙虛地道：「哪稱得上什麼技藝高超，都是運氣罷了。說起來，這歡喜兩姊妹，怎麼只見小表妹，不見大表妹？」

這問題一出來，兩人的表情都肉眼可見的僵硬了一下。

然後徐夫人才用帕子掩著嘴笑道：「正月裡由她們父親作主，歡意已經許了人家，如今正在家裡繡嫁衣待嫁呢！到嫁人之前若沒什麼大事，就不好再出來拋頭露面了。」

「哦，這樣呀……」沈驚春看了一眼徐歡喜。

「是呀！」徐夫人又道：「因只是訂親，不是成親，所以也就沒有遣人送喜帖去沈家。」

「不知大表妹的婚期是什麼時候？也好讓我們家提前有個準備。」徐夫人越不想提起徐歡意，沈驚春就越要提，偏不讓徐夫人如意。不等徐夫人回答，她又問道：「待嫁的姑娘不能隨便出門，但親戚家上門去看看應該沒事吧？不如吃完飯我跟著去徐家看看大表妹吧？大半年沒見了，我娘挺想她的，要是知道我到了慶陽卻不去看表妹，等我回家還有我一頓排頭吃呢！」

徐夫人簡直不勝其煩，很想讓沈驚春閉嘴，好在天上居的菜上得很快，說話的這麼一會兒，一些簡單的菜色已經開始上桌了。

徐夫人如釋重負，忙招呼道：「菜來了，我們先吃飯再說吧！」

「我話是不是有點多？夫人不會嫌棄我鄉下婦人粗鄙不堪吧？」

是啊，知道自己粗鄙不堪還不知收斂？還這麼張揚？徐夫人恨不得拿針把沈驚春的嘴給縫上，偏偏面上只能有些尷尬的笑笑。「怎麼會？沈娘子性格直爽、友愛姊妹，怎麼會是粗鄙不堪呢？我倒是瞧著整個慶陽府也找不到幾個比沈娘子還要能幹的娘子來了。」

沈驚春滿意地笑笑。

一頓飯吃下來，徐夫人差點被沈驚春時不時的語出驚人給弄得精疲力盡了。

不論她說什麼，這位沈娘子似乎都能找到話來噎她，反正就是怎麼噎人怎麼來。

沈驚春一頓好吃好喝、酒足飯飽後，拍拍屁股就準備走人了。

徐夫人臉上的笑容再也維持不住了。「沈娘子且慢！」

沈驚春一回頭，詫異道：「怎麼了？飯也吃了，感謝的話我也聽了一籮筐了，我說要去看大表妹，徐夫人又推三阻四的，還有什麼事嗎？」

「有個買賣想跟沈娘子談。」徐夫人真的累了，跟沈驚春這種人說話，就應該快刀斬亂麻，什麼婉轉含蓄在她這裡全都沒用！

一頓飯的時間下來，她要是還看不出沈驚春在裝傻充愣，她這個徐家當家夫人也白當了。

「談買賣？我還以為徐夫人是真心想請我吃飯、感謝我呢，沒想到是為了談買賣啊！既然是談買賣，那徐夫人怎麼不早說呢？還耽擱了這麼長時間，我最喜歡談買賣了！」

徐夫人想開了，再聽到這種話也不氣了，坐在椅子上，臉上神色淡淡，倒比之前那副假笑的樣子更有幾分當家主母的風範。「隨便沈娘子怎麼說吧，我也不跟妳拐彎抹角了，我想買妳手裡那個茶葉方子。」

茶葉方子？沈驚春下意識地去看徐歡喜。

沈驚春有點反應過來了，她就說呢，當初裝著茶葉的那只瓷罐在廚房放著，家裡人除了她跟陳淮，其他人都不喝茶，可那茶葉怎麼每天都好像少得比兩人喝的要多點。

當時沒多想，現在想來，當時那些莫名消失的茶葉，顯然是被徐歡喜給收集起來了，而徐夫人想必是試過了茶葉的味道，現在才這麼處心積慮地想要拿這個茶葉的配方。

她看著徐歡喜，嘲諷地笑了笑，又看向不再裝和善、此刻滿臉冷漠的徐夫人。「徐歡喜告訴妳的？」

徐夫人輕蔑一笑，語氣裡帶著一種居高臨下的施捨。「我徐家願意出三千兩買妳手裡這個茶葉方子。」

「三千兩？夫人是在開玩笑還是在打發要飯的？你們家大少爺一年在這壹竹廳花的錢少說都有五千兩了，三千兩就想買茶葉方子，妳未免也想得太美了些吧？守著個下金蛋的母雞，多少三千兩我掙不來？我缺妳這三千兩？哎喲，妳可別用這種眼神看著我，我好怕呀！徐夫人現在不會是在想著怎麼逼迫我就範，主動交出這個方子吧？那我可要勸勸妳老人家了，別整那些沒用的。妳徐家有錢又如何？這慶陽府可不姓徐，徐家也不能隻手遮天。」

徐夫人臉上那種輕蔑的表情已經徹底消失不見了，之前看著端莊大方的臉現在透著一股惡毒感，冷冷地盯著沈驚春的臉看了好一會兒，才緩緩道：「這事真沒得商量？」她說著就朝後方使了個眼色。

沈驚春意識到不對勁，一回頭就見一把白色的粉末直衝自己面門而來，等她想屏息之時，那粉末已經被她吸入了鼻腔裡。

倒下之前，她腦中的最後一個想法是——這古代竟然真的有這種能夠讓人瞬間暈倒的藥?!

守在門外的婆子不知道什麼時候進了門，眼疾手快地一把上前就接住了沈驚春癱軟的身體。

徐夫人鬆了口氣。不愧是重金買來的藥，當真是沾上一點就能讓人失去知覺，昏死過去。

她站起身慢條斯理地整理了一下衣裙，一轉頭瞧見徐歡喜一張臉都嚇白了，頓時心生不悅地喝道：「生怕別人不知道妳做了什麼是吧？做這副樣子給誰看？路是妳自己選的，現在後悔已經遲了！妳給我打起精神來，那謝柔可不是個好相與的，等會兒出門要是讓她看出不對來，看我不扒了妳的皮！」

徐歡喜定定地看著被婆子摟在懷中、已經無知無覺的沈驚春，低聲應了聲「是」，然後伸手在自己臉上用力拍了拍、揉了揉，白皙的一張小臉都拍紅了，才勉強扯出了一個能見人的表情。

徐夫人雖然不太滿意，可也知道這個時候不能要求那麼多，畢竟遲則生變，當即一揮手道：「走！」

幾名美婢收拾好了東西，簇擁著徐夫人就往外走。

徐歡喜跟在那婆子身邊，隨時注意著沈驚春。

一路從壹竹廳出來走到一樓，都沒瞧見謝掌櫃，眼見著就要走出天上居的大門了，背後才傳來她的聲音——

「咦？徐夫人這麼快就要走了？沈娘子這是怎麼了？」她幾步上前，以一個很巧妙的姿態攔在了大門前。

樓裡的夥計都是老夥計了，平時配合無間，她一站過去，夥計們就知道是什麼意思，門口負責迎賓的幾名夥計立即就圍了過來，直接擋住了徐家人的去路。

謝掌櫃看向被婆子半扶半摟的沈驚春，見她雙眼緊閉，雙頰之上一片酡紅，身上還有淡淡的酒味傳來，一副不勝酒力、喝醉了的樣子。

再看徐家這兩母女，徐夫人看著神色正常，倒是那徐三小姐臉上也是紅紅的。

一切看著都很正常，但正常中卻又透著一股莫名的不正常。

謝掌櫃說不出到底是哪裡讓她覺得不對。

徐夫人似笑非笑地看著她道：「謝掌櫃這是何意？莫非這天上居來了便不讓走了？」

謝掌櫃「哎喲」一聲，忙道：「瞧徐夫人說的，我哪裡是這個意思啊！只是夫人也瞧見了，這沈娘子可送了我們天上居好些燒椒醬呢，樓裡大廚還有些事情要請教沈娘子，既然她醉了，不如先去後面的客房休息一會兒，等睡醒了我們請教完，再送她回去吧？」

說什麼有事要請教，可這明明白白的防備和不放心，是個明眼人都瞧得出來！徐夫人心下惱怒，面上就顯出了兩分，冷笑一聲道：「我怎麼瞧著謝掌櫃是不放心我們徐家，覺得我們家要暗害了沈娘子不成？」

門口這點動靜，早吸引了樓裡其他吃飯的客人看了過來。

徐夫人環視一圈，其中有幾位素來就與她有些嫌隙，若叫她們開了口，只怕要脫身更難了。「好叫謝掌櫃知道，我家歡喜與沈娘子是嫡親的表姊妹，沈娘子的母親方太太是歡喜的小姨母。」

謝掌櫃看了看那名先前一直在壹竹廳伺候的女夥計，見她微微點頭確認，一時間倒是為難了起來。

她的直覺一向都挺準的，覺得這徐夫人未必安了什麼好心，可人家是親戚，她一個酒樓的掌櫃確實不好多加干涉，只得道：「徐夫人都說到這個地步了，我要是再留，倒顯得我真如徐夫人說的一般。只是我樓裡確實有事想請教沈娘子，還望夫人等沈娘子醒來後代為轉達一二，謝柔感激不盡。」

徐夫人又不是個傻的，自然能聽出謝柔是個什麼意思，也不作答，只冷哼一聲就抬腳走出了天上居。

沈驚春再醒來時，天色都已經黑了。搖搖晃晃、不停顛簸的感覺無一不顯示著她已經被徐夫人劫持，此刻正被人綁著丟在一輛不知道要通往何處的馬車上。

她只覺得渾身發軟無力，一圈又一圈的麻繩將她的手腳捆得結結實實的，剛想試著能不能掙開，就聽見後方有人聲傳來——

「老婆子我勸沈娘子不要白費力氣了，這種雙環結是越掙越緊，妳老老實實地躺著別動，也能少受些罪。」

「呿！原來這車上不只我一個人啊？這位大娘，妳也太嚇人了吧！」

馬車被垂下來的簾子遮得嚴嚴實實的，光線十分昏暗，那婆子又穿一身黑色的衣服靠在後面的車壁上，幾乎和黑暗融為了一體，呼吸聲也很淺，一時間還真的有點難以察覺。

沈驚春聽了她的話，乾脆就放棄了掙扎，老老實實地躺著道：「行吧，我聽大娘的，只不過我躺的時間有點長了，渾身有點痠，大娘發發善心行行好，把我扶起來靠著行不行？」

那婆子聽了也沒遲疑，一言不發地直接彎腰將她扶著坐了起來。

沈驚春動了動脖子，感覺整個人舒服多了，見那婆子又坐了回去，想著找她多說幾句套套情報，可接下來不論她再說什麼，那婆子都不再開口。

一連串的話問下來沒得到一點回應，沈驚春也不再自討沒趣，乾脆閉著眼睛開始養精蓄銳。

馬車在夜色中不知道跑了多久，終於在沈驚春換了很多次坐姿後停了下來。

外面一迭連聲的問好聲傳來，隨即車簾子被人一把掀起，一只燈籠從外面探了進來晃了晃。燈籠的光線柔和，若是平時絕不會刺眼，但沈驚春在黑暗中待的時間長了，這點燈光一晃就將她晃得眼睛都瞇了起來。

不遠處，徐夫人的聲音響起——

「請沈娘子下來。時間不早了，進莊子隨便吃點，早點漱洗、歇息。」

幾個婆子圍上前，直接抓著沈驚春的腳就將她往外一拖。

還好沈驚春反應快，不然只這一下，腦袋說不定就要磕在車壁上了。

等到雙腳踏上實地，那種癱軟無力的感覺才消去一些，四肢也有了些力氣。

徐夫人和徐歡喜想必已經進了莊子，外面並不見她們的身影，沈驚春只來得及抬頭看了一眼，就被身後一個婆子推了個踉蹌。

眼看沈驚春就要摔倒，那押車的婆子伸手拉了她一把，幫她穩住了身形，又低聲朝那幾個婆子道：「這可不是府裡犯了錯的丫鬟、婆子，任由妳們捏扁搓圓的，若是因為妳們而壞了夫人的事，又有妳們什麼好果子吃？」

那幾名婆子訕訕地笑笑，到底還是收斂了些。

進了莊子後，一路燈火通明，沈驚春也借著燈光一路走、一路看。這座莊子是典型的江南園林風格，規模不大，但布局精巧，小小的莊子裡疊疊假山、池水相映，在淡淡清輝之下，平添一分清新淡雅。

很快地，幾人就到了後院。

正廳裡已經擺上了飯，徐夫人和徐歡喜已就坐。

沈驚春在一眾人的注視下施施地走進去，徑直坐在了徐夫人對面的位子，笑道：「好了，人來齊了，可以開飯了。」

徐夫人都有點佩服這沈娘子了。「妳的心可真大，到了這個時候，還吃得下去？」

沈驚春笑道：「那犯了死罪要斬首的犯人，上刑場之前還能吃頓飽的呢，我現在的境地到底比死刑犯強得多吧？徐夫人妳看是把我手上的繩子解開，讓我吃頓飯再綁上呢，還是煩勞這幾位姊姊給我餵個飯？當然，如果是後面幾位大娘餵我那就不必了，粗手粗腳的多來幾次，我這小身板可受不住！」

這明晃晃的告狀，讓後面幾名婆子的臉色一下子就變了，在徐夫人眼風掃過來時就撲通一聲跪了下來。

徐夫人淡淡地收回目光，指了身邊一個婢女去給沈驚春餵飯。「我知道沈娘子身手了得，為了避免一些不必要的麻煩，沈娘子還是受累點，繼續綁著吧。」

一頓飯很快就吃完了，沈驚春在婢女的服侍下漱了口，又喝了一杯水，才舒服地往後一靠，嘆道：「有錢人的日子可真是舒服，衣來伸手、飯來張口，什麼心都不用操。」

徐夫人微微一笑。「俗話說得好，有錢能使鬼推磨，話糙理不糙。我這一路上想了一下，沈娘子的話還是有道理的，三千兩銀子確實有點少，我家願意出一萬兩銀子買妳手裡那個茶葉方子，沈娘子以為如何？」

「不如何。」沈驚春長嘆一聲道：「我倒是有個問題想問問徐夫人，妳就那麼確定，單單一個茶葉，就能幫徐家走出現在的困境？」

徐夫人一怔，定定地看著沈驚春。

徐家如今到了什麼境地，整個家裡清楚的人不超過一掌之數，連徐歡喜都單純地以為她執意要弄到這個茶葉方子，只是因為喜歡、想要。

而這個鄉下來的沈娘子卻僅僅通過這麼一點事，就能猜到徐家的情況。

她神色複雜地看著她，問道：「妳到底是什麼人？」

沈驚春反問道：「妳不知道？徐歡喜沒跟妳說嗎？我養父是宣平侯徐晏，養母崔氏，我在京城侯府長大，去年才從京城回鄉的。」

徐夫人顯然是聽過宣平侯府的名頭，臉色當即就變了。

好一會兒後，徐夫人才站起身道：「看來沈娘子還是不願意配合。明日我得回慶陽了，後日院試第一場正試考完，沈娘子的夫婿也是這次應考的學子之一吧？等到放榜後，我會帶著這次正試的消息再來問問沈娘子，希望這幾天妳能好好想想，不要做出後悔莫及的事來。」

有了那幾個婆子的前車之鑒，後面再也沒人粗暴的對待沈驚春。

等到跟著兩名婢女到了睡覺的廂房，她的腿上又被重新綁上了繩子。

沒一會兒便有人打了水來，替她隨便擦拭了一番，然後屋裡只留了那兩名婢女，其他人都帶上門出去了。

中了迷藥後從天亮昏迷到天黑，現在被綁住手腳扔在床上，沈驚春是一點都不睏。

屋裡的燈已經熄了，兩名婢女在外面的榻上擠著睡在一起。

黑暗之中視覺受到了限制，聽覺就更加敏銳了些，她聽見外面的聲音漸漸地安靜下來。

不知過了多久，沈驚春覺得迷藥的藥性終於消失，她捏了捏拳頭，渾身的力量都回來了。

她閉著眼，念頭一動，一把小巧的水果刀就出現在手上，綁在一起的雙手艱難地操作著小刀，鋒利的刀子來回劃著繩子，沒幾下就感覺一直束縛在手上的那股力量一鬆，繩子開了。

沈驚春揉了揉手腕，直到感覺雙手恢復了靈活，才割開腳上的繩子站了起來，順手撿起地上的繩子就朝外走。

兩名婢女睡得正香，絲毫不知道危險正在靠近，等到清醒過來，兩個人已經被沈驚春輕而易舉地拎起來捆到了一起，剛要張嘴叫號，睡前脫下來放在一邊、還帶著腳氣的襪子就被塞進了嘴裡。

兩名婢女一陣噁心，就要乾嘔。

不等她們吐出襪子，沈驚春就已經摸出來一條又寬又長的細布，將兩人的頭纏起來綁在了一起，用力一勒緊，打了個死結。

「放心吧，細布而已，只是讓妳們無法吐出嘴裡的東西，沒辦法叫出聲，肯定不會把妳們悶死的。唉，我可真是善良！」她伸手在兩個婢女臉上拍了拍，直接出了門。

這莊子並不是很大，護院和莊子上的男僕們都住在外院，丫鬟、婆子們住在後面的後罩房裡，而徐夫人住在正房，徐歡喜住在東廂，沈驚春則被丟在西廂。

大約是覺得她捆成那樣了萬無一失，也沒有安排一個值夜的，在清冷的月光下，整個院子安靜得可怕。

沈驚春深深吸了口氣，到了東廂外，直接從開著的窗戶翻了進去。

徐歡喜的房間裡只有兩道平緩悠長的呼吸聲，顯然主僕兩個都睡得正香。

借著窗戶外照射進來的月光，她直接摸到床邊，拍了拍徐歡喜的臉，湊近了她耳邊低聲道：「表妹醒醒。」

輕輕的拍打讓徐歡喜很快就醒了過來，一睜眼看到床邊坐著個黑影，嚇得她一嗓子就要叫出來，但尖叫聲還沒出口，一把鋒利的小刀就拍在了她臉上。

「別叫！表妹這張臉本來就長得不怎麼樣，要是叫了出來嚇到我，我一個不小心手抖一下，這臉可就要更不好看了。」

刀尖就在自己眼前晃動，哪怕光線再暗，徐歡喜也能看到刀尖上的寒光，這顯然是把鋒利的好刀。

她用力地捂著自己的嘴，嚇得渾身都在哆嗦，眼淚都嚇出來了。

沈驚春十分滿意，直接將她的床單撕了，堵上嘴、捆上手腳，單手拎著去了外間，又如法炮製地將外面睡著的小丫鬟給處理了。

正要走時，瞧見桌子上擺著幾個碗碟，隱約瞧著像是點心，她想了想，就將這些點心全部包了起來，也帶著了。

徐歡喜的屋子關著門、開著窗，徐夫人睡的正房也是一樣，因此沈驚春幾乎不費吹灰之力就將裡面的人給搞定了。

徐夫人嚇得心膽俱裂，直到被沈驚春拎著出了門才反應過來，開始拚命掙扎。

沈驚春毫不客氣地脫下鞋子，照著她的臉「啪啪」就是兩個大耳光抽了過去。

「再掙扎可就不是兩巴掌的事了。」

兩巴掌將徐夫人直接打懵了，等回過神來，沈驚春已經一手提著一個人，開了後院的角門，大剌剌地走出了莊子，出了門又回去將角門從裡面再次拴了起來，才翻牆出來，拎著人往山腳去了。

早在下車的時候，她抬頭那一眼就看到了莊子附近的環境，影影綽綽的，雖說看不太清，但不遠處起伏的山巒卻是看得很清楚。

拎著兩人走了會兒，她覺得有點累，乾脆將兩人放了下來，解開了她們腳上的繩子，一人給了一腳。「老老實實往前走，別想要花樣，刀子可是不長眼睛的！要是敢跑，我可以很負責任地跟妳們說，這刀會直接挑斷妳們的腳筋。」泛著寒光的小刀往兩人的腳踝處比劃了一下。

這人簡直就是個魔鬼！兩人嚇得腿都軟了，相互依靠著才不至於癱軟下去。

「以前我看小說的時候，經常看到評論，說炮灰死於作、反派死於話多、正派死於不補刀，也不知道妳們兩個屬於哪一類？真要說起來，夫人妳倒算個人物，為達目的、不擇手段。看來針對陸家書局搞事的也是妳吧？去年在祁縣見過貴府的大公子，給我的感覺是個挺正派的人。妳說妳對陸家這樣世代交好的人家，手段都能這麼下作，怎麼到了我這裡還要用錢來收買我呢？哦，想起來了，妳好像不久前才說過有錢能使鬼推磨，想來是因為給的錢不夠，小鬼推不動陸家這個磨盤吧？」

整個天地間似乎除了夏夜的蟲鳴聲，就只剩下了沈驚春的說話聲時不時地響起。

「不過我有一點真的很不明白，妳們這些人搞事情為什麼不能搞全套呢？妳說妳之前在天上居給我撒的那把迷藥，後面為什麼不繼續用呢？妳要是繼續給我吃迷藥，不就什麼事都沒了嗎？還輪得到我反綁妳？」

一直沒反應的徐夫人終於開始憤怒了，停下了腳步，嘴裡「嗚嗚嗚」地怒視著沈驚春。

她倒是想用迷藥，可這種迷藥並非有錢就能買到，就那一包，還是她千辛萬苦才搞到手的！

原以為沈驚春這樣一個鄉下小丫頭，能見過什麼世面？鄉下很多人一輩子連三百兩都沒見過，三千兩買方子還不是哭著喊著求著賣？

沈驚春笑咪咪地看著她。「妳說啥？我聽不清啊！哦，妳的嘴被我堵住了，沒法說話。算了，妳別說了，反正我也不想聽。」一說著，腳抬了起來準備踹。

徐夫人一看，哪還敢再放肆？忙轉身往前幾步，避開了這一腳。

兩前一後，三人一路往山上走，到了山腳兩人就已經沒力氣了，卻還是咬著牙堅持，根本不敢停下來，因為一旦停下，沈驚春的腳就會踹過來。

不知不覺中，天色漸漸亮了，沿著蜿蜒崎嶇、凹凸不平的山路走了大半夜，三人終於走到了半山腰。

這山比東翠山還要高些，從半山腰看下去，散布在山腳下的建築已經變得很小很小了。

沈驚春走了一夜，也有點累，不太想走了，乾脆拽著兩人找了棵枝繁葉茂的大樹，將她們綁了起來。

一夜的摸爬滾打，兩人原本穿在身上的寢衣被路上的荊棘劃破，露出了大片白皙的肌膚。

沈驚春將她們綁好就不再管，到了山道邊往下看。徐家莊子這邊沒有住戶，山腳下這片位置除了他們這個莊子外，就是大片的農田，與莊子最近的村子，看著距離怎麼也有兩里路，這也是山路難行最主要的原因，因為走的人少。

觀察完山下，她又到附近看了看，這山還別說，風景真是挺好看的，就在不遠處，還有條小小的溪流涓涓流過。沈驚春順手在路邊摘了片不知名的大葉子，裝了些水後又回到了綁兩人的地方。

「很渴吧？回答幾個簡單的小問題，就可以喝水了。同意的話點點頭。」

話音一落，徐歡喜就瘋狂地開始點頭。

沈驚春一手捏著葉子，一手解開了綁在她嘴裡的布條。

「第一個問題，這裡是哪裡？離慶陽府多遠？」

徐歡喜想也不想就道：「南豐縣附近的清崖山，離慶陽大約八、九十里路。」

沈驚春皺了皺眉。這個距離可不近，光靠兩條腿走回去，恐怕就得走一天了。

「第二個問題，現在的妳跟之前的妳相比，簡直判若兩人，我想問問，是什麼讓妳變化這麼大？」

這個問題讓徐歡喜沈默了，好一會兒才道：「表姊既然出身宣平侯府，便應該知道，不論是權貴還是富紳，家裡都有很多莊子吧？許多沒辦法直接處理掉的人，都會用各種各樣的名義送到莊子上去，要不了多少時間，這人就會不知不覺的死去。」她抬頭看了一眼沈驚春。「我姊回到徐家，大約也是這個下場。」

沈驚春震驚了。如果她理解得不錯，徐歡喜的意思是，她早知道徐歡意回到徐家後，等待徐歡意的只有死亡，所以在沈驚春說要把她們姊妹倆送回去的時候，她就動了心思，想要把茶葉送到徐夫人面前，換徐歡意一條小命？

徐歡喜才多大，竟就有這樣的心計了？這多可怕啊！

要是再給徐歡喜十年時間成長，沈驚春自問，就是再來十個她，也玩不過徐歡喜啊！

沈驚春艱難地嚥了口口水，默默地解下身上裝著點心的小包袱。

一晚上下來，這些原本看上去精緻可口的小點心，已經被擠壓得不成樣子了。

沈驚春一口水、一口點心地餵著徐歡喜，等她吃了快一半，才又去小溪邊打了一次水回來，解開了徐夫人嘴上的布條。

「本來有一籮筐的話想問的，但是現在我什麼也不想問了，都說知道得越多死得越快，我還想多活幾年。

「徐夫人既然這麼喜歡用科考來威脅別人，那麼現在，妳就自己嚐嚐被威脅的滋味吧。我從妳家別院出來，一共就帶了這些點心，餵妳吃完後，我就下山回慶陽了。等到放榜那天，我會託人將妳們兩個被綁在山上的消息帶給徐大公子。

「今日是正試，明日交卷出場，這一場的成績會在正試後的第三天張榜出來，掐頭去尾算起來，徐大公子拿到妳們的消息大概是四天後。夫人放心，人在不吃不喝的情況下，大概能活三至七天，都說好人不長命，禍害遺千年，像夫人這種蛇蠍心腸的，活個七天肯定不成問題。」

這一下算是直接捏住了徐夫人的命門。

成績出來的第二天，就要開始複試。

徐大公子如果正試榜上有名，就要面臨是繼續赴考還是親自來救他娘的抉擇。

人都是現實的，很多道理不是不懂，但真到了自己頭上卻沒幾個人能做到。

徐斌如果繼續參加考試，徐夫人再如何愛重這個兒子，日後想起今日來，心中多少會不舒服，母子兩人就有了隔閡。

如果放棄繼續考試，雖說日後還能繼續考，但第一場過了，第二場卻缺考，徐夫人知道後心中又會如何懊惱呢？

擔驚受怕一整晚，臉上又早卸了妝，徐夫人總算有了這個年紀該有的歲月感，臉上細紋明顯，臉色十分難看。加上昨晚沈驚春用鞋底抽了她兩下，臉頰此刻也有些紅腫，因此徐夫人此刻要多狼狽就有多狼狽。

徐夫人很想如對待府裡的婆子一般，一口唾沫吐到沈驚春臉上，可她不敢。沈驚春就是個徹頭徹尾的瘋子，真的什麼事都做得出來！如果真激怒了她，她將這包點心丟掉，沒有這些吃喝的支撐，想要活到被救，真的很難。

徐夫人又憤怒、又憋屈，卻不得不暫時嚥下這口氣，忍氣吞聲地將點心吃了。

等她倆吃完，沈驚春又弄了些水來給她們喝了，才又重新將兩人的嘴給封了起來，一手拎著一個往更隱蔽的山林裡鑽進去，找了個地方將兩人重新綁到了樹上。

做完這些，沈驚春才從另外一邊的小路下山。至於山上這兩人能不能活到徐斌等人找來，就不是她需要考慮的問題了。

怕被徐家莊子上的人碰到，沈驚春下了山後一路挑著人少的地方走。

她運氣真的挺不錯的，從山上下來走出去四、五里路，就碰上一輛去南豐縣的牛車，她付了車資，順利地搭上了車。

等牛車晃晃悠悠地到了南豐縣外，已經快到午時了。

她不敢耽擱，只匆匆買了幾個包子，就去車馬行雇了輛馬車往慶陽趕。

緊趕慢趕的，終於在城門關閉之前趕到了慶陽。

這南豐縣來的車伕對慶陽的大街小巷並不熟悉，於是到了車馬行後又換了另外的馬車往柳樹巷趕。

等到馬車在巷子口停下，看到周圍還算熟悉的景色，她才算是鬆了口氣。

快步到了自家院子前，見門上沒有落鎖，院門是從裡面拴起來的，就知道大暑肯定在家，沈驚春抬手就敲響了院門。

門一響，很快就有腳步聲傳來，大門被打開，露出大暑一張憔悴的臉來。

瞧見沈驚春，大暑先是愣了一下，然後「哇」的一聲，蹲在地上哭了起來，真是見者傷心，聞者落淚。

廚房裡的方大娘和韓克儉聽到聲音後出來一看，見是沈驚春也怔了一下，隨即喜道：「娘子回來了！」

方大娘小跑著上前，一把將大暑從地上拉了起來。「你這孩子哭什麼？娘子回來了是好事啊！」

沈驚春有點哭笑不得，反身將門關上，就往廚房走。「鍋裡可還有什麼吃的沒有？我快要餓死了。」

從昨晚那一頓到現在，她不過吃了幾個包子而已。空間裡倒是有吃的，可都是些米、麵，餅乾跟麵包這些東西早被幾年的末世消耗完了。

方大娘忙道：「有呢！不知道娘子什麼時候回來，飯菜一直溫著呢！」菜、飯都盛在小碗裡放在鍋裡溫著，重新上桌已經不如剛炒出來的菜口感好，但沈驚春還是吃得一臉滿足。

等吃完了飯，她才捧著一杯溫水，聽大暑說這一天來的事情。

「昨天娘子一直沒回來，起先我還覺得沒什麼，可等大娘將晚飯做好後娘子還沒回來，我就覺得有點不對了，想著出去找一找，方大娘和韓兄弟聽了也跟著我一起找，結果找到宵禁了也沒打聽到娘子的消息……」大暑說著，眼眶又紅了。

方大娘拍拍他的肩頭，繼續道：「宵禁之後不許外出，我們只能回來。這孩子實心眼，一整晚擔驚受怕睡不著，早上天不亮，宵禁一過，就又爬起來去找。後來還是碰到了蔣大姊，說昨日在考場那邊見到娘子上了一輛大戶人家的馬車，我們去那附近打聽才知道是徐家的，結果找上門去，那徐家的門房卻說不知道什麼沈娘子、張娘子的，一口咬定沒見過，我們連大門都沒能進去，就被打了出來。」方大娘說著，看著沈驚春，猶豫了一會兒才問道：

「娘子去哪兒了？」

沈鷩春捧著水杯笑道：「去南豐縣了。聽說那邊有座道觀很出名，我本來想去燒香祈福保佑夫婿考過院試，結果到了那邊才發現，那道觀已經被封了。這事我跟大暑說過了，想來是他沒聽見。」

大暑一愣，剛想問沈鷩春什麼時候說過？身邊的韓克儉就悄悄用胳膊碰了碰他。

方大娘跟著笑道：「我就說娘子不是讓人擔心的人，都怪大暑這孩子，聽話不聽全。」

時間已經太晚了，方大娘祖孫倆就在陳家小院裡住了一晚。

# 第二十章

第二日一早，就有前幾日定好的馬車上門來接沈驚春去考場，大暑這次說什麼也不願意在家等著了，死活都要跟著一起去。

進考場那天因為要排隊入場，有個緩衝，今日從考場出來，就是兩千多名考生一起被放出來，因此馬車在離考場還有兩條街的時候就進不去了。

兩人只得下了車，步行過去。

考場外那片空地上已經站滿了人，密密麻麻的全是黑壓壓的人頭，只在中間留出了一條路供人行走。

大暑看見這景象不由得發出一聲驚嘆。「這人也太多了吧！」

人確實很多。

原本的科舉院試都在各地的府城進行，自從科舉改革之後，所有考生都要去類似省城的地方考試。

能讀得起書的，大多數都是家境優渥的，很多考生家裡都有人來陪考，再加上本地還有許多閒著沒事幹的老頭子、老太太就愛湊這種熱鬧，人不多才怪。

沈驚春仗著力氣大，一路拽著大暑往裡擠，硬生生地從後排擠到了前排。

到了地方站定後，接下來就是等著考生交卷出場。

沒多久，考場那兩扇沈重的大門就被人從裡面打開。

考場外來接考生的人，一個個都伸長了脖子往裡看，沈驚春也不例外。

她在現代的時候大考，爸媽沒接也沒送，也就第一天她哥順道送了她一下，因此別提什麼接送別人的經驗了。現在站在考場外等著陳淮出來，也不知道是不是受周圍這些人的影響，那感覺真別說，真的挺激動的。

大門一開，裡面就陸續有考生往外走，來接考生的人群中時不時地響起呼喊的聲音。

早春和深秋考試怕冷，要在考場裡面過夜，許多考生還沒考完，就先生病被送出來了；而夏天考試又怕熱，在那種逼仄的小房子裡待幾天，那溫度真不是一般人能受得了的。

從裡面走出來的考生大多都是一臉菜色，有的甚至前腳剛跨出考場大門，後腳就堅持不住地暈過去了。

沈驚春等了好一會兒，才看到陳淮的身影出現在視線裡。

不等她出聲喊，陳淮只掃視一眼，就徑直走了過來。

只一眼，他就發現自家媳婦的狀態不對勁，她眼下的烏青太重了。以他對她的瞭解，沈驚春絕不是那種會為了一個小小的院試就擔心得茶不思、飯不想的人，如今這模樣，只能說明在他考試的這幾天裡發生了什麼事。

陳淮臉上的笑容一下子就沒了。

不知從什麼時候起，二人之間就有了一種默契，只須一個眼神、一個動作，就能知道對方所想。沈驚春朝他眨了眨眼，低聲說了句「回去再說」，也沒管陳淮聽沒聽清，就朝他身後看去。

與陳淮一同出來的，可不就是徐家大公子徐斌嗎？

不等沈驚春開口，徐斌就笑道——

「沈娘子……」

剛開口說了一句話，就有個女子從遠處撲了過來。

幾人都嚇了一跳，沈驚春下意識就拽著陳淮往一邊避去。

徐斌躲避不及，被來人給撲了個正著。

女子一把抱著徐斌的大腿哭道：「大公子！不好了，夫人不見了！」

所有人的視線都看了過來。

徐斌臉色一沈。聽到他娘不見的消息，他心中也很著急，迫不及待就想問問是怎麼回事，可到底顧忌著娘親的名聲，深吸一口氣後還是穩住了，低聲怒喝道：「大庭廣眾之下，成何體統！夫人好好地在家，妳胡說八道什麼？還不起來！」

那婢女還想再說，可一抬頭看見自家大公子一張冷臉，那話就說不出來了，嚇得鬆開徐斌的大腿，抹著眼淚站了起來。才剛站穩身體，就瞧見了站在一邊的沈驚春，一張俏臉上的血色頓時褪盡，腿一軟，好險沒有暈過去，一手指著沈驚春，驚道：「妳……妳妳妳……妳不是……」

陳淮眼風一掃，淡淡地道：「看來貴府的規矩著實不怎麼樣啊！」

徐斌一聽，臉更黑了。

他早知道聞道書院的院長陸先生有個才學出眾的關門弟子，上回去平山村因為有事，接了徐歡意姊妹就走了，沒有多留，這回院試，他與陳淮比鄰而坐，聊了幾句才知道對方的身分。

徐斌本來就佩服陳淮的才學，知道他是沈驚春的夫婿之後，因著徐歡意兩姊妹的原因，大家也能扯上親，心中更添幾分親近，有心想要深交。結果這才開了個頭，家中婢女就給他扯了後腿。

他一抬頭，就見自己身邊的兩個小廝也找了過來，忙指著婢女道：「還不將她帶走！」說著朝陳淮夫妻鄭重地行了一禮。「實在對不住，家中不懂事的奴僕冒犯了沈娘子，我這就回去發落了她，回頭再上門給沈娘子賠罪。陳兄，在下就先走一步了。」

陳淮手一抬，朝他拱了拱手。

他們二人出來的時間本來就相對靠後，又耽擱了這麼一會兒，考場外的人已經散了大半。

等徐斌領著人一走，沈驚春三人也隨著人潮慢慢往外走，到了馬車邊，一言不發地上了車。

大暑算得上是自己人，可外面的車伕不是，陳淮也就沒在車上問，只靠著車壁閉目養神。

等到回到家裡關上院門，陳淮張嘴就想問，沈驚春卻連忙把他往雜物間推。

「有天大的事也給我容後再說，現在你先給我去洗個澡！這一路過來差點沒把我臭暈過去，人家那馬車回去都得好好通通風才能用了！」

陳淮有些哭笑不得，被推著進了雜物間一看，邊上沈驚春改裝過的置物架上，他的換洗衣物已經好好地擺在了上面。

外面沈驚春又招呼著方大娘往裡面提熱水，大夏天的，水不用多熱，大鍋、小鍋的熱水全部倒進去，再兌一些冷水進去，便能好好泡個澡了。

鍋裡的水一舀完，又放了冷水進去繼續燒。

等陳淮洗完出來，兩鍋熱水又燒好了，沈驚春忙招呼他過來。「再洗個頭，你這頭上的味道比身上還難聞。」

陳淮老老實實地走過去，在兩條拼起來的長凳上躺下，看著沈驚春忙前忙後。

方大娘早在陳淮洗澡的時候就出去買菜了，還把大暑這個大燈泡也一併帶走了，現在整個院子裡只有他們夫妻二人，氛圍顯得溫馨又自然。

沈驚春將陳淮挽髮用的簪子取下，將他一頭長髮全部打濕了，才開始低聲說起這兩天發生的事情。

剛開了一個頭，陳淮的臉色就已經很難看了。

「反正後面就是她們綁我不成，反被我綁了。」沈驚春邊清洗著他頭上皂角搓出來的泡泡邊說：「徐家的婢女既然那麼說，那就證明徐夫人和我那便宜小表妹還在山上沒被找到呢！我的意思是，徐夫人既然這麼想壞人前程，那就讓她自己嚐嚐那種感覺，等到放榜那天再將消息透露給徐斌。再者，我想著你能不能聯繫到三師兄，趁徐夫人不在，徐家上下忙著找她的時候，給他們家使點絆子？不說把徐家搞破產，起碼也讓他們脫層皮。」

沈驚春話音落下後，陳淮仍閉著眼睛沒說話，好一會兒，等沈驚春拿了帕子替他絞乾頭髮，扶著他坐了起來才道：「三師兄如今不在慶陽，鞭長莫及。而且，真要整治徐家，用不著陸家出手。」

他看著沈驚春神色如常的一張臉，還是忍不住開始後怕。這次她能逃脫是她天生力氣大，若是換了旁人呢？豈不是就要被徐夫人逼得就範了？

而且，就算到時候交出了茶葉的製作方法，恐怕以徐夫人那樣心狠手辣的脾性，也不會放過她的，畢竟，只有死人才不會開口亂說話。

他坐在凳子上，一把抱住了沈驚春的腰，悶聲道：「還好妳沒事。」

「快放手！你頭髮還沒乾呢，別把我衣服給弄濕了！」沈驚春話是這麼說，但伸出去的手到底還是沒將陳淮推開，遲疑了一下反倒落在他背上，安撫似的輕輕拍了幾下。

二人溫存了一會兒，陳淮的臉色也恢復了正常，才開始說起後面的事情來。

「這慶陽府地界有兩個商盟，一個是永信，由本地幾家商賈牽頭；一個是福昌，是外地來的幾家商賈。這兩個商盟向來勢同水火，之前我與妳提過的柱國公府的忠僕，一直替陳牧在外經營一些隱秘產業，原本重心一直在北邊，自從前些年找到我之後，漸漸就將重心轉移到了南邊，這些年更是在慶陽扎了根。

「徐雍二次墜馬卒中，現在已經不能理事，徐夫人早就是名副其實的當家人，只要將她出事這件事傳出去，多得是人想要啃徐家這塊硬骨頭。再者，徐夫人既然鋌而走險，不惜綁架妳也要獲取茶葉的製作方法，那徐家的情形顯然已到了不樂觀的地步。

「背後惦記著徐家家財的人，原本或許還顧忌著身分，不好直接對徐家下手，但只要徐夫人失蹤的消息傳出去，徐家亂起來，那背後之人說不定會渾水摸魚，趁著這次機會徹底將徐家的家產奪過去也未可知。」
陳淮微微低垂的雙眼中透著一股森然的冷意。
原本他已經下定決心不再跟柱國公府那些人有什麼聯繫了，至於能不能替陳牧翻案，他也只能說盡力，能否有機會全看天意，但現在徐夫人竟這麼喪心病狂，動到沈驚春頭上來了，這比直接斷他前途還要讓他難受。
百足之蟲，死而不僵，以扶之者眾也。
對於徐家這樣的門第，如果不能徹底將她打落塵埃，等待著沈驚春的只有永無休止的報復。
「想必徐斌很快就會上門，到時如果問起來，妳直接給他一個似是而非的答案，將他支到南豐縣去，只有這樣，原本可能還會觀望一陣子的人，才會迫不及待的出手。」
這就是所謂的趁他病，要他命。
機會是留給有把握的人，徐家一片混亂，此時不出手，等到徐夫人被找回來，徐家緩過氣來，再想吞併他們家，就沒有機會了。
沈驚春笑咪咪的點頭應是。「你一個書生，倒是懂得挺多。」
商量好了後面的事情，陳淮的臉色也好看了不少，見沈驚春心情不錯，也跟著笑。「懂得多才能保護想保護的人，我只恨我如今不夠強，如果我現在是個舉人而非童生，那徐夫人行事便會顧忌幾分，未必敢像如今這樣，直接把妳擄走。」

「你現在要真是個舉人，恐怕早不在平山村了，哪還能輪到我把你拐回來當上門女婿？」

「這麼說起來確實有道理。」

二人說了會兒話，方大娘與大暑就買完菜回來了。

考場的環境不行，吃不好、睡不著，陳淮雖然看著精神還不錯，但眼下也是一片烏青，一看就是沒有好好休息。

所以中午沈驚春直接交代做了個麵片湯，吃完後稍微歇了一會兒，就催著陳淮去睡覺了。

到了下午，徐斌果然帶著許多禮物上門，一進院子叫下人們放下禮物，就非常開門見山，直接一揖到底。

「我知道我娘做下惡事，我沒有臉求沈娘子原諒，但身為人子，徐某還是厚著臉皮求沈娘子放我娘一馬。沈娘子有任何要求儘管提出來，但凡徐家能辦到的，無有不應。」

沈驚春往旁邊讓了一步，直接避開了這個大禮，奇道：「徐大公子這是做什麼？我倒是有些聽不懂了。徐夫人不是好好地在家嗎？」

徐斌苦笑道：「我知道任何人被那樣對待，恐怕都恨不得對方直接去死，我不敢求沈娘子原諒我娘，只求沈娘子能夠留她一命，哪怕是看在二妹妹的面子上。二妹妹年前就要出閣了，若是嫡母出事，只怕這好不容易得來的婚事也要沒了。」

他不提徐歡意還好，一提起來，就讓沈驚春想到徐歡喜那個小白眼狼。「先不說我根本不知道徐夫人到底出了什麼事，就說大公子你說的，既然恨不得對方去死，那必然是恨到了極點，又有什麼理由放過呢？大表妹的婚事要真因這些原因沒了，只能說明她的緣分還沒到，大公子你說是不是？」

徐斌苦笑一聲，腿一彎，直接在沈驚春面前跪了下來。「如果沈娘子見過我娘，還請告知。」

沈驚春本來都已經做好了因為她拒不配合，要跟徐家人對簿公堂的打算了，甚至連之後的說辭都想好了，卻不想徐斌直接來了這麼一齣！

要知道，在古代，男兒膝下可是有黃金的，尤其是對於徐斌這種大少爺來講。

徐夫人這樣的人居然能生出徐斌這樣的兒子來。

沈驚春看著他，半晌才道：「昨日我去南豐縣燒香祈福，似乎見到過徐夫人，徐大公子不妨往南豐縣那邊去找找，說不定徐夫人還在那邊遊玩，沒回來吧。」

這就是明著說徐夫人還在南豐縣了。

再多的話，沈驚春一句也不肯多說了。

徐斌知道再問也問不出什麼來，便帶著人急匆匆地走了。

陳淮昨天一覺睡醒時天色已經擦黑，他匆匆吃了一碗飯就出了門，幾乎是掐著宵禁的點回的家。

今日等沈驚春睡醒問起來才知道，昨天下午在考場門口發生的事情，福昌商盟的人已經得到了消息，不用陳淮去說，他們就先一步聯繫了安插在徐家的眼線。

這種小眼線平時雖然接觸不到什麼機密的事情，但徐夫人失蹤這件事，早就被徐家下人傳得沸沸揚揚，等徐斌從考場出來後再要整頓內宅已經晚了，該知道的人都知道了，不該知道的人也知道了。

昨天下午，幾乎是徐斌前腳才出慶陽地界，後腳福昌的人就動了手。

徐夫人只得一子一女，但徐雍除了正妻生的兩個子女和徐歡意姊妹，還有三個庶子和兩個庶女。

最小的庶子和兩個庶女還好一點，年紀比徐歡喜還小。

兩個年長的庶子卻只比徐斌小一、兩歲而已，卻因從小被徐夫人打壓得厲害，文不成、武不就的，直接就給養廢了。

聽到徐夫人失蹤的消息，他們只差請個戲班子來家裡慶祝了，福昌的人只稍微一勾，兩人就上了鉤，下半午加一晚上，兄弟倆就直接在賭場輸掉了五萬兩。

這五萬兩銀子對徐家來說不算什麼，九牛一毛罷了，可對這兩個庶子而言卻是個天文數字。徐家有錢，平日裡穿衣、吃飯都是公中出錢，除此外家裡幾位少爺不論嫡庶，成年的都是二百兩的月銀。五萬兩銀子，光靠他們自己，就算每個月一分不花，兄弟倆加起來也得存上十年！

賭場帳單一亮，徐家兩個庶子直接就傻住了。

這麼多年來，在嫡母的打壓下，他們除了吃喝嫖賭，什麼都不會，加上徐夫人還一直暗示，若是他們兄弟都老老實實的、不想著跟他們大哥徐斌爭家產，到時候分家出去，還是會分給他們一筆銀子的，所以這麼多年來他們根本沒存什麼錢。

賭場的人看到兄弟倆拿不出錢來，又是威逼、又是利誘，說什麼徐家這麼多家業，別說五萬兩了，就是五十萬兩，那也是閉著眼睛往外拿。還說大家都是體面人，也做不出什麼上門逼債逼得人家破人亡的不體面事情來，都是老熟人了，他們賭場的規矩兄弟倆也知道，百兩以下還不上砍手指，千兩砍手掌，萬兩砍胳膊，萬兩以上就是一條胳膊加一條腿。

說這話的時候，賭場的人還拿著斧子在他們身上不停的比劃，徐家兄弟差點都嚇尿了。

賭場的人本來就是收了錢要給兄弟兩個下套的，為的自然不是這五萬兩，看著效果到了，也是見好就收，話音一轉又替兄弟兩個可惜了起來。

說什麼都是一家子親兄弟，那徐大公子出門是什麼排場，他們兄弟出門又是什麼排場。五萬兩銀子罷了，怕是徐大公子隨手就能從徐家帳房支取，難道他們兄弟兩個真的甘心看著萬貫家財全部落進他們大哥口袋裡？又說現在徐夫人失蹤了，徐大公子也不在慶陽，可不就是奪權的好時機嗎？

徐家兄弟被說得蠢蠢欲動。

徐夫人先前答應分家時會分給他們兄弟的財產，與徐家的家業比起來，簡直不值一提。試問如果可以選，誰會為了一粒小芝麻放棄一個大西瓜呢？

可到底被徐夫人壓了這麼多年，對嫡母的畏懼差不多已經刻進了骨子裡，且自從他們父親墜馬以後，家裡大換血，大半都換成了徐夫人的人，他們兄弟想要動手恐怕也是有心無力，畢竟瘦弱的胳膊怎麼可能擰得過粗壯的大腿？

賭場的人一聽當即表示，這都不是事啊！大家都是兄弟，招呼一聲他們還能不幫忙嗎？

徐家兄弟雖然沒什麼大志，但到底腦子還沒笨到無可救藥，知道天上沒有掉餡餅的好事。賭場的人之前說還不了錢要砍胳膊、砍腿的時候，可是一點都不客氣，怎麼可能無緣無故地要幫他們奪家產？

賭場的人很痛快，也不說二一添作五的話了，表示只要事成，他們要徐家的三成家財。

看著徐家兄弟想也不想就要拒絕，又勸他們好好想想。跟賭場這邊合作，徐家的家產他們還能拿走七成；若是不跟賭場合作，別說家財了，沒有徐夫人的同意，恐怕他們連五萬兩都湊不出，到時候一條胳膊、一條腿被砍，這輩子還能剩個啥？

賭場的人只給了一晚的時間考慮，徐家兄弟被哄得迷迷糊糊的回了家。

沈鷩春聽得一臉複雜。「這徐家兄弟難道就沒想過，為什麼會輸得這麼多？」

「賭徒心理，贏了還想贏，輸了想翻盤。」陳淮一聲輕笑，帶了幾分嘲諷。「當時賭蟲上頭，未必能夠想那麼多，但事後只要稍微一想，就能知道這事沒那麼簡單，必然是賭場的人設局。可那又怎麼樣？五萬兩銀子的確是他們兄弟輸掉的，賭桌上又不只他們兄弟二人，這事沒得賴。事到如今，徐家兄弟不可能拒絕的，快則今天，慢則明天，徐家名下的商鋪必然要出事。」

果然，當天徐家就出了事。

最先爆出來的是徐家的當鋪。

這家當鋪也算是城裡的老字號了，口碑一向不錯，給的價錢也還算公道，向來都是一些急用錢或是靠典當東西過日子的人的首選。

事發在中午，周邊酒樓客滿、人最多的時候。一塊當初典當了三百兩的玉珮，贖出來的時候，那玉珮的主人拿到手才發現，贖出來的玉珮雖然跟原來典當進去的那塊長得一樣，卻不是同一塊，而且手上這塊是假的。

還沒走出大門的另外一個人聽見此話，就趕快確認了一下自己贖出來的東西，結果發現竟也是假貨，雙方當即就鬧了起來。

若是尋常人，憑徐家的手段，不論是威逼、利誘，還是直接用錢收買封口，先把事情按下來，這事怎麼也不至於鬧得太難看。可偏偏這位來贖玉珮的是慶陽一個官員的內姪，所謂閻王好見，小鬼難纏，越是這種沾親帶故的小人物就越是難搞。

當鋪的事情還沒擺平，徐家專賣胭脂水粉的鋪子又鬧出事來，說是徐家的這些商品裡面都加了很重的鉛粉，直接把人家的臉給用爛了！

短短一天的時間裡，徐家名下的店鋪接二連三的開始出問題，糕點鋪子更是直接鬧出了人命。

往日裡也不是沒出過這樣那樣的問題，但平日不過是一家出點雞毛蒜皮的小事，店鋪管事自己就能解決，解決不了的話還有徐夫人和大公子在，可如今這兩人一個都不在慶陽。

徐家管事求到往日打點好的官員府上去，卻是連門都沒能進得去。走得近的人家，也不過徐夫人娘家、大小姐夫家以及大少奶奶的娘家出手相幫，可這事明顯就是多方合起來搞徐家，有這三家的幫助不過杯水車薪。

當天下午，鬧得最嚴重的兩家鋪子就被封了，餘下一些鋪子也被官府勒令停業整頓。

徐府裡，徐家兩兄弟偷了徐雍的家主印信，開始對徐夫人手下那批人發難，什麼髒水都往那些大掌櫃和夥計身上潑，什麼欺上瞞下、刁奴欺主、背著主家犯下這些惡行，反正一切罪責都是別人的。

待第二天徐家派去南豐縣的人將徐斌請回來時已無力回天了，徐家的名聲已經臭得不能再臭。

吃瓜群眾的嗅覺都很敏銳，誰都能看出來這是個針對徐家的局，但徐家沒能在第一時間破局就已經落了下乘，後面再加上有心人士潛伏在吃瓜群眾中間煽風點火，很快就群情激憤起來，沒有出事的鋪子也被這些人給鬧得不得不暫時關了門。

沈驚春這兩天就像隻上竄下跳的猴一樣，眼觀四面、耳聽八方，徜徉在徐家這片瓜田之中。

她最關心的徐夫人和徐歡喜有沒有被找到的問題，也在放榜的當天下午傳來了消息。

徐歡喜以前過的日子就苦，被綁了幾天也只是虛弱了些，養上十天半個月就能緩過來了；而徐夫人從小過的就是金尊玉貴的日子，哪受得了這樣的苦？被找到的時候幾乎是出氣多、進氣少了。

且二人因為當時上山的時候劃破了衣服，有些肌膚露出，被徐家找來搜山的人看到了。哪怕徐斌留下的人再三責令不許說出去，可這事最後還是傳了出來，且越傳越離譜，說徐夫人別看年紀大了，到底風韻猶存，那一身皮肉保養得比小姑娘還要好，摸上去又滑又嫩，激得人恨不得當場把她給辦了。

沈驚春一聽就知道，這又是福昌那群人放出來的假消息，為的就是壞了徐夫人的名聲。山裡氣溫總是比外面要低一些，夏天又穿得輕薄，沈驚春綁完徐歡喜出來就覺得有些涼，因此去綁徐夫人的時候就順手抽了她屋裡的綢布床單披在了身上，後來綁好她們下山前，看著兩人的衣服破了，就把那條床單給兩人圍上繫好了，若非外力拉扯，是不可能掉的。

徐夫人即便真剩一口氣，虛弱得不能開口，但徐歡喜又不是傻子，怎麼可能讓這種壞自己名聲的事情發生？

沈驚春知道這件事是假的，卻不可能出去為徐夫人辯解半句。下山之前那塊遮擋的床單，已經是她同為女子最後的良善。

徐家的事成了整個慶陽府民眾茶餘飯後的談資，甚至竟隱隱有蓋過院試風頭的樣子。用這群瓜農的話來說，那院試三年兩次，沒甚好稀奇的，但徐家這種事說不定一輩子就只能看到這一次啊！

陳家小院裡，全心全意為陳淮拿下院試第一場案首而高興的，反倒是方大娘祖孫。

在陳家燒了幾天飯後，方大娘也知道陳淮是陸昀的關門弟子一事了。陸昀雖在聞道書院教書，常年不回慶陽，可整個慶陽府的讀書人誰能不知道他的名字呢？

陳淮第一場能中案首，第二場複試不說繼續拿下案首，但考過也是板上釘釘的事。且聽沈驚春的意思，等院試結束之後，只有她一個人回祁縣，讓陳淮繼續留在慶陽好生備考鄉試，若是能考中舉人，以陳淮的才學，隨便指導自家外孫一句，那也是受用無窮的。

是以，晚飯時方大娘下了十二分的功夫，雖然說起來還是一些家常菜，可名字取得十分有寓意，什麼步步高陞、吉祥如意、鴻運當頭、前程似錦、稱心如意、獨占鰲頭。

尤其是那道獨占鰲頭，更是方大娘自己掏錢買的，說是恭賀陳淮考中第一場案首。

這樣一道好寓意的菜，自然不能往外推，沈驚春笑咪咪地接受了方大娘的好意，只想著等複試結束放榜後再給她包個紅包。

正試過後刷掉了大部分人，留下的只有三百出頭，人少了，搜身檢查起來就快，因此吃過午飯到了下半午，馬車才來接了幾人往考場去。

一回生，二回熟，這次沈驚春的心情淡定許多，將陳淮送到後就帶著大暑走了。

在外面轉了一圈，徐家那邊都沒有新消息傳出來，她也就無聊得回了家。

幾天時間轉瞬即逝。

這幾天裡徐家的消息徹底壓過了院試，除了一些讀書人還關注著院試的結果，城裡其他人的視線幾乎都放到了徐家身上。放榜當天，根本沒有多少人去看榜，幾乎半個城的人都去府衙看徐家兄弟對簿公堂了。

沈驚春匆匆去榜前看了一眼院試的榜單，看到陳淮依舊名列榜首，就又馬不停蹄地往府衙那邊趕。

短短幾天內，徐家就差不多被搞得分崩離析了。

先是各種店鋪被封停業整頓；又是徐家二公子、三公子拿著家主印信直接叫徐夫人一派的掌櫃滾蛋；再有徐斌回來之後，三兄弟鬥成一團。

徐夫人被救回來之後，本來就剩下一口氣，看到徐家亂成這樣，只能勉強撐著這口氣支撐兒子跟兩個庶子打擂臺。

誰知徐家兩個庶子背後有人支持，竟也勉強跟徐斌母子打了個平手。

戰局焦灼間，徐夫人身邊的婢女突然反手捅了自己主子一刀，將徐夫人幹過的一些陰私事全捅了出來！

譬如曾經為了一個方子而逼得一家人家破人亡；又譬如徐夫人要掌家大權，徐雍不給，結果就被徐夫人設計兩次落馬，摔成了卒中；再譬如但凡府中哪個丫鬟敢跟徐斌走得近，沒過幾天就會被找各種理由打死或發賣。

此類事情不勝枚舉。

尤其是那逼得人家破人亡的事，這已經牽涉到命案了。

沈驚春到時，府衙外已被眾多吃瓜群眾給擠得滿滿當當，饒是她一身神力也難以擠進去。

好在天下瓜農都是一家，有消息都共享，府衙內說了什麼，轉頭就會有瓜農傳遞出來。

徐家眾人相互攀扯，扯到最後，從上到下，真正清白的竟然只有幾個年紀小的少爺、小姐，連徐雍的兩個妾室，身上都揹著在外面放債的罪責。

所有人都驚呆了。

這些都是證據確鑿的事情，辯無可辯。

判決很快就下來了。

徐夫人這樣手上有人命的，直接被判斬監候；徐雍及一些犯下惡行的大掌櫃流兩千里；罪名較輕的徒三年；再輕一些的杖六十。其餘該賠受害者的得賠，而徐家名下這些被查封的店鋪是不能再開了。

一時間，整個慶陽府都轟動了。

徐家落到這樣一個下場，沈驚春心裡覺得痛快的同時，又有些感慨。

從府衙外回到家裡，這些亂七八糟的情緒就通通被她拋到腦後去了，因為陳淮不僅是這一屆院試的案首，還是祁縣時隔三十年來的又一個小三元，分量不可謂不重。

這個小三元一出，晚上學政設宴款待此次院試前十名的時候，陳淮直接成了全場的關注焦點。

而沈驚春在家也忙得像個陀螺。

科舉考過了要請鄰居們吃飯幾乎已經是不成文的規定，等府衙那邊的事情一了，柳樹巷附近的鄰居就知道陳淮是本屆案首的事了。

附近家家戶戶都送了禮來，講究點的送上百來個大錢，不講究的送兩個雞蛋來那也得請人家吃飯。一直忙到天黑，才總算將所有的禮給登記完。

柳樹巷這邊就有幾十戶送了禮，其餘的是慶陽府一些富紳之類的覺得陳淮奇貨可居，也送了不少禮過來先示一下好。

前者只需要在家備上酒席就行，後者就得有一個、算一個，全都要請到酒樓去吃一頓。

都說窮秀才、富舉人，沈驚春忙完後算了一筆帳，除去兩場宴請大致要花掉的錢，別人送來的現銀，竟還能剩下幾百兩，委實有些不可思議。

第二日一早，全家人都忙了起來，連韓克儉都專門請了一天假沒去書院，到家裡來幫著陳淮一起寫請柬、送請柬。

沈驚春則又請了附近的住戶幫忙，在柳樹巷裡搭起了遮陽的棚子，各家各戶有桌子的出桌子、有碗筷的出碗筷，很快就將巷子裡擺滿了桌椅。

燒飯的是附近酒樓裡請來的廚師，方大娘和幾名燒飯手藝不錯的婆子也跟著燒一下小菜。

整條柳樹巷熱鬧得像是過年一般，香味飄出去老遠。

雖不是流水席，什麼人都能來吃，但幾十戶人家拉家帶口的也是個大數目，一直忙到天黑，才將所有來吃席的人送走。

沈驚春這個負責統籌的人都累得腰痠背痛，更別說在廚房幫了一下午忙的人了。附近來幫忙洗菜、切菜、上菜的通通是五百文的紅包；而請來燒菜的三位廚子則是每人五兩銀子的工錢。

等到所有的東西都收拾好，夫妻倆洗了澡後躺在床上動都不想動，看著對方累到不行的樣子，都覺得這也太可怕了！這才只是院試考中了一個秀才而已，若等兩個月後陳淮中舉，那不是累得爬都爬不起來了？

隔天，沈驚春在家躺了一上午，下午又去逛街買禮物。之前說的什麼等考完了再去周邊逛逛的事，她現在提都不想提。

院試結束了，賣燒椒醬的任務也完成了，這慶陽府也沒什麼好待的了。

當天晚上沈驚春就去了車馬行，雇了一輛馬車。來的時候跟著商隊，路上慢慢悠悠地走了八、九天，現在要回去了，真的是歸心似箭，直接就聯繫了鏢局。

來時的三個人也變成了一個人。

來回太麻煩，八月就要鄉試，陳淮乾脆就留在慶陽，省得來回跑了，大暑也一起留下來幫陳淮跑腿。

大清早，陳淮將沈驚春送出城，滿臉都是明晃晃的不捨。

從兩人第一次見面到現在快一年了，除去考試，中間從未分開過一天，這還是第一次兩地分離。

沈驚春心中那種要回家見家人的興奮勁都消散了幾分，夫妻倆坐在車中也不嫌熱，緊緊依偎在一起，雙手緊握。

可等到出了城跟鏢局會合到一起，馬車開始動起來，陳淮的身影在視線中越變越小，那點不捨就被拋到了腦後，回家的興奮勁再次躥了出來。

去程八、九天，回程只用了五天，到平山村時，已經下半午，村中間的大榕樹下坐了不少乘涼的村民，遠遠瞧見馬車過來，就有人猜測是不是沈驚春幾人回來了。等那車簾子掀開，露出沈驚春的臉時，人群更是一下子沸騰了。

幾個沈氏族裡的娃子立即兵分兩路，一路往馬車跑來，一路往村裡跑去。

沈驚春一瞧就覺得不對，這些人臉上的表情可不像多高興的樣子，那兩個跑到馬車邊來的半大小子更是滿臉的憤怒，其中一個正是沈志清的弟弟沈志津，人還沒到馬車前，聲音已經到了——

「驚春姊妳終於回來了！咱們家的辣椒被人毀掉了！」

沈驚春一愣，啥叫辣椒被毀掉了？

沈志津已經跑到了馬車邊，大聲道：「我哥和驚秋大哥也被人打了！」

沈驚春探身就將沈志津和另外一個孩子拎上了車。

那車伕聽到這話，不敢耽擱，馬鞭一揚，按照沈驚春指的方向趕車。

很快地，馬車停在了沈家院子前。

院子裡，豆芽聽到外面的動靜，忙開門來看，一看見沈驚春熟悉的臉，就開始撲簌簌地往下掉眼淚。

豆芽額頭上纏著的細布還能隱隱看見紅色，也不知道是新傷，還是裡面的傷口裂開又流了血。

沈驚春臉色一沈，問道：「誰幹的？哥呢？」

豆芽抹了一把眼淚，哽咽著道：「是孫屠戶帶人幹的，地裡的辣椒被毀了，大哥和張叔他們都去地裡了。」

「小津你跑一趟你家，把你爺爺他們都喊來。」沈驚春說著，又朝另一個小孩道：「你知道我家辣椒地在哪兒吧？幫姊姊跑一趟，去叫我家裡人都回來。」說完就從荷包裡摸了把銅錢出來，往那少年手裡塞。

大家都是同族，沈驚春又幫族裡良多，沈族長有事沒事就提起她對族裡的大恩，那小孩深受影響，哪肯要錢，只擺了擺手就飛奔著跑遠了。

沈驚春將馬車上的東西一一搬回院裡，結了車費，到了堂屋裡灌了一大杯水，才沈著臉問豆芽。「到底是怎麼回事？孫屠戶為什麼要帶人毀我們家的辣椒地？」

豆芽收了眼淚，語速很快地開始敘述起沈驚春去慶陽之後，家裡發生的事情。

因今年種的辣椒並不多，且沈驚春想著日後自家開店自產自銷的事，所以一開始就規定了，這批辣椒和燒椒醬只賣給酒樓。如有上門來買的散戶要自家吃的，也能賣點，但如果是零售商來買回去自家賣的，這種就不賣。

辣椒一開始就是在祁縣賣，祁縣就這麼大，各家酒樓的人很好區分，不用擔心零售商裝成酒樓來買。等到名聲打出去，基本上就能確定各家要多少，到時就可以按照辣椒產量把供貨量先確定下來了。

沈驚春走後，大家也一直都是這麼幹的，直到孫屠戶上門來買醬，一開口就是三千罐。縣裡幾家生意好的酒樓也只是幾十罐的拿貨，都沒有獅子大開口說要三千罐，這麼多罐別說現在根本沒貨，就是有，也不可能賣給孫屠戶。他家又沒有酒樓，買這醬回去百分百是為了運到別處販賣的。

孫屠戶當時沒拿到貨也沒惱，可沒過幾天就帶著幾十個人氣勢洶洶地衝上門，說什麼既然不賣給他家，為什麼要賣給別家？又說既然看不起他姓孫的，那他就要讓沈家這個辣椒生意做不下去！

他帶來的幾十個人都是一身腱子肉的壯漢，什麼都不做光站在那兒就已經很嚇人了，更別說這群人還都帶了武器，當即就有不少膽小的被嚇得不敢上前。

孫屠戶又放話，說今天只找沈家作坊的麻煩，不想死的都滾遠點，否則打起來傷到了誰他可不管，這又嚇退了一批人，最後連有些沈氏族人都退了。

孫屠戶也不廢話，直接帶著人奔著辣椒地去了。

沈家人自然不能忍，於是雙方發生了一場械鬥。

若是全村的老少爺們加起來，自然是不怕孫屠戶帶來的這幾十個人的，可問題就在於已經有人先退了。

孫屠戶帶來的全是精壯漢子，沈家這邊的人就有些參差不齊，一番械鬥下來，也只護住了很少的辣椒，其餘的大多數都被孫屠戶的人連根拔起或是直接踩爛了，連才移栽過去的辣椒苗都沒能倖免。

等到打完一架，孫屠戶帶著人揚長而去後，連沈志清這種平時流血不流淚的熱血少年，看著辣椒地都忍不住哭了。

沈家三叔沈延西眼看事情瞞不住了，才開口坦白，說是他答應了一個認識的人，願意以兩百文一罐的價格賣五百罐給對方。

所有人都驚呆了，沈族長更是不可置信，好一會兒才反應過來，衝上去劈頭蓋臉就是一頓打，打完了三兒子又蹲在地上，哭得鼻涕、眼淚直流。

沈驚春聽完了豆芽的敘述後，臉色平靜得可怕，抿著嘴，一言不發地坐在堂屋裡等著人來。

最先來的是沈族長老兩口子和沈志清幾個受傷的。原本想要說出口的那些請罪的話，在看到沈驚春那張冷冰冰的臉之後，就什麼也說不出了。

沈驚春對他們也完全沒有了往日的熱情，只說了一句「族長來了」，就沒了後文，理都沒理跟在後面的沈延西。

沈志清羞愧得滿臉通紅，張了張嘴卻沒發出聲音，好一會兒才找了角落的小馬紮坐了下來。

一行人安安靜靜地坐在堂屋裡等了一會兒，在辣椒地裡忙活的人才匆匆回來了。

沈驚秋打頭跑了進來，委委屈屈地喊了聲「妹妹」，就沒了下文。

孫屠戶一行人的主要目的就是為了毀掉辣椒，一架打下來，倒是沒有什麼特別嚴重的傷亡，沈驚秋等人雖然掛了彩，卻不算很嚴重。

「大伯、四哥，你們去問問之前幫了忙的人家，看看有沒有人願意跟著我去孫家，只要是身強體壯的青壯年，有一個、算一個，一人我給一兩銀子的謝禮，到時若有損傷，也由我家出錢醫治。」

沈延東和沈志清忙站了起來，也不多問，匆匆出門叫人去了。

沈驚春又看向自家大哥。「哥，你知道祠堂上面那塊匾額吧？你帶著張叔和小暑，去將匾額取下來。」她話音一落，沈族長就激動地站了起來，可沈驚春根本看也不看他，繼續道：「楊嬸妳帶著大雪她們去做飯，現在煮飯估計來不及了，多和點麵，中午就吃疙瘩湯麵吧，量一定要足，務必要讓所有來幫忙的叔伯兄弟們都吃飽。」

她一吩咐，沒有任何人提出異議，立刻就行動起來。

等人一走，她就靠在椅子上閉著眼睛開始養神。

去慶陽府的時候速度慢沒那麼顛簸，她都差點被顛得散了架，回來的時候速度快，四、五天的馬車坐下來，她整個人都不太舒服。

餘下眾人見她不再說話，到底不敢多問，毫無聲息地出門幫忙去了。

沈驚秋手腳麻利，沒一會兒就抱著匾額回來了。

隨後沈延東父子也帶著一群人來了，將沈家的院子裡站得滿滿當當的。

「妹子，一共四十七人，妳看看行不行？」

沈驚春掃視一圈。來的人年紀都是二、三十歲的樣子，說不上多精壯，但的確看著都是青壯年。「之前的事情我都聽說了，謝謝大家能夠幫忙，我都記在心裡。今天這一趟是去找場子的，大家一會兒吃完飯後，都回家找點襯手的傢伙，要鈍器不要利器。我先去村口等你們，打架之前一定要吃飽，這樣才有力氣。」

一院子的人摩拳擦掌，應了聲是。

先前打那一架，他們有的人並不在家，有的人吃了沒有襯手傢伙的虧，幾乎是被孫屠戶帶來的人壓著打，很是被動。看著那群人揚長而去，大家心裡都嘔得要死，可孫屠戶是祁縣有名的混不吝，哪怕大家氣得要死，又沒有人起頭，單槍匹馬的是真沒人敢跟孫屠戶對著幹。現在好了，沈驚春回來了，這可是當初把那太平鎮的地頭蛇胡屠戶壓著打的狠角色啊！

沈驚春說完，轉身又回了屋，抱著那塊匾額就出門往村口去了。

疙瘩湯做起來方便，熟起來快，沈家院子裡的一眾青壯年一人都吃了兩碗。熱騰騰的湯碗裡放一點燒椒醬，越吃越覺得熱血沸騰。

很快地一行人就吃完了，不約而同地回家拿了棍子就氣勢洶洶地往村口走。

這麼一群人，很難不引人注意。

方才沈驚春經過的時候，那些坐在榕樹下納涼的人就問了，可沈驚春只微微一笑，一句話都沒說就抱著匾額走了。現在看到這群青壯年，仍有人開口問，可得到的只是不屑的冷笑。

都是一個村的，難道不應該聯合對外嗎？要不是這群慫包一個照面就被孫屠戶給嚇退了，沈家那些辣椒怎麼可能會被毀掉？

四十七人加上沈驚春兄妹和沈志清，一共五十人，浩浩蕩蕩地往縣城走，看著就不像善類，路上的行人看到，不等走近，就遠遠地避開了他們。

進城時，門口的守衛看著他們，可平山村眾人都是人手一根木棍，根本沒帶利器，想攔也沒法攔。

有機靈的守衛立刻就往縣衙稟報去了。

祁縣說小不小，可說大也不大，東城門到孫家豬肉鋪並不算遠，進了城，一行人幾乎是連走帶跑地往孫家趕。

此時太陽已經西斜，豬肉鋪也早收了攤，到了孫家鋪子外，看著緊閉的大門，不用沈驚春喊，就有個機靈的沈家族兄上去捶門了。

「砰砰砰」的捶門聲無比響亮，不僅裡面的孫家人聽到了，附近店鋪裡的人也聽到了，街道上為數不多的行人都遠遠地看了過來。

門敲了沒幾下，就有人開了門。

沈驚春一句廢話都沒有，直接一揮手。「給我砸！能看到的東西全給我砸了，一樣也不許留！」

話音一落，沈驚秋和沈志清就帶頭往裡衝。

孫家來開門的奴僕還沒反應過來就被人給撞到了一邊去。

平山村這群人一窩蜂地進了鋪子，衝到了後面孫家的院子裡，開始一股腦兒地打砸，孫家人的尖叫聲混合著打砸東西的聲音頓時不絕於耳。

沈驚春沒進門，抱著那塊匾額，身形筆挺地站在孫家豬肉鋪的大門前。

縣衙的人來得很快，幾乎是裡面沈驚秋他們剛動手，衙役們的身影就出現在了街口。

裡面的尖叫聲傳出去老遠，衙役們沒人將沈驚春當回事，只看了她一眼就要往裡頭衝。

沈驚春動了動，提著匾額往走在最前面的衙役身前一杵，發出「咚」的一聲響，揚起一陣灰塵。

那衙役猝不及防被嚇了一跳，要不是身後的人拉了他一把，說不定就一頭撞在那匾額上了。他一臉凶狠地怒道：「小娘皮活得不耐煩了？膽敢妨礙公務，妳——」

話未說完，後面的人就小聲道：「頭兒，你別衝動，先看看那塊匾。」

「匾怎麼了？今天別說是塊匾，就是天王老子來了，那也是妨礙公務！」那被稱作頭兒的衙役不耐煩地低頭一看，下意識地就把匾額上的字唸出來。「積善之家……這名字怎麼這麼耳熟？積善——」聲音戛然而止。

可不就是天王老子來了嘛！

——未完，待續，請看文創風1113《一妻當關》3

2022年10月出版

# 撿到潛力股相公

文創風 1109～1110

她當機立斷，花幾個銅板擬好婚書就把自己給嫁了，
而現成的相公正是那個她救回家養傷的瘦弱少年郎！
雖然至今昏迷不醒，但她已認出他是誰，這樁婚事將來穩賺不賠……

## 大力少女幫夫上位／晏梨

不速之客上門認親，聲稱她是工部陸大人失散的親生女，蕓娘反應出奇冷淡，
毫不猶豫關門送客，對那官家千金所代表的富貴榮華無動於衷！
開什麼玩笑，誰說認祖歸宗才有好日子過？
重活一世，她已不稀罕當那個被自家人欺負、最終短命而亡的柔弱千金，
姑娘有本事自力更生，憑著養父留下的殺豬刀，以及天賦異稟力大如牛的能耐，
當村姑賣豬肉何嘗不是好選擇？小日子勢必比悲摧的前世過得有滋有味～～
只是本以為裝傻能阻絕陸府的騷擾，怎料事情沒這麼簡單，煩心事接二連三，
無良大伯還來摻一腳，籌謀著想把她賣給隔壁村的傻子當媳婦，
想來她得先下手為強把自己嫁了，名義上有了夫婿，看以後誰還敢算計她！
好在身邊有個最佳的相公人選，正是她從雪地裡救回的落魄少年顧言，
雖說他有傷在身至今昏迷不醒，但已花了她不少銀兩及心力救治，
也該是他「以身相許」回報的時候了……

2022年10月出版

# 田邊的悍姑娘

文創風 1107～1108

雖然穿越到古代，但她沈瑜實在做不來那繡花小意的事，
她就種種田、打打怪，說不定還能為自己掙一個官兒來做做呢！

## 風拂過田野，聞到愛情的甜／碧上溪

沈瑜剛穿越到窮得響叮噹的沈家，就立刻體會到親情的殘酷。
娘親辛苦生了她們三姊妹，爺奶不疼便罷，父親死後就把她們當奴僕使喚，
原主菩薩心腸可以忍，但她可不是那種打落牙齒和血吞的弱女子，
欺人太甚的沈家，她絕對要他們加倍奉還！
她在沈家颳起的風暴，讓周圍鄰里都不敢惹她，
唯有那個不怕死的齊康例外——
這男人看著像京城的貴公子哥兒，卻跑來這窮鄉僻壤當縣令，
甫新官上任，就插手管她的家務事，
一把摺扇天天拿在手上，冬天也不嫌風大？
其他女子看到齊康都臉紅心跳，就她沈瑜不買單，
她忙著用她的「法寶」開荒種田、種靈芝，偶爾行俠仗義，
誰知他竟還對她起了興趣，引來不少流言蜚語，
要不是她得靠他這位縣令買田地發大財，她才不想跟他有什麼瓜葛！

2022年10月出版

# 見鬼了才當後娘

文創風 1104～1106

本來，她當一窩孩子的面吃香喝辣也不害羞，
可自打他們把她當親娘孝順、聽話，
她頓時慈母上身，不禁反省起來……

愛不在蜜語甜言，
在嘻笑怒罵下的承擔／霓小裳

何月娘穿越成乞丐後，最大的願望就是吃飽喝足恢復力氣。
因此，當陳大年這個剩一口氣的老男人，承諾給她溫飽，
並讓她照應他的六個孩子，不使陳家分崩離析時，她一口就應下了。
可憐她一個黃花大閨女，平白就有了六娃、兩兒媳、四個孫，
那陳大娃、陳二娃，都比她這個後娘年歲大了！
所幸陳大年逝去前強硬地將一家人擰成一條繩，接下來便是她的事了。
眼前一張張嗷嗷待哺的嘴，而這個家剩下的除了這棟房，
就餘下三兩二錢銀子，連給陳大年弄一副棺材的錢都不夠……
此外還有想欺負婦孺的親戚虎視眈眈，好在她填飽了肚子，
總算有力氣驅趕麻煩，並發揮她一手打獵的好功夫養家。
儘管她打獵、採藥掙得的錢，可比陳家給她那幾頓飯多得多，
但她既是答應負責任，那便會說到做到，可眼前這鬼是怎樣？
「我不放心孩子們，走了管道，讓一縷魂魄留在陽間一段日子……」
說來說去就是不信她，那怎麼不乾脆走走關係，從棺材裡爬出來呢？

風 文創 1112

# 一妻當關 2


國家圖書館出版品預行編目資料

一妻當關 / 不繫舟著. --
初版. -- 臺北市 : 狗屋出版社有限公司, 2022.10-11
冊 ; 公分. --（文創風 ; 1111-1114）
ISBN 978-986-509-371-6（第2冊 : 平裝）. --

857.7 111014675

著作者 不繫舟
編輯 黃淑珍
校對 沈毓萍
發行所 狗屋出版社有限公司
地址 台北市104中山區龍江路71巷15號1樓
電話 02-2776-5889～0
發行字號 局版台業字845號
法律顧問 蕭雄淋律師
總經銷 知遠文化事業有限公司
電話 02-2664-8800
初版 2022年10月
國際書碼 ISBN-13 978-986-509-371-6





定價280元
狗屋劃撥帳號：19001626
網址：love.doghouse.com.tw E-mail：love@doghouse.com.tw